刘心武文粹

班主任

刘心武——著

译林出版社

1977年写《班主任》时的刘心武

海涛摇荡（水彩）

总序

这套26卷的《刘心武文粹》，是应凤凰壹力文化发展有限公司之邀，从我历年来的作品中精选出来的。之前我虽然出版过《文集》《文存》，但这套《文粹》却并不是简单地从那两套书里截取出来的，当中收入了《文集》《文存》都来不及收入的最新作品，比如2015年1月才发表的短篇小说《土茉莉》。

《文粹》收入了我八部长篇小说中的七部。因为《飘窗》和《无尽的长廊》两部篇幅相对比较短，因此合并为一卷。其中有我的“三楼系列”即《钟鼓楼》《四牌楼》《栖凤楼》，我自己最满意的是《四牌楼》。《刘心武续〈红楼梦〉》这部特别的长篇小说，我把它放在关于《红楼梦》研究各卷的最后。我将历年来的中篇小说和短篇小说各选为四卷，再加上一卷儿童文学小说和两卷小小说，这十七卷小说展现出我“小说树”上的累累硕果。我的小说创作基本上还是写实主义的，但在上世纪八十年代，改革开放，国门大开，原来不熟悉、不知道、没见识过的外国文学理论和作品蜂拥而入，现代主义、后现代主义引起文学创作的借鉴、变革之风，举凡荒诞、魔幻、变形、拼贴、意识流、时空交错、文本颠覆甚至文字游戏都成为一时之胜，我作为文学编辑，对种种文学实验都抱包容的态度，自己也尝试吸收一些现代主义、后现代主义的手法，写些实验性的作品，像小长篇《无尽的长廊》，中篇《戳破》，短篇《贼》《吉日》《袜子上的鲜花》《水锚》《最后金蛇》等，就是这种情势的产物，至于意识流、时空交错等手法，也常见于我那一时期的小说创作中，但总体而言，写实主义，始终还是我最钟情，写起来也最顺手的。短篇小说里，《班主任》固然敝帚自珍，自己最满意的，还是《我爱每一片绿叶》《白牙》等；中篇小说里，《如意》《立体交叉桥》《木变石戒指》《小墩子》《尘与汗》《站冰》等是比较耐读的吧。我的中篇小说里有“北海三部曲”《九龙壁》《五龙亭》《仙人承露盘》，是探索性心理的，其中《仙人承露盘》探索了女同心理；另外有“红楼三钗”系列《秦可卿之死》《贾元春之死》《妙玉之死》。短篇小说里则有“我与明星”系列《歌星和我》《画星和我》《笑星和我》《影星和我》，这展示出我在题材上的多方面尝试。但我写得最多的还是普通人的生活，特别是底层市民、农民工的生存境况和他们的内心世界，长篇小说里不消说了，像中篇小说《泼妇鸡丁》，短篇小说《护城河边的灰姑娘》，还有小小说中大量的篇什，都是如此。我希望《文粹》中从自己“小说树”上摘取的果实排列起来，能够形成一幅当代的“清明上河图”。

我的写作是“种四棵树”。除了“小说树”，还有“散文随笔树”“《红楼梦》研究树”和“建筑评论树”。《文粹》的第 17 卷至 21 卷是“《红楼梦》研究树”的成果。虽然这些文章此前都出过书，但是这次在收进《文粹》时又经过一番修订，吸收了若干善意批评者的合理意见，尽量使自己的立论更加严谨。第 22 卷《从〈金瓶梅〉说开去》是新编的，其中收入了我研究《金瓶梅》的若干成果，可供参考。这也是我的一本文史类随笔。第 23 卷收入我两部自己珍爱的散文作品《献给命运的紫罗兰》《私人照相簿》。第 24 卷《命中相遇》收入的散文，记录的是我生命中难以忘怀的岁月、事件和人物。第 25 卷《心里难过》则收入的是与自己生命成长相关的散文，其作为卷名的一篇曾经人录为配乐朗诵放到网上，广为流传，也获得不少点赞，我也很高兴自己的文字不仅能以纸制品流传，也能数码化后云存在，从而拥有更多的受众。

第 26 卷则把我此前由中国建筑工业出版社出版的《我眼中的建筑与环境》，以及由中国建材工业出版社出版的《材质之美》合并在一起，还搜集了那以后散发的建筑评论。我的建筑评论从建筑美学、城市规划、对具体建筑的评论……一直延伸到建筑材料、施工，以至家居装修装饰等领域，展示出我“建筑评论树”上果实满枝，蔚成大观。

购买这套《文粹》的人士，不仅可以阅读到我“四棵树”上的文字，还可以看到我历年来的画作，以水彩画为主，也有别的品种。春风催花，夏阳暖果，不以秋叶飘落为悲，不以冬雪压枝为苦，在生命四季的轮回中，我感觉自己创造的风帆还在鼓胀，《文粹》只是总结而非终结，祝福自己在命运之河中继续航行，感谢所有善待我的人士！

2015 年 4 月 23 日　温榆斋

目录

CONTENTS

我爱每一片绿叶

每当春夏之际，我常常仔细观察那些躯干粗壮、枝叶扶疏的阔叶树。我发现，从同一棵树上，很难找出两片绝对相同的绿叶。

我常想，只要是绿叶，不管大的、小的，形状标准的、形状不规范的，包括被蛀出了瘢眼的，它们都在完成着光合作用，滋养着树。

望着树冠上的万千绿叶，一股柔情从我心头漾起。我爱每一片绿叶。

我要介绍你认识一个人。

打这说起吧——上学期期终，我们教研组评选优秀教师，一共16个人，按比例可以评出5名优秀教师;发言踊跃，不多一会儿，就提出来9个候选人。

我是教研组组长，评选会由我主持。评议热闹过去了，会场稍显雅静。我用圆珠笔点了点记下的提名，忽然感觉仿佛有点什么欠缺，于是抬头环顾了一下会场——啊，为什么没有人提魏锦星的名呢?

魏锦星这时正坐在角落里，他和我同岁，今年42了，长挑个儿，永远是个平头，皮肤称得上黝黑，眼窝明显塌陷，高颧骨，厚嘴唇，一眼能看出是个南方人。此刻他两肘支在桌上，双手十指交叉，可以清晰地听见他扳动指关节的声响。

我心里动了动。魏锦星任教20年。数学教得呱呱叫，这两年他教的那两个班，期终考试始终名列全年级一二名，还在《中学数学教学资料》刊上发表了两篇教学经验，把他漏掉可不应该。

“还有没有补充的?”我直朝魏锦星坐的那个位置看，启发着大家。

组里年龄最大的吴老师，仿佛有点犹豫地开口说:“我看锦星不错……”

他举出了几条理由，提名魏锦星为优秀教师。

但是，他发完言，除我而外，却并没有什么人呼应。我想再发动一下，坐在我身旁的圆鼻头小余碰碰我胳膊肘说："抓紧点吧——大伙还都有一摊子事呢！"

我就宣布散会。魏锦星头一个走出教研组，他抱着一大摞作业本，低着头，神色很不自然。看见他这样，我心里挺不是味儿。

人走得差不多了。我问平时跟我无话不谈的小余："你们干吗都不提魏锦星呢？"

小余耸耸肩膀说："他？怪物！"

魏锦星的确怪。

记得我们是同一年分配到松竹街中学来的，当时学校总务处有规定，我们单身教师一律两个人一间宿舍，可是魏锦星一到学校便向领导提出要求："我要一个人住，房间可以比他们小一半。"

总务主任一听就火了："什么？要搞特殊化？没门儿！"倒是党支部书记周大姐有肚量，她说："咱们不是有间8平方米的小屋吗？就让他住吧，只要他努力工作，把课教好就行啊。"

于是魏锦星住进了那间小屋。

当时，我们十多个从各地大学分来的毕业生都住校，晚上，为备课的事也罢，为闲聊一阵也罢，不免要串串宿舍。

有天晚上，我去敲他的门。他慢悠悠地在里面说："请进。"

我进去了。他桌上摊着书、本、数据，显然正在备课。说来也怪，他的屋子那么小，而我环顾之后，却有一种空旷的感觉。他屋里除了小床、书桌、书架和一个脸盆架外，只有一张直径不超过一尺的铁腿小圆凳，他就坐在那小圆凳上备课。其实，学校里多的是学生坐的靠背椅，他屋里却一把也不准备。

魏锦星见我进了屋，便站起来，客气地问我有什么事。我并没有什么特别的事，只不过想和他聊聊，找不到小椅子，便去坐他的床，他扽了我袖口一下，指指小圆凳说："这儿坐吧！"我不由得坐到了小圆凳上，这才仔细看了看他的床，啊，盖着雪白的罩单，不但一尘不染，而且平平整整，连一丝皱褶也找不出来。

奇怪的是，他自己也并不去坐床，而是在我面前以稍息姿态站着，双手背到身后，面上挂着客气的微笑，似乎在等待我提出什么问题，打算耐心地回答我。

我谈兴全无，便把备课中遇到的一个问题提了出来，他呢，俯身到书桌上，操起笔为我在纸上边画边讲。我得承认，他讲得很认真、很细心，对我确有启发，但是，讲完了这个，他便直起身来，又无话了。我当然只好告辞。

一个月以后，再没有人去敲他的门，因为大家都遭到了和我差不多的“礼遇”。小余揶揄地说，真该在他的小屋门口贴上副对子：“游人止步”、“闲人免进”；横批：“怪人居”！

魏锦星在教学上显然比我们教得更好一些，像吴老师那样的老教师听完他的课，经常当着我们的面频频赞扬；学生也反映他讲课清晰易懂，“没有一句废话”。他一样给学生补课，一样找学生谈话，只不过绝不把学生带回宿舍，他安排的地点不是教室就是教研组。到了夏天，有时干脆就在操场边、树荫下。

魏锦星那小小的宿舍渐渐显得神秘起来。不久就传出了一个秘闻，说他那书桌有三个抽屉，其中一个抽屉说空也空，说不空也不空，总之非常非常奇怪——那抽屉底上，搁着一张同底面积差不多相等的大照片，照片上是一个微笑的姑娘的大头！这秘闻发源于小余，小余自说是有一天晚上备课，因为实在得用一本习题集，而这习题集只有魏锦星才有，所以不得不去敲魏锦星的门。魏锦星爽快地把习题集借给小余以后，便提上暖瓶，准备去打开水，他侧身让小余出了门，待了一会儿，这才朝锅炉房而去；小余回到自家宿舍，还没坐下，就发现钢笔不见了，他想也许是落在了魏锦星桌上，便跑去找；魏锦星打开水还没有回来，小余在桌上没找见钢笔，便顺手拉开抽屉找了一遍……当然，钢笔最后是在小余自己的书桌下面找到的，不过，魏锦星抽屉底上的大照片的事儿，从此也便暗暗地传布开了。

“真想不到，魏锦星倒走到咱们头里去了！”小余这样议论过，甚至注意过邮递员搁到传达室的信件——有没有用娟秀的字体写出“魏锦星亲启”字样的来信？但是，小余的这种多余的好奇心，慢慢地也就无法维系下去了，因为，我们住单身宿舍的其他同伴们先后都结了婚，搬出校外成了家。小余也有了女朋友，而魏锦星却依然是一个人住在那间8平方米的小屋中。

岁月，随着一节课又一节课的铃声匆匆消逝，“魏锦星是一个怪人”的判断，随着每日粉笔灰的扬起与飘落，在我们的心目中巩固下来。不过，在工作上魏锦星同我们每一个人都处得很好，几乎没发生过什么值得一说的特殊情况。

然而，除了每日的教学工作，我们还有另一种生活，就是所谓政治生活。渐渐地，政治生活所占的比例越来越多、位置也越来越高。也不知道是从什么时候开始，我们的教学工作似乎并不能算是革命，我们如果要革命的话，必得用大量的时间和精力开政治性会议、听别人发言、自己发言、写大字报、看大字报、揭发别人、检查自己、搜索5%、保住自己在95%中的位置……渐渐地，魏锦星的日子便突出地难过起来。

记得那是在1964年夏天。正是“京剧现代戏观摩演出大会”搞得热闹的时候，教师团支部搞起了整风活动。我和魏锦星那年都已经28岁，参加完整风也就该办退团手续了；过罗筛般的整风整到魏锦星头上时，小余——那时候他正担任团支部宣传委员，在时代气氛的熏陶下，充满了在一切一切方面推进革命化的狂热——放了头一炮，这一炮不但把魏锦星打得面色惨白，而且，也使全场为之一惊：

“魏锦星同志的精神状态与火热的革命时代格格不入，请他向同志们交代一下自己的阴暗心理！”

大家的目光都集中到魏锦星身上，记得那天他独自坐在会议室的一把破旧的沙发椅中，蜷缩着身子，沉默了足足两分钟，才笨拙地辩解说：“我没有什么……不革命的心理啊；当然，我有缺点……可是，不阴暗……”

如今回忆起来，真是难以解释。小余的那一炮明明武断之极，可是却没有一个人站出来缓和气氛，就是我自己，也在几位同志发言附和小余之后，沉不住气地表态说：“我们应当在一切方面实现革命化，堵塞一切通向修正主义的管道；希望魏锦星同志在八小时工作之外，不再保留个人的‘自留地’！……”当时会场上一派严肃气氛，仿佛中国之是否能够防止变修，全系于魏锦星能否改变他的脾性。

这次整风很有成效，有的同志被整掉了说话喜欢艺术夸张，富于幽默感的习性（这种习性被上纲为“资产阶级自由主义”）；有些同志在“革命化”压力下戒掉了围棋，卖掉了吉他，收敛了哼唱《铡美案》的歌喉（被表扬为“交出了思想领域中的自留地”）；我也被整得生怕和“资产阶级温情主义”沾边，努力鞭策自己用“事事离不开阶级斗争”的眼光去看待一切……尽管我们不可避免地仍有着各自的某些非规范性的特点，但都自觉地将这种特点压缩，藏掖到最高限度。只有两个人变化不大，一个是小余，因为他的偏激和好斗似乎堪称规范，所以毋庸有所变化；另一个便是魏锦星，他背负着冷眼与误解，依然是那样勤恳地工作，依然是那样一种生活方式……

1966年夏天到了。突然大家都掉进了令人头晕目眩的炽热旋涡，连小余也未能例外。一时间校园里处处贴着“小将”们用最极端化的措辞写成的大字报，不仅是贴在墙上、门上、讲台上、黑板上，甚至还贴在教师们的办公桌上、座椅上乃至于脊背上。

一开始，魏锦星当然绝非是横扫的重点，但是，也不知应当解释为偶然还是必然，他很快地被卷到了旋涡中心。事情是这样的：

那一天，在大操场上批斗党支部书记周大姐，戴高帽子、挂黑牌不算，还要当众剃什么“阴阳头”。我们全体教职工被集中在会场最前面，以备随时从中揪出“走资派复辟资本主义的社会基础”，押上台去陪斗，因此，个个忐忑不安，在烈日的炙烤下，热汗和冷汗浃背交流。小余低头坐在我身旁，连嘴唇都吓白了，显然，他比我们更加痛苦，因为万万没有想到，他也一样被扫到了“右”的行列。

事情来得很突然。正当几个“小将”要给周大姐剃“阴阳头”时，魏锦星不声不响地离开我们的教师席，低头朝会场外走去，于是，被身着绿军服、臂戴红袖章、手持宽皮带、绿军帽下耸出两把“刷子”的“女兵”喝住了：

“干什么去？”

“我恶心。”

“滚回去！革命不怕死，恶心也得参加斗争！”

“我恶心。”

“你早不恶心晚不恶心，这会儿恶心是什么意思？”

“我恶心。”

“要革命的滚回去！不革命的小心狗头！”

“我恶心。”

“你到底是什么阴暗心理？你说，周溪清是不是牛鬼蛇神走资派？”

“她算什么派我弄不懂。我就知道她是人，是个好人……”

“他妈的保皇派，反动透顶！”“女兵”挥起皮带，铜头打到魏锦星脑壳上，发出一声惊动全操场的脆响。我们还来不及从新的惶悚中清醒过来，魏锦星已经被揪到了台上，满脸血污，让人扭住随周大姐一同剪了“阴阳头”成为陪斗的头一名……

当然，他的宿舍立即遭到了查抄，没有抄出其他任何罪证，只抄出来那张大照片，于是，那张大照片很快便被粘到了大字报上，予以“示众”。我在那时才第一次看见，照片上是个长得并不漂亮、但是青春焕发的、爽朗地笑着的姑娘。

根据一种“必然”的逻辑，魏锦星被“群众专政小组”挂上了“大流氓、坏分子”的牌子，关进了地下室。

两天以后，“群众专政小组”把魏锦星押出来劳改，给了他一把大笤帚，让他去打扫操场上的公共厕所。

那一天，我作为“走资派重用的红人”，也被派到操场劳改，任务是蹲在操场边上拔草。正当我几乎被暑气弄得晕过去的关口，忽然，传来一声撕裂人心的惨嗥——那声音是我平生从未听见过的，今后也绝不忍再听。我想，倘若把一个人的肉体扔进油锅，也未必会发出那种惨叫。只有当一个人的灵魂被掷进油锅时，才会有那般的狂啸……

我抬头朝发出声音的地方看去，啊，原来是魏锦星。他发现了粘在大字报上“示众”的大照片，像头狮子般地扑了过去——当然，他立即被身边的押解者扭住了，于是，两个人扭作一团，不用说，很快就有另外几个“群众专政小组”组员去支持战友，于是，两分钟以后，魏锦星便被踢打着又带回了地下室。

太阳静静地照耀着白晃晃的操场。我受了这个场面的刺激，眼前似乎旋转着一个灼目的万花筒，终于仰面晕倒在操场上……

众所周知，后来学校里又发生了许许多多难以想象而居然出现的事情。我只想告诉你，有一天，那是在包括我和魏锦星在内的大多数教师终于被进驻的工宣队解放以后，小余忽然很激动地跑来对我说：“嘿，你说顽固不顽固——魏锦星的抽屉里，又有张大照片了，还是原来的模样——肯定是他用旧底片新放大的……”这回，小余没说他是怎么发现的，但是，我相信这是真的。

我本想对小余说：“大照片就大照片吧，这是人家个人的事……”可是终于又咽了回去。小余那时候又渐渐顺利起来。他在红卫兵、工作组、“造反派”、工宣队几朝天下，不断地重复着这样的“三部曲”：先是带头“斗私批修”站过去，接着当一阵“路线斗争”的积极分子；随后又“受蒙蔽无罪反戈一击”；看来我们的政治生活很需要小余这样的“标准群众”，也难怪小余对魏锦星这号难以就范的格涩人物不予谅解……

终于到了这一天，“四人帮”垮台了。学校发生了很大的变化。原来实现四个现代化本身就是革命，我们每日的教学工作也就是革命活动，这个浅显的道理被肯定以后，我们渐渐地如梦方醒。大家都很高兴，小余可以不必重复再扮演那令他人和自己都腻烦的“三部曲”，魏锦星脸上也出现了难得的笑容。

在整顿教学秩序和提高教学质量的战斗中，魏锦星作为我们教研组的一员，表现得非常出色。

那是1977年春天，有个初三年级的团员，是个头发咋咋呼呼像个刺猬的男孩子。他社会工作很积极，学习成绩却不行，尤其是数学。他先是小考连续不及格，后来爽性作业也不交。小余是他的任课教师，把他找到教研组来谈话，问他为什么不交作业。

那同学自知理亏，只是反复强调：“我不会做啊！”

小余板着面孔下命令：“你坐在这儿给我补出来，补完了再干别的去！”

那同学摊开作业本，看了看题，叹口气说：“太难啦，这题我不会做啊！”

小余气得不行：“你这是什么态度？你做，哪儿不会你提出来，我给你讲！”

那同学眉毛结成两团疙瘩，吭哧吭哧硬是下不去笔。

我们好几个老师都走过去批评他。

这时，魏锦星不声不响地出现在他的身旁。只见他俯身拍拍那同学的肩膀，从胸兜中掏出一张写有练习题的卡片，送到那同学眼前，亲切地问：“那么，这样的题你总能做吧？”

那同学接过卡片，看了一下，脸更红了，头也不抬地说：“还是不会。讲这号题的时候，我就听不大懂了……”

小余气得直咬牙，魏锦星却又麻利地从胸兜中掏出另一张习题卡片，递过去问：“那么，这样的题呢？”

那同学接过去，啃了啃钢笔杆，点下头说：“倒能试试，可没准也做不出来。”

大家都还没反应过来，魏锦星竟又从胸兜中掏出第三张习题卡片递了过去，那同学接过一看，松了口气：“这号题我会做。我就是打这以后糊涂起来的！”

魏锦星拍拍他的肩膀说：“那就请从这几道题做起吧。”

同学开始做题了，魏锦星从胸兜里掏出剩下的几张卡片，一并送到小余眼前，解释似的说：“学生有时候说不清自己学习上落下了多远，我准备了一叠写着深浅程度不同的习题卡片，能把他们落下的距离测出来。借给你参考吧，请后天还给我。”

说完，不等小余道谢，竟又不声不响地消失了。

在这件事上，大家都很佩服魏锦星。但是，也许是物理学上的“惯性作用”作祟吧，背地里大家仍旧认为他是一个怪人。

1978 年春天到了，迎春花谢去了满枝黄瓣，蹿出了碧绿的叶片。我多年不住校以后，又重新回到学校，住进了宿舍。因为我和爱人、儿子组成的小家庭离学校太远，而在这个春天里我又有着那么旺盛的工作热情，因此，我决心每周只回家两次，其余的晚上都在宿舍里悉心备课。我回校住了几天以后，才又注意到魏锦星的那间宿舍，依然是素净的白布窗帘，依然是“闲人免进”式的气氛。只是窗外的杨树粗了许多，晚风一过，叶片的摩擦声更响，使人想起流动的涧水，从而进一步联想到逝去的岁月，而生出万千的思绪。

我轻轻走到那株杨树前，伸手摩挲着树皮，仰头望去，星星从叶隙中闪烁出神秘的光芒。我想，这真是一件怪事，十多年来，宇宙中发生过多少巨变。就在我们生活过的这片大地上，曾经席卷过多么惊心动魄的政治飓风，然而这间 8 平方米的小屋里，却仍旧保持着可以想见的特有状况。

我忽然觉得，魏锦星多么值得怜悯。我们毕竟有了个小家庭，尽管房间很小，生活也艰辛，但有老婆儿子，得享天伦之乐，“麻雀虽小，五脏俱全”……

可是，当我在树下背着手踱了几步，我又突然想到，也许，从魏锦星的角度看我们，倒是我们更值得他去怜悯。他毕竟敢于在抽屉里保留一张那样的照片，在心灵深处维系一股个人的柔情。而我们，比如说我吧，这些年来连日记也不记了，同亲友通信，也按随时可能被用大字报公布的标准来写，因为我目睹了太多这样的事例。我已经习惯于按“安全”而“规范”的方式说话、办事、与人交往；说老实话，我是没有勇气在自己的生活中，保留类似抽屉底上的大照片这种东西的……

陡然，魏锦星屋里的灯熄了，银色的月光，泼泻到他屋外的院落里，使人如处纯净的冰壶之中；沐浴着这清朗的月光，我第一次产生了这样的想法：魏锦星并不怪啊，应当说，他是一个非常、非常正常的人……

万万没有想到，他那刻板而不为人理解的生活，有一天突然起了很大的变化。

这天我正坐在宿舍灯下批改学生作业，忽然有人敲门，我开门一看，竟是魏锦星。他进得屋来，搓着手，塌陷的眼窝里，眸子闪着奇异的光彩，满面为难之色，嗫嚅地说：“老彭，你看，能不能……这几天你回家去睡，让我，我来你这儿暂住几天……”

可以当然是可以，但魏锦星竟然要打破他的生活常规，“下凡”到我这个凌乱不堪的宿舍里来借住，真让我难以想象，这是怎么回事呢？

“我……老家来了个亲戚，要住几天，所以……”

原来是这样，我立即让出了一切：屋子、床铺、被褥……我对他说：“你尽管住吧，我反正有自己的家！”

当我离开学校时，路过他的宿舍，只见窗帘上映出了一个妇女的身影，屋里传出她和一个孩子说话的声音。这是魏锦星的什么亲戚呢？从来没听他提起过啊……

魏锦星的亲戚很快成了全校教职工注视的物件。是一位看上去四十上下的妇女，矮矮的，没有什么腰身，脸庞瘦瘦的，眼角鱼尾纹很明显，看上去很憔悴。她早出晚归，所以露面的时候不多。大家看见得最多的是她带来的那个男孩，看样子有五六岁的模样。她吆喝他“小三”，可见是她的第三个孩子。每天一到中午，大家就看见魏锦星到食堂给孩子打饭，每回总要买上两个肉菜；他把饭菜送回宿舍，亲手照料那孩子吃。那孩子很淘气，总要端着大碗，跑到屋外来吃，吃的时候很贪，腮帮子鼓起来半天平不下去，嘴角往下掉渣儿。

有一天傍晚，我正要回家，远远看见魏锦星拿着一条纸蛇，蹲在杨树下，噗噗噗地吹着，逗弄那孩子，孩子咯咯咯地摆动着小手笑着。这个镜头令我很是吃惊。我回想起来，1966年同受“群众专政小组”专政时，我曾和魏锦星一起被关在生物标本室里待了好多天。什么鸟呀兔呀一类的好看的标本，早被洗劫一空，剩下的只有人的骷髅骨架和几种蛇的标本。他并不厌恶骷髅骨架，却特别怕蛇，即使是泡在药水里的瓶装标本，他也总要远避三米以外，还屡屡指着蛇对我说：“我恶心，我恶心……”可是，此刻面对他亲戚的这个孩子，他却不厌其烦地吹着纸蛇。那孩子显然顶顶喜欢这个形象逼真的玩具，一见纸蛇伸缩蠕动，便拍手笑着，两只眼睛眯成两条小缝。看见孩子笑，魏锦星便也笑，脸上笑纹抖动，嗓子眼里还乐出声来。说实在的，这种笑法，我和他同事近二十年，还是头一遭看见。

“真是怪物！”小余在我耳边这么评论。

“唔。”我竟不由自主地应和着。

有一天，放学以后我和小余同路骑车回家，他又向我开始了“小广播”：“嘿，你知道魏锦星那亲戚是干什么来的吗？是来北京上访的！据说她丈夫直到现在还被关着。你知道这些天魏锦星备完课净干吗吗？帮那女的改上告信呢？……你仔细琢磨一下吧，这女的那脸庞，跟他抽屉底上的那张大照片，是不是有点像？……”

不知为什么，我突然生了很大的气，瞪了小余一眼说：“你净琢磨这些个干什么？”

可是，回到家里，我的心却好久踏实不下来。是呀，那妇女的脸庞，猛瞧上去当然和那照片上的姑娘并不一样，但细细考究，的确有着某种消除不尽的同一神韵。难道……

十多天以后，一个星期六的下午，魏锦星在众目睽睽之下，送那母子去火车站。那妇女神色黯然，显然是上访暂未获得成果。小孩却很高兴，一手举着咬掉一半的糖葫芦，一手抱着辆一尺长的玩具汽车。魏锦星提着大包小包，神色泰然，如过无人之境，陪着他们走出了校门。

有人隔着办公室的玻璃窗窥视他们的身影，有人在檐前、树下互相努嘴、打手势，表达着对魏锦星的评价，但并没有几个人公开议论这件事。

这件事结束以后，一切似乎又复归旧态。魏锦星每日白天同我们一样辛勤地工作着，每日晚上回到宿舍，除了备课和批改作业，他还干些什么呢？不得而知……

再回到评选优秀教师的事儿上来。

我把头一回开会的情况汇报上去以后，党支部书记周大姐皱皱眉头说："怎么会只有一个人提魏锦星呢？"

我说："多半是大伙觉得他怪，不讨人喜欢。"

周大姐沉吟着说："还是要看工作做得怎么样嘛。"

于是开了第二次会。周大姐来参加。这回我带头发言，提名魏锦星为优秀教师。

没有人发表反对意见。但是在集中人选的过程中，只有吴老师和另外两位中年教师把魏锦星列为第五名，其余同志所提出的五个人中，都不包括魏锦星；当选的五个人当中，平心而论，起码有两位就教学成绩而言，实在明显地逊色于魏锦星，可是强扭的瓜不甜，看来只好如此。于是我打算结束整个评选工作，环顾了一下全室，例行公事似的问："同志们还有什么话要说吗？"

小余在我身旁小声催促着："成了成了，谁争这个名誉。"

可是，坐在角落里的魏锦星突然发话了："我说几句。"

大家都不禁有点吃惊，全不由自主地把脸转向了他。

魏锦星那黝黑的皮肤本来是难以令人觉察出泛红的，但此刻你可以看出，他的脸确实涨得通红。他眼里闪着一种执拗、渴求交织的光芒；停顿了一两秒钟，像下了多么大的决心似的，他终于用低沉的声音说："这回参加评选优秀教师，我很高兴。有的同志当年错划成了'右派'，有的同志背了好多年的历史包袱，现在都解脱出来了，工作有成绩，大家在评议里都给予充分肯定，这有多好。这样落实政策，我很拥护。可是，能不能给别的……别的东西……落实政策？……”

全场哑然，似乎都屏住了呼吸，等待他继续说下去。

但是，魏锦星突然顺下眼皮，摆了下手，不再说下去了；只见他的喉骨上下搐动着……

散会后，我随着周大姐往党支部办公室走，周大姐眉峰攒聚，双眼仿佛凝视着远处，低声地问我：“你知道魏锦星要说的是什么吗？”

我突然感到，仿佛是银幕上的画面陡然从模糊变为了清晰，并且推成了一系列特写：大幅的姑娘头像、8平方米小屋的窗户、当年团支部的整风会上蜷缩在沙发上的魏锦星、“我恶心”和随之打来的铜头皮带、狮子般地扑向大字报和撕裂人心的惨叫、远道而来的女客和她的眯眼睛娃娃、由蜷曲到伸直的纸蛇、给母子送行的场面……我觉得一个意念已在心中形成，于是，我用肯定的语气回答周大姐：“他是问，能不能给性格，特别是给比较特殊的个性，落实政策？我还要替他补充：一个人在努力为祖国的繁荣富强而工作的前提下，能不能保留一点个人的东西，比方说，能不能有一点个人的秘密？”

周大姐用力地点着下巴，深沉地说：“是呀，多少年来我们的政治生活不够正常，‘左倾’灰尘污染了多少人的眼睛，容不得魏锦星的性格和他的个人秘密，这只不过是小小一例罢了……看来，充分调动每个革命群众的社会主义积极性，真正形成既有统一的革命意志，又有个人心情舒畅的局面，该做的工作还很多……”

说着我们已经走到了党支部办公室门前。这时，我看见檐下的冰挂正在阳光下融化，一滴一滴的水珠落到阶沿上，正发出有节奏的声响……

1979年6月

班主任

一

你愿意结识一个小流氓，并且每天同他相处吗？我想，你肯定不愿意，甚至会嗔怪我何以提出这么一个荒唐的问题。

但是，在光明中学党支部办公室里，当黑瘦而结实的支部书记老曹，用信任的眼光望着初三（三）班班主任张俊石老师，换一种方式向他提出这个问题时，张老师并不以为古怪荒唐。他只是极其严肃地考虑了一分钟左右，便断然回答说："好吧！我愿意认识认识他……"

事情是这样的：前些日子，公安局从拘留所把小流氓宋宝琦放出来。他是因为卷进了一次集体犯罪活动被拘留的。在审讯过程中，面对着无产阶级专政的强大威力与政策感召，他浑身冒汗，嘴唇哆嗦，做了较为彻底的坦白交代，并且揭发检举了首犯的关键罪行。因此，公安局根据他的具体情况——情节较轻而坦白揭发较好，加上还不足16岁——将他教育释放了。他的父母感到再也难在老邻居们面前抛头露面，便通过换房的办法搬了家，恰好搬到光明中学附近。根据这几年实行的"就近入学"办法，他父母来申请将宋宝琦转入光明中学上学。他该上初三，而初三（三）班又恰好有空位子，再加上张老师有十几年的班主任工作经验，又是这个年级班主任里唯一的党员，因此，经过党支部研究，接受了宋宝琦的转学要求，并且由老曹直接找到张老师，直截了当地摆出情况，问他说："怎么样？你把宋宝琦收下吧？"

正像你所知道的那样，张老师思忖的目光刚同老曹那饱含期待、鼓励的目光相遇，他便答应下来了。

二

张老师是个什么样的人呢？

趁他顶着春天的风沙，骑车去公安局了解宋宝琦情况的当口，我们可以仔细观察他一番。

张老师实在太平凡了。他今年36岁，中等身材，稍微有点发胖。他的衣裤都明显地旧了，但非常整洁，每一个纽扣都扣得规规矩矩，连制服外套的风纪扣，也一丝不苟地扣着。他脸庞长圆，额上有三条挺深的抬头纹，眼睛不算大，但能闪闪放光地看人，撒谎的学生最怕他这目光；不过，更让学生们敬畏的是张老师的那张嘴。人们都说薄嘴唇的人能说会道，张老师却是一副厚嘴唇，冬春常被风吹得暴出干皮儿；从这副厚嘴唇里迸出的话语，总是那么热情、生动、流畅，像一架永不生锈的播种机，不断在学生们的心田上播下革命思想和知识的种子，又像一把大笤帚，不停息地把学生心田上的灰尘无情地扫去……

一路上，张老师的表情似乎挺平淡，等到听完公安局同志的情况介绍、翻完卷宗以后，他的脸上才显露出强烈的表情来——很难形容，既不全是愤慨，也不排除厌恶与蔑视，似乎渐渐又下了决心，但忧虑与沉重也明显可见。

张老师从公安局回到学校时，已经是下午三点钟。他掏出叠得很整齐的手绢一边擦着脑门上的汗，一边走进年级组办公室。显然同组的老师们都已知道宋宝琦将于明天到他班上课的事了。教数学的尹达磊老师头一个迎上他，形成了关于宋宝琦的第一个波澜。

尹老师和张老师同岁，同是一个师范学院毕业，同时分配到光明中学任教，又经常同教一个年级。他们一贯推心置腹，就是吵嘴，也从不含沙射影、指桑骂槐，总是把想法倾巢倒出，一点“底儿”也不留。

三

尹老师身材细长，五官长得紧凑，这就使他永远摆脱不了“娃娃相”，多亏鼻梁上架着副深度近视镜，才使他在学生们面前不至有失长者的尊严。

在这1977年的春天，尹老师感到心里一片灿烂的阳光。他对教育战线，对自己的学校、所教的课程和班级，都充满了闪动着光晕的憧憬。他觉得一切不合理的事物都应该而且能够迅速得到改进。他认为“四人帮”既已揪出，扫荡“四人帮”在教育战线的流毒，形成理想的境界应当不需要太多的时间。不过，最近这些天他有点沉不住气。他愿意一切都如春江放舟般顺利，不曾想却仍要面临一些复杂的问题。

关于宋宝琦即将“驾到”的消息一入他的耳中，他就忍不住热血沸腾。张老师刚一迈进办公室，他便把满腔的“不理解”朝老战友发泄出来。他劈面责问张老师：“你为什么答应下来？眼下，全年级面临的形势是要狠抓教学质量，你弄个小流氓来，陷到做他个别工作的泥坑里去，哪还有精力抓教学质量？闹不好，还弄个‘一粒耗子屎坏掉一锅粥’！你呀你，也不冷静地想想，就答应下来，真让人没法理解……”

办公室的其他老师，有的赞同尹老师的观点，却不赞同他那生硬的态度；有的不赞成他的观点，却又觉得他的确是出于一片好心；有的一时还拿不准该怎么看，只是为张老师凭空添了这么副重担子，滋生了同情与担忧……因此，虽然都或坐或站地望着张老师，却一时都没有说话。就连搁放在存物架上的生理卫生课教具——耳朵模型，仿佛也特意把自己拉成了一尺半长，在专注地等待着张老师作答。

张老师觉得尹老师的意见未免偏激，但并不认为尹老师的话毫无道理。他静静地考虑了一分钟，便答辩似的说：“现在，既没有道理把宋宝琦退回给公安局，也没有必要让他回原学校上学。我既然是个班主任老师，那么，他来了，我就开展工作吧……”

这真是几句淡而无味的话。倘若张老师咄咄逼人地反驳尹老师，也许会引起一场火爆的争论，而他竟出乎意料地这样作答，尹老师仿佛反被慑服了。别的老师也挺感动，有的还不禁低首自问："要是把宋宝琦分到我的班上，我会怎么想呢？"

张老师的确必须立即开展工作，因为，就在这时，他班上的团支部书记谢惠敏找他来了。

四

谢惠敏的个头比一般男生还高，她腰板总挺得直直的，显得很健壮。有一回，她打业余体校栅栏墙外走过，一眼被里头的篮球教练看中。教练热情地把她请了进去，满心以为发现了个难得的培养对象。谁知让这位长圆脸、大眼睛的姑娘试着跑了几次篮后，竟格外地失望——原来，她弹跳力很差，手臂手腕的关节也显得过分僵硬，一问，她根本对任何球类活动都没有兴趣。

的确，谢惠敏除了随着大伙看看电影、唱唱每个阶段的推荐歌曲，几乎没有什么业余爱好。她功课中平，作业有时完不成，主要是由于社会工作占去的精力和时间太多了——因此倒也能获得老师和同学们的谅解。

头年夏天，张老师接任这个班的班主任时，谢惠敏已经是团支部书记了。张老师到任不久便轮到这个班下乡学农。返校的那天，队伍离村二里多了，谢惠敏突然发现有个男生手里转动着个麦穗，她不禁又惊又气地跑过去批评说："你怎么能带走贫下中农的麦子？给我！得送回去！"那个男生不服气地辩解说："我要拿回家给家长看，让他们知道这儿的麦子长得有多棒！"结果引起一场争论，多数同学并不站在谢惠敏一边，有的说她"死心眼"，有的说她"太过分"。最后自然轮到张老师表态。谢惠敏手里紧紧握着那根丰满的麦穗，微张着嘴唇，期待地望着张老师。出乎许多同学的意料，张老师同意了谢惠敏送回麦穗的请求。耳边响着一片扬声争论与喁喁低议交织成的音波，望着在雨后泥泞的大车道上奔回村庄的谢惠敏那独特的背影，张老师曾经感动地想：问题不在于小小的麦穗是否一定要这样来处理，看哪，这个仅仅只有三个月团龄的支部书记，正用全部纯洁而高尚的感情，在维护"决不能让贫下中农损失一粒麦子”的信念——她的身上，有着多么可贵的闪光素质啊！

但是，这以后，直到“四人帮”揪出来之前，浓郁的阴云笼罩着我们祖国的大地，阴云的暗影自然也投射到了小小的初三（三）班。被“四人帮”那个女黑干将控制的团市委，已经向光明中学派驻了联络员，据说是来培养某种“典型”；是否在初三（三）班设点，已在他们考虑之中。谢惠敏自然常被他们找去谈话。谢惠敏对他们的“教诲”并不能心领神会，因为她没有丝毫的政治投机心理，她单纯而真诚。但是，打从这时候起，张老师同谢惠敏之间开始显露出某种似乎解释不清的矛盾。比如说，谢惠敏来告状，说团支部过组织生活时，五个团员竟有两个打瞌睡。张老师没有去责难那两个不像样子的团员，却向谢惠敏建议说：“为什么过组织生活总是念报纸呢？下回搞一次爬山比赛不成吗？保险他们不会打瞌睡！”谢惠敏瞪圆了双眼，几乎不相信自己的耳朵，隔了好一阵，才抗议地说：“爬山，那叫什么组织生活？我们读的是批宋江的文章啊……”再比如，那一天热得像被扣在了蒸笼里，下了课，女孩子们都跑拢窗口去透气，张老师把谢惠敏叫到一边，上下打量着她说：“你为什么还穿长袖衬衫呢？你该带头换上短袖才是，而且，你们女孩子该穿裙子才对啊！”谢惠敏虽然热得直喘气，却惊讶得满脸涨红，她简直不能理解张老师在提倡什么作风！班上只有宣传委员石红才穿带小碎花的短袖衬衫，还有那种带褶子的短裙，这在谢惠敏看来，乃是“沾染了资产阶级作风”的表现！

“四人帮”揪出来之后，张老师同谢惠敏之间的矛盾自然可以解释清楚了，但并没有完全消除。

现在，谢惠敏找到张老师，向他汇报说：“班上同学都知道宋宝琦要来了，有的男生说他原来是什么‘菜市口老四’，特别厉害；有些女生害怕了，说是明天宋宝琦真来，她们就不上学了！”

张老师一愣，他还没有来得及预料到这些情况。现在既然出现了这些情况，他感到格外需要团支部配合工作，便问谢惠敏：“你怕吗？你说该怎么办？”

谢惠敏晃晃小短辫说：“我怕什么？这是阶级斗争！他敢犯狂，我们就跟他斗！”

张老师心里一热。一霎时，那在泥泞的大车道上奔走的背影活跳在记忆的屏幕上。他亲热地对谢惠敏说：“你赶紧把团支部和班委会的人找齐，咱们到教室开个干部会！”

五

四点二十左右，干部会结束了。其他干部都走了，教室里剩下张老师、谢惠敏和石红三个人。

石红恰好面对窗户坐着，午后的春阳射到她的圆脸庞上，使她的两颊更加红润；她拿笔的手托着腮，张大的眼眶里，晶亮的眸子缓慢地游动着，丰满的下巴微微上翘——这是每当她要想出一个更巧妙的方法来解决一道数学题时，为数学老师所熟悉、所喜爱的神态。可是此刻她并不是在解数学题，而是在琢磨怎么写出明天一早同大家——也包括宋宝琦——见面的“号角诗”。

张老师同谢惠敏在一旁谈着话。围绕着接收宋宝琦需要展开的工作，已经全部落实。男生干部分头找男生们做工作去了，跟他们讲宋宝琦并不是什么威震菜市口的“英雄”，而是个犯了错误的需要帮助的人。对他既别好奇乃至于敬畏，也不能歧视打击，大家要齐心合力地帮助他。女生干部将分头到那几个或者是因为胆小，或者是出于赌气，宣布明天不来上学的女生家去，对她们和她们的家长讲清楚，学校一定会保证女孩子们不受宋宝琦欺侮；对宋宝琦这样的小流氓，消极躲避只能助长他的恶习，只有团结起来同他斗争，进行教育，才能化有害为无害，并且逐步化无害为有益。张老师则要对宋宝琦进行家访，对他以及他的家长进行初步了解，并进行第一次思想工作。石红的“号角诗”明天一早将向大家强调：“让我们的教室响彻抓纲治国的脚步声！”

当石红的“号角诗”快要写完的时候，张老师同谢惠敏的谈话结束了。张老师把摊在桌上、刚给干部们看过的几件东西往一块敛。那是张老师从派出所带回来的宋宝琦犯案后被搜出的物品：一把用来斗殴的自行车弹簧锁，一副残破油腻的扑克牌，一个式样新颖附有打火机的镀镍烟盒，还有一本撕掉了封皮的小说。小干部们面对这些东西都厌恶得皱鼻子，撇嘴角。谢惠敏提议说："团支部明天课后开个现场会，积极分子也参加，摆出这些东西，狠狠批判一顿！"大伙都同意，张老师也点头说："对。要利用这个机会，进一步抓好反腐蚀教育。"

没曾想，临到张老师收敛这几件物品时，突然出现了矛盾，还闹得挺僵。

别的东西都收进书包了，只剩下那本小说。张老师原来顾不得细翻，这时拿起来一检查，不由得"啊"了一声。原来那是本"文化大革命"以前，中国青年出版社出版的长篇小说《牛虻》。

谢惠敏感到张老师神情有点异常，忙把那本书要过来翻看。她以前没听说过、更没看见过这本书。她见里面有外国男女讲恋爱的插图，不禁惊叫起来："唉呀！真黄！明天得狠批这本黄书！"

张老师皱起眉头，思索着。他回忆起自己中学时代的情况。那时候，团支部曾向班上同学们推荐过这本小说……围坐在篝火旁，大伙用青春的热情轮流朗读过它；倚扶着万里长城的城堞，大伙热烈地讨论过"牛虻"这个人物的优缺点……这本英国小说家伏尼契写成的作品，曾激动过当年的张老师和他的同辈人，他们曾从小说主人公的形象中，汲取过向上的力量……也许，当年对这本小说的缺点批判不够？也许，当年对小说的精华部分理解得也不够准确、不够深刻？……但，不管怎么说——张老师想到这儿，忍不住对谢惠敏开口分辩道："这本《牛虻》可不能说成是黄书……"

谢惠敏的两撇眉毛险些飞出脑门，她瞪圆了双眼望着张老师，激烈地质问说："怎么？不是黄书？！这号书不是黄书什么是黄书？"在谢惠敏的心目中，早已形成一种铁的逻辑，那就是凡不是书店出售的、图书馆外借的书，全是黑书、黄书。这实在也不能怪她。她开始接触图书的这些年，恰好是"四人帮"搞法西斯文化专制主义最凶的几年。可爱而又可怜的谢惠敏啊，她单纯地崇信一切用铅字新排印出来的东西，而在"四人帮"控制舆论工具的那几年里，她用虔诚的态度拜读的报纸刊物上，充塞着多少他们的"帮文"，喷溅出了多少戕害青少年的毒汁啊！倘若在谢惠敏她最亲近的人当中，有人及时向她点明：张春桥、姚文元那两篇号称"阐述无产阶级专政理论"的"重要文章"大可怀疑，而"梁效"、"唐晓文"之类的大块文章也绝非马列主义的"权威论著"……那该有多好啊！但是，由于种种主观和客观上的原因，没有人向她点明这一点。她的父母经常嘱咐谢惠敏及其弟妹，要听毛主席的话，要认真听广播、看报纸；要求他们遵守纪律、尊重老师；要求他们好好学功课……谢惠敏从这样的家庭教育中受益不浅，具备了强烈的无产阶级感情、劳动者后代的气质；但是，在资产阶级、修正主义的白骨精化为美女现形的斗争环境里，光有朴素的无产阶级感情就容易陷于轻信和盲从，而“白骨精”们正是拼命利用一些人的轻信与盲从以售其奸！就这样，谢惠敏正当风华正茂之年，满心满意想成为一个好的革命者，想为共产主义这个目标而奋斗，却被“四人帮”害得眼界狭窄、是非模糊。岂止《牛虻》这本书她会认为是毒草，我们这段故事发生的时候，《青春之歌》已经进行再版了，但谢惠敏还保持着“四人帮”揪出前形成的习惯——把那些热衷于传播“文艺消息”，什么又会有某个新电影上演啦，电台又播了个什么新歌呀这样的同学们，看成是“沾染了资产阶级思想”。就在前几天，她发现石红在自习课上看一本厚厚的小说，下课她便给没收了。那是1959年出版的《青春之歌》，她随便翻检了几页，把自己弄得心跳神乱——断定是本“黄书”，正想拿来上交给张老师，石红笑嘻嘻地一把抢了回去，还拍着封面说：“可带劲啦！你也看看吧！”结果两人争吵了一场；后来她忙着去团委会开会，倒忘记向张老师反映了，没想到今天张老师竟比石红还要石红——亲口否认这本外国“黄书”不黄！在谢惠敏心中，外国的“黄书”当然一律又要比中国的“黄书”更黄了。面对着这样一位张老师，她又联想起以前的许多琐细冲突来。于是，往常毕竟占据支配地位的尊敬之感，顿然减少了许多。她微微噘起嘴，飞走的眉毛落回来拧成了个死疙瘩。

这时候，石红写完“号角诗”，正准备给张老师和谢惠敏朗诵，忽然听到张老师说：“这本《牛虻》可不能说成是黄书……”她这才知道那本破书原来就是《牛虻》，赶忙凑拢谢惠敏身边去看。谢惠敏大声质问张老师的话刚一出口，她便热情地晃动着谢惠敏胳膊说：“别这么说！我听爸爸妈妈讲过，《牛虻》这本书值得一读！这两天我正读《钢铁是怎样炼成的》，里头的保尔·柯察金是个无产阶级英雄，可他就特别佩服牛虻……”石红早就想找本《牛虻》来看，一直没有借到，所以她从谢惠敏手中拿过书来翻动时，心里翻腾着强烈的求知欲：这本书写的是什么时代的事儿？故事发生在什么地方？牛虻究竟是个啥样的人？真的有值得佩服的地方吗？……当她把破书还到张老师手上时，不禁问道："读这本书，该注意些啥？学习些啥？"谢惠敏咬住嘴唇，眯起眼睛，不满地望着石红，心里怦怦直跳。

张老师翻动着那本饱经沧桑的《牛虻》。他本想耐心地对谢惠敏解释为什么不能把它算作"黄书"，但这本书是从宋宝琦那儿抄出来的，并且，瞧，插图上，凡有女主角琼玛出现，一律野蛮地给她添上了八字胡须。又焉知宋宝琦他们不是把它当成"黄书"来看的呢？生活现象是复杂的。这本《牛虻》的遭遇也够光怪陆离了。对谢惠敏这样实际上还很幼稚的孩子，分析过于复杂的生活现象和精华糟粕并存的文艺作品，需要充裕的时间和适宜的场合。

想到这些，我们的张老师便把破旧的《牛虻》放入书包，和蔼地对谢惠敏说："关于这本书的事儿，咱们改天再谈吧。看，快五点了，咱们赶紧听听石红写的'号角诗'吧，听完分头按计划行动。"

石红念的诗，谢惠敏一句也没装进脑子里去。她痛苦而惶惑地望着映在课桌上的那些斑驳的树影。她非常、非常愿意尊敬张老师，可张老师对这样一本书的古怪态度，又让她不能不在心里嘀咕："还是老师呢，怎么会这样啊？！……"

六

五点刚过，张老师骑车抵达宋家的新居。小院的两间东屋里，东西还来不及仔细整理，显得很凌乱。比如说，一盆开始挂花的"令箭"，就很不恰当地摆放在了歪盖着塑料布的缝纫机上。

宋宝琦的母亲是个售货员，这天正为搬家倒休，忙不迭地拾掇着屋子。见张老师来了，她有些宽慰，又有点羞愧，忙把宋宝琦从屋里喊出来，让他给老师敬礼，又让他去倒茶。我们且不忙随张老师的眼光去打量宋宝琦，先随张老师坐下来同宋宝琦母亲谈谈，了解一下这个家庭的大概。

宋宝琦的父亲在园林局苗圃场工作，一直上"正常班"，就是说，下午六点以后就能往家奔了。但他每天常常要八九点钟才回家。为什么？宋宝琦母亲说起来连连叹气，原来这些年他养成了个坏习惯：下班的路上经过月坛，总要把自行车一撂，到小树林里同一些人席地而坐，打扑克消遣，有时打到天黑也不散，挪到路灯底下接茬打，非得其中有个人站起来赶着去工厂上夜班，他们才散。

显然，这样一位父亲，既然缺乏丰富而有意义的精神生活，那么，对宋宝琦的缺乏教育管束也就可想而知了。至于当母亲的，从她含怨的叙述中，不难看出她是怎样自食了溺爱与放任独生子的苦果。

绝不要以为这个家庭很差劲。张老师注意到，尽管他们还有大量的清理与安置工作，才能使房间达到窗明几净的程度，但是两张镶镜框的毛主席、华主席像，却已端正地并排挂到了北墙，并且，一张稍小的周总理像，装在一个自制的环绕着银白梅花图案的镜框中，被郑重地摆放在了小衣柜的正中。这说明这对年近半百的平凡夫妇，内心里也涌荡着和亿万人民相同的感情波澜。那么，除了他们自身的弱点以外，谁应当对他们精神生活的贫乏负责呢？……

差一刻六点的时候，张老师请当母亲的尽管去忙她的家务事，他把宋宝琦带进里屋，开始了对小流氓的第一次谈话。

现在我们可以仔细看看宋宝琦是什么模样了。他上身只穿着尼龙弹力背心，一疙瘩一疙瘩的横肉，和那白里透红的肤色，充分说明他有幸生活在我们这个不愁吃不愁穿的社会里，营养是多么充分，躯体里蕴藏着多么充沛的精力。唉，他那张脸啊，即便是以经常直视受教育者为习惯的张老师，乍一看也不免浑身起栗。并非五官不端正，令人寒心的是从面部肌肉里，从殴打中裂过又缝上的上唇中，从鼻翼的神经质扇动中，特别是从那双一目了然地充斥着空虚与愚蠢的眼神中，你立即会感觉到，仿佛一个被污水泼得变了形的灵魂，赤裸裸地立在了聚光灯下。

经过三十来个回合的问答，张老师已在心里对宋宝琦有了如下的估计：缺乏起码的政治觉悟，知识水平大约只相当初中一年级程度，别看有着一身犟肉，实际上对任何一种正规的体育活动都不在行。张老师想到，一些满足于贴贴标签的人批判起宋宝琦这样的小流氓来，一定会说他是“满脑子资产阶级思想”。但是，随着进一步地询问，张老师便愈来愈深切地感到，笼统地说宋宝琦这样的小流氓具有资产阶级思想，那就近乎无的放矢，对引导他走上正路也无济于事。

宋宝琦的确有严重的资产阶级思想，但究竟是哪一些资产阶级思想呢？

资产阶级标榜“自由、平等、博爱”，讲究“个人奋斗”、“成名成家”，用虚伪的“人性论”掩盖他们追求剥削、压迫的罪行。而宋宝琦呢？他自从陷入了那个流氓集团以后，便无时无刻不处于森严的约束之中，并且多次被大流氓“扇耳刮子”与用烟头烫后脑勺。他愤怒吗？反抗吗？不，他既无追求“个性解放”、呼号“自由、平等”的思想行动，也从未想到过“博爱”；他一方面迷信“哥儿们义气”，心甘情愿地替大流氓当“催巴儿”，另一方面又把扇比他更小的流氓耳光当作最大的乐趣。“什么成名成家”，他连想也没有想过，因为从他懂事的时候起，一切专门家——科学家、工程师、作家、教授……几乎都被林贼“四人帮”打成了“臭老九”，论排行，似乎还在他们流氓之下，对他来说，何羡慕之有？有何奋斗而求之的必要？资产阶级的典型思想之一是“知识即力量”，对不起，我们的宋宝琦也绝无此种观念。知识有什么用？无休无止地“造反”最好。张铁生考试据说得了个“大鸭蛋”，不是反而当上大官了吗？……所以，不能笼统地给宋宝琦贴上个“满脑袋资产阶级思想”的标签便罢休，要对症下药！资产阶级在上升阶段的那些个思想观点，他头脑里并不多甚至没有，他有的反倒是封建时代的“哥儿们义气”以及资产阶级在没落阶段的享乐主义一类的反动思想影响……请不要在张老师对宋宝琦的这种剖析面前闭上你的眼睛，塞上你的耳朵，这是事实！而且，很遗憾，如果你热爱我们的祖国，为我们可爱的祖国的未来操心的话，那么，你还要承认，宋宝琦身上所反映出的这种问题，在一定程度上还并不是极个别的！请抱着解决实际问题、治疗我们祖国健壮躯体上的局部痈疽的态度，同我们的张老师一起，来考虑考虑如何教育、转变宋宝琦这类青少年吧！

张老师从书包里取出那本饱遭蹂躏的小说来，问宋宝琦：“这本书叫什么名儿？你还记得吗？”

宋宝琦刚经历过专政机关严厉的审讯和带强制性的训斥，那滋味当然远比一个班主任老师的询问与教育难受，所以，他尽可能用最恭顺的态度回答说："记得。这是牛亡。"他不认识"虻"字，照他识字的惯例，只读一半。

"不是牛亡，是牛虻。你知道这两个字是什么意思吗？"

宋宝琦面部没有表情，两眼直愣愣地望着对面在窗玻璃外扑腾的一只粉蝶，极坦率地回答说："不懂。"

"那么，这本书你究竟读完了没有呢？"

"翻了翻篇。我不懂。"

"不懂，你要它干什么呢？这本书是打哪儿来的呢？"

"我们偷的。"

"打哪儿偷的呢？偷它干什么呢？"

"打原来我们学校废书库偷的。听说那里头的书都是不让借、不让看的。全是坏书。我们撬开锁，偷了两大包。我们偷出来为的是拿去卖。"

"怎么没把这本卖了呢？"

"后来都没卖。我们听说，盖了图书馆戳子的书，我们要是卖去，人家就要逮着我们。"

"你们偷出来的书里，还有些什么呢？你还能说出几个名儿来吗？"

"能！"宋宝琦为能表现一下自己并非愚钝无知感到非常高兴，他第一次有了专注的神情，眨着眼，费劲地回忆着："有《红岩》，有……《和平与战争》，要不，就是《战争与和平》，对了，还有一本书特怪，叫……叫《新嫁车的词儿》……"

这让张老师吃了一惊。他想了想，掏出钢笔在手心里写了《辛稼轩词选》几个字，伸出去让宋宝琦看，宋宝琦赶忙点头："就是！没错儿！"

张老师心里一阵阵发痛。几个小流氓偷书，倒还并不令人心悸。问题是，凭什么把这样一些有价值的、乃至于非但不是毒草，有的还是香花的书籍，统统扔到库房里锁起来，宣布为禁书呢？宋宝琦同他流氓伙伴堕落的原因之一，出乎一般人的逻辑推理之外，并非一定是由于读了有毒素的书而中毒受害，恰恰是因为他们相信能折腾就能"拔份儿"，什么书也不读而堕落于无知的深渊！

张老师翻动着《牛虻》，责问宋宝琦："给这插图上的妇女全画上胡子，算干什么呢？你是怎么想的呢？”

宋宝琦垂下眼皮，认罪地说：“我们比赛来着，一人拿一本，翻画儿，翻着女的就画，谁画得多，谁运气就好……”

张老师愤然注视着宋宝琦，一时说不出话来。宋宝琦抬起眼皮偷觑了张老师一眼，以为是自己的态度还不够老实，忙补充说：“我们不对，我们不该看这黄书……我们算命，看谁先交上女朋友……我们……我再也不敢了！”他想起了在公安局里受审的情景，也想起了母亲接他出来那天，两只红红的、交织着疼和恨的眼睛。

“我们不该看这黄书。”——这句话像鼓槌落到鼓面上，使张老师的心“咚”的一响。怪吗？也不怪——谢惠敏那样品行端正的好孩子，同宋宝琦这样品质低劣的坏孩子，他们之间的差别该有多么大啊，但在认定《牛虻》是“黄书”这一点上，却又不谋而合——而且，他们又都是在并未阅读这本书的情况下，“自然而然”地做出这个结论的。这是多么令人震惊的一种社会现象！谁造成的？谁？

当然是“四人帮”！

一种前所未及的，对“四人帮”铭心刻骨的仇恨，像火山般喷烧在张老师的心中。截止目前为止，在人类文明史上，能找出几个像“四人帮”这样用最革命的“逻辑”与口号，掩盖最反动的愚民政策的例子呢？

望着低头坐在床上，两只肌肉饱满的胳膊撑在床边，两眼无聊地瞅着互相搓动的、穿着白边懒鞋的双脚，拒绝接受一切人类文明史上有益的知识和美好的艺术结晶的这个宋宝琦，张老师只觉得心里的火苗扑腾扑腾往上蹿，一种无形的力量冲击着他的喉头，他几乎要喊出来——

救救被“四人帮”坑害了的孩子！

七

春天日短。当远处电报大楼的七记钟声，悠悠地随风飘来时，暮色已经笼罩着光明中学附近的街道和胡同。

张老师推着自行车，有意识拐进了免费出入、日夜开放的小公园里。他寻了一条僻静处的长椅，支上车，坐到长椅上，燃起一支香烟，眉尖耸动着，有意让胸中汹涌的感情波涛，能集中到理智的闸门，顺合理的渠道奔流出去，化为强劲有力的行动，来执行自己这班主任的职责。

晚风吹动着一直拖到椅背上来的柳丝，身上落下了一些随风旋转而来的干榆钱，在看不见的地方，丁香花开了，飘来沁人心脾的芳馥气息。

同宋宝琦本人及其家庭的初步接触，竟将张老师心弦中的爱弦和恨弦拨动得如此之剧烈，颤动得他竟难以控制自己。他恨不能立时召集全班同学，来这长椅前开个班会。他有许多深刻而动人的想法，有许多诚挚而严峻的意念，有许多倾心而深沉的嘱托、建议、批评、引导和号召，就在这个时候，能以最奔放的感情，最有感染力的方式，包括使用许多一定能脱口而出的丰富而奇特的、易于为孩子们所接受的例证和比喻，淋漓尽致地表达出来……

他感到，他比以往任何时候，都更爱我们亲爱的祖国。想到她的未来，想到她的光明前景，想到本世纪结束、下世纪开始时，“四化”初具规模的迷人境界，他便产生了一种不容任何人凌辱、戏弄祖国，不许任何人扼杀、窒息祖国未来的强烈感情！他想到自己的职责——人民教师，班主任，他所培养的，不要说只是一些学生，一些花朵，那分明就是祖国的未来，就是使中华民族在这960万平方公里的土地上，强盛地延续下去，发展下去，屹立于世界民族之林的未来！

他感到，他比以往任何时候，都更深刻地仇恨“四人帮”这伙祸国殃民的蟊贼。不要仅仅看到“四人帮”给国民经济所造成的有形危害，更要看到“四人帮”向亿万群众灵魂上泼去的无形污秽；不要仅仅注意到“四人帮”培养出了一小撮“头上长角、浑身长刺”的张铁生式丑类，还要注意到，有多少宋宝琦式的“畸形儿”已经出现！而且，甚至像谢惠敏这样本质纯正的孩子身上，都有着“四人帮”用残酷的愚民政策所打下的黑色烙印！“四人帮”不仅糟蹋着中华民族的现在，更残害着中华民族的未来！

对丑类的恨加深着对人民的爱，对人民的爱又加深着对丑类的恨，当爱和恨交织在一起的时候，人们就有了为真理而斗争的无穷勇气，就有了不怕牺牲去夺取胜利的无穷力量。

张老师陡然站了起来，他看看表，七点一刻。他想到了晚饭。不是他感到饿了，想自己回家吃饭去，他简直把自己也需要吃晚饭这件事忘到爪哇岛去了。他是打算亲自到几个同学家里去，了解一下他们对宋宝琦来初三（三）班的反应。而这个时候，同学们家里一定都在吃饭，吃饭的时候进行家访是不适宜的。他想了想，便背着手，在小公园的树林子里踱起步来，同时确定下来，七点半左右再离开这里……

丁香花的芳馨一阵阵更加浓郁。浓郁的香气令人联想起最称心如意的事。张老师想到“四人帮”已经被扫进了垃圾箱，想到华主席为首的党中央已经在短短的半年内打出了崭新的局面，想到亲爱的祖国不但今天有了可靠的保证，未来也更加充满希望，他便感到宋宝琦也并非朽不可雕的烂树，而谢惠敏的糊涂处以及对自己的误解与反感，比之于蕴藏在她身上的优良素质和社会主义积极性来，简直更不是什么难以消融的冰雪了。

八

张老师推车走出小公园时，恰巧遇上了提着鼓囊囊的塑料包，打从小公园门口走过的尹老师。

尹老师大吃一惊：“俊石，你怎么还有逛公园的雅兴？”

张老师笑了笑，没有解释。他也并不问尹老师从哪儿来，到哪儿去。他知道，尹老师坚持有一个多月了，每天下午四点以后，除了在学校组织一些数学后进的学生补课以外，还要轮流到他们家里去进行个别辅导。他熟悉尹老师的脾性，特别是“四人帮”控制着文教战线的时期，他往往牢骚满腹，对教育部不满，对学校领导不满，对学生不满，对家长不满。倘是一个局外人，听了他那些愤激之情溢于言表的话，一定会以为他是个惯于撂挑子、甩袖子的人；其实尹老师牢骚归牢骚，工作归工作，不管是什么时候，不管遇上什么打击、障碍、困难和挫折，他从未放弃过辛勤的教学劳动。就是在“四人帮”把学生中的无政府主义思潮煽动得达于极点，课堂里往往乱得像一锅煮沸的粥时，他虽然能在办公室里把牢骚话说到"咱们干脆罢教"的地步，一听到上课铃响，却又立即奔赴教室，仍然竭尽全力地用粉笔敲着黑板，用劝导、吆喝、说服、恫吓来让同学们听他讲述那些方程式和多面体。

张老师知道这是他已经结束了个别辅导，要奔赴胡同外的汽车站，乘车回家去了。他既然是忙完了工作，那么，牢骚一定是一触即发。果不其然，不等张老师开口，他便拍着张老师自行车的车座子，长叹一声说："'四人帮'给咱们造成了些什么样的学生啊！你想想看吧，我教的是初三了，可刚才却还在为两个学生翻来覆去地讲勾股定理……你比我更有'福气'——摊上个'新文盲'宋宝琦！说实在的我能理解你，眼下是'百废待举'，该做的事情那么多，而光是今天一个下午，你就为收留一个小流氓耗费了那么多心血，犯得上吗？！让宋宝琦滚蛋吧！公安局不收，让他回原来的学校！原来的学校不要，就让他在家待着！……"

张老师诚恳地对他说："经过这一下午，我越来越自觉地认识到，症结不在是不是一定要收下宋宝琦——的确，也许应当为他这样的学生专门办一种学校，或者把他同相似的学生专门编成一班；要不按他的文化程度，干脆把他降到初一去从头学起……但这都不是主要的。症结在哪里呢？今天下午围绕着收留宋宝琦发生的这一件又一件的事情，好比一面镜子，照出了'四人帮'糟害我们下一代的罪恶；有些'四人帮'的流毒和影响，我以前或者没有觉察出来，或者没有像今天这样感到触目惊心，我想到了很多、很多……达磊，现在是一九七七年的春天，这是多么美好、多么幸福的春天啊，可它又是要求我们迎向更深刻的斗争、付出更艰苦的劳动的春天，因而也是要求我们更加严格的一个春天！朝前看吧，达磊！……"

尹老师从这简单的话语里不可能感受到张老师已经感受到的一切，但是，当他同张老师那饱含着醒悟、深思、信心、力量的动人目光相遇时，他的牢骚和烦躁情绪顿时消失了。1977 年春天的晚风吹拂着这两个平平常常、默默无闻的人民教师，有那么一两分钟，他们各自任自己的思绪飞扬奔腾，静静的没有交谈。

张老师想到，过几天，针对尹老师思想方法偏于简单和急躁的缺点，一定要好好地找他谈一谈：感情绝不能代替政策；迫切希望革命事业向前迈进的心情，不能简单地表现为焦躁和牢骚；锲而不舍地坚持斗争的同时，又应当对事物的发展抱相应的积极等待的态度；对宋宝琦这类小流氓的厌恨，还可以转化为对祖国的幼苗遭到“四人帮”戕害而生的怜惜和疼爱……总之，要好好地同尹老师谈谈哲学，谈谈辩证法，谈谈现在和未来，谈谈爱和恨，谈谈生活和工作，乃至于谈谈《红岩》和《牛虻》……

远处又飘来了报告七点半已到的一记钟声，张老师收回沸腾的思绪，拍拍尹老师肩膀说：“咱俩另找个时间好好聊聊吧。我还要到几个同学家里去一下。”

“快去石红那儿吧，”尹老师忽然想起，赶紧告诉张老师，“我刚从他们楼里出来，听我那班的一个同学说，谢惠敏跟石红吵了一架，你快去了解一下吧！”

张老师心里一震，他立即骑上车，朝石红家所在的居民楼驰去。

九

石红的爸爸是区上的一个干部，妈妈是个小学教师，两口子都是在轰轰烈烈的“四清”运动里入党的；从入党前后起，特别是经过“无产阶级文化大革命”，他们形成了一种很好的习惯，就是坚持学习马列、毛主席著作。他们书架上的马恩、列宁四卷集、“毛选”四卷和许多厚薄不一的马列、毛主席著作单行本，书边几乎全有浅灰的手印，书里不乏折痕、重点线和某些意味着深深思索的符号……石红深深受着这种认真读书的气氛的熏陶，她也成了个小书迷。

石红是幸运的。“晚饭以后”成了她家的一个专用语，那意味着围坐在大方桌旁，互相督促着学习马列、毛主席著作，以及在互相关怀的气氛中各自做自己的事——爸爸有时是读他爱读的历史书，妈妈批改学生的作文，石红抿着嘴唇，全神贯注地思考着一道物理习题或是解着一个不等式……有时一家人又在一起分析时事或者谈论文艺作品，父亲和母亲，父母和女儿之间，展开愉快的、激烈的争论。即便在“四人帮”推行法西斯文化专制主义最凶狠的情况下，这家人的书架上仍然屹立着《暴风骤雨》、《红岩》、《茅盾文集》、《盖达尔选集》、《欧也妮·葛朗台》、《唐诗三百首》……这样一些书籍。

张老师曾经把石红通读过的《共产党宣言》、《马克思主义的三个来源和三个组成部分》和“毛选”四卷，以及她的两本学习笔记，拿到班会上和家长会上传看过，但是，他更觉得欣喜的是，这孩子常常能够根据马列主义、毛泽东思想的原则去思考、分析一些问题，这些思考和分析，往往比较正确，并体现在她积极的行动中。

我们这个故事发生的那一天，张老师敲开石红他们家那个单元的门后，发现迎门的那间屋里，坐满了人。石红坐在屋中饭桌边，正朗读着一本书，另外有五个女孩子，也都是张老师班上的学生，散坐在屋中不同的部位，有的右手托腮、睁大双眼出神地望着石红；有的双臂叠放在椅背上，把头枕上去；有的低首揉弄着小辫梢……显然，她们都正听得入神。根据下午谢惠敏的汇报，这恰恰是那几个因为害怕或赌气，而扬言明天宋宝琦去了她们就不去上学的同学。

石红读得专心致志，没有发觉张老师的到来；有两三个女孩子抬眼瞧见了张老师，也只是羞涩地对他笑笑，没有出声叫他“张老师”，那显然并非忘记了礼貌，而是不忍心中断她们已经沉浸进去的那个动人的故事。

来开门的石红妈妈把张老师引到隔壁屋里，请他坐下，轻声地解释说：“孩子们正在读鲁迅翻译的《表》……”

《表》是苏联作家班台莱耶夫在十月革命后不久写的一部儿童文学作品，它描写了一个流浪儿在苏维埃教养院里的转变过程。鲁迅先生当年以巨大的热情翻译了它。张老师虽然好多年没翻过这本书了，但石红妈妈一提，这本书里的一些人物形象和片断情节，顿时涌现在张老师的脑海中。张老师在短短的几分钟里，已经猜测出石红家里出现这种局面的来龙去脉了。果然，石红妈妈告诉他：“石红一回家就把宋宝琦的事跟我说了。吃晚饭的时候她一个劲眨巴眼睛，洗碗的时候她跟我商量：‘妈妈，要是我约上谢惠敏，把那些害怕、赌气的同学们都找来，读读《表》这本书怎么样呢？’我很赞成。我跟她说：‘有党的领导，有社会主义制度，路线对了头，只要老师、同学们发挥集体的作用，小流氓也是能转变的啊！’后来她就找同学们去了——只是谢惠敏不知怎么没有来……”

正说着，石红读完一个段落，知道张老师来了，拿着书跳进里屋，高兴地嚷：“张老师，你来得正好！快给我们讲讲吧！”

张老师被她拉到了外屋，几个小姑娘都站起来叫“张老师”，不等他发话，各种各样的问题就争先恐后地提出来了：

“张老师，这本书我们能读吗？”

“张老师，这本书里的小流氓，怎么又惹人生气，又惹人同情呢？”

“张老师，谢惠敏说我们读毒草，这本书能叫毒草吗？”

“张老师，您见着宋宝琦了吗？跟这本书里的小流氓比，他好点儿还是坏点儿呢？”

……

张老师且不忙回答，却反问她们：“谢惠敏为什么不来呢？石红跟她吵嘴了？你们应该齐心合力把她拉来啊！”

小姑娘们激动地同声回答起来，吵成一片，结果一句也听不清，还是石红让大伙静下来，解释说：“拉不来啊！除非现在报上专门登篇文章，宣布《表》是一本好书……”

原来，石红刚一找到谢惠敏的时候，谢惠敏见石红工作这么积极，还挺高兴。可是一听是找到一块去读一本外国小说，她就打心眼里反感。石红跟她解释，这本书挺不错，读了对解决那几个同学的问题能有启发……谢惠敏没等石红说完，立刻反问道：“报上推荐过吗？”这一问使石红呆住了，半晌才回答：“没推荐呢。”“读没推荐的书不怕中毒吗？现在正反腐蚀，咱们干部可不能带头受腐蚀呀！……”谢惠敏一脸警惕的神色，警告着石红，不仅自己拒绝参加这个活动，还劝说石红不要“犯错误”……这把石红惹恼了，同她吵了一场，但临走时仍然拉着她的手，央告她去“听听再说”，她把石红的手拂开了。石红走后，谢惠敏激动地走出屋子，晚风吹拂着她火烫的面颊，她很痛苦，上牙把下唇咬出了很深的印子……

在石红的家里，接下来出现了这样的场面：张老师坐在桌边，石红和那几个小姑娘围住他，师生一起无拘无束地谈了起来，从《表》谈到苏联的演变，从《表》里的流浪儿谈到宋宝琦，从应当怎样改造小流氓谈到大多数小流氓是能够教育好的，最后渐渐谈到明天以后班里面临的新形势，张老师笑着问那几个小姑娘："怎么样，你们还罢课吗？"

她们互相交换完眼色，便都望着张老师，几乎是异口同声地说："不罢啦！"

张老师离开石红家的时候，满天的星斗正在宝蓝色的夜空中熠熠闪光。

用不着思索，蹬上自行车以后，他自然而然地向谢惠敏家里驰去。说实在的，当他同石红和那几个小姑娘议论时，谢惠敏无时不在他的心中；他疼爱谢惠敏，如同医生疼爱一个不幸患上传染病的健壮孩子；他相信，凭着谢惠敏那正直的品格和朴实的感情，只要倾注全力加以治疗，那些"四人帮"在她身上播下的病菌，是一定能够被杀灭的。

离谢惠敏的家越近，张老师心上的内疚感便越沉重。过去，对谢惠敏成为这样一种状态，他总觉得自己难以承担责任——他在接班不久的情况下，就向谢惠敏含蓄地指出过，不要只是学习零星的语录，不要迷信解释领袖思想的文章，要认真学习原著，要独立思考……但谢惠敏并未领悟。今天，张老师有了新的感触，他责问自己，虽然去年十月以前的那个学期里，是个乌云压顶的形势，可是，难道自己就不能更勇敢、更坚决地同荒诞、反动的东西作斗争吗？就不能更直截了当地、更倾注全力地同谢惠敏谈心，引导她擦亮眼睛、识别真假吗？……

快到谢惠敏家的门口时，一个计划已在张老师心中初现轮廓：他今天要把书包中的那本《牛虻》留给谢惠敏，说服她去读读这本书，允许她对这本书发表任何读后感。然后，从分析这本书入手，引导谢惠敏运用马列主义、毛泽东思想的立场、观点、方法去解答一系列互相关联的问题：应当怎样认识生活？应当怎样了解历史？应当怎样对待人类社会产生的一切文明成果？应当怎样批判过去文化遗产中的糟粕而取其精华？应当怎样全面地、辩证地看问题？应当怎样辨别香花和毒草，识别真假马列主义？应当使自己成为一个什么样的人？应当怎样去为祖国的"四化"、为共产主义的灿烂未来而斗争？……

张老师心中掀动着激昂的感情波澜。当他刹住车，在谢惠敏家门口站定时，心中的计划进一步明朗起来：不仅要从这件事入手，来帮助谢惠敏消除“四人帮”的流毒，而且，还要以揭批“四人帮”为纲，开展有指导的阅读活动，来教育包括宋宝琦在内的全班同学……他决定明天一早就去请示党支部。会获得支持吗？他眼前浮现出老曹在支部会上目光灼灼地发言的面影：“现在，是真格儿按毛主席的思想体系搞教育的时候了！”他正是要“真格儿”地大干一场啊，一定会得到组织支持的！他心中又闪过了一些老师可能发出的疑问，于是，他决定，要争取在教师会上发言，阐述自己的想法：现在，我们不仅要加强课堂教学，使孩子们掌握好课本和课堂上的科学文化知识，获得德、智、体全面发展；不仅要继续带领他们学工，学农，把理论和实践结合起来；而且，还要引导他们注目于更广阔的世界，使他们对人类全部文明成果产生兴趣，具有更高的分析能力，从而成为社会主义革命和社会主义建设的更强有力的接班人……

这时，春风送来沁鼻的花香，满天的星星，都在眨眼欢笑，仿佛对张老师那美好的想法给予着肯定与鼓励……

1977 年 11 月

爱情的位置

一

刚下早班，车间主任魏师傅就把我叫去了。

我随他走到用三合板隔出来的、当作办公室用的车间一角。魏师傅转过身来，面对着我。咦，他怎么呈现出那么古怪的一种表情，仿佛他突然不认识我了，或者我犯了什么错误……我忍不住“扑哧”一声乐了出来。

“你呀你呀，好一个孟小羽！”魏师傅线条刚毅而皮肤粗糙的方脸盘上，一双不大而放光的眼睛里流露出失望与关怀的复杂表情；他晃动着裹满老茧的右手食指，喃喃地说：“没想到你也搞起对象来了……你还早啊，急什么呢？等你到了亚梅的岁数，我给你介绍个顶呱呱的——你希望什么样的，到时候尽管告诉我好啰！可你现在……”

我好纳闷。谁向魏师傅“告密”了？难道是我自己不谨慎泄露了“天机”？似乎都不是。于是我尽量装出若无其事的模样说：“瞧您都说了些什么呀——没有的事儿！……”

魏师傅先是缓缓地摇头，然后叹了口气，随之从工作服胸兜里掏出个对折的信封递给我：“传达室老葛送报纸时候一块捎进来的——那小伙子连邮递员都信不过，亲自把它送到传达室来啦！”

我慌忙接过封口处粘得死死的信封，一见信皮上那熟悉而亲切的字体：“孟小羽亲启”，心口那儿就像装上了个马达，而且顿时就觉得脸颊在往外放热。我撕开信封，只见信纸上头简简单单地写着：“买到大华电影院三点一刻的票——《霓虹灯下的哨兵》，千万别晚。”我本能地伸腕一看表：两点过八分！又本能地一转身，正要往外迈步，身后传来魏师傅威严的咳嗽声，于是，便扭回头诚恳地对他说：“魏师傅，您放心——我明天把什么都告诉给您！”

魏师傅显然不可能马上对我“放心”，但是我却对魏师傅一百个放心。我理解魏师傅的心情。他对我们车间“文化大革命”当中陆续参加工作的八个青工思想上的指引、工作上的帮助、生活上的关怀，简直可以写成一本厚厚的书。我们当面跟他顶过嘴、犯过倔，背后却简直找不出一句埋怨他的话来。

我匆匆忙忙地跑进更衣室。别人都走了，只有亚梅还在仔细地用小立体梳，对着更衣室里唯一的一面缺了角的长方镜子梳头。在我们车间的八个青工里，她是年纪最大的，这一九七八年一到，她就该满二十八岁了。她正在公开“搞对象”——谁都认为这是天经地义，连前几年把她管得紧紧的魏师傅，半年前还给她介绍过一个小伙子呢。她见面后很满意，只是后来了解到这小伙子母亲有慢性病、弟妹又多，便“拉吹”了；现在她终于找到了一个“最满意”的，那优点这些天连我都能倒背如流：“大学毕业，工资不用分给家里，个人还有几百元的存款；会木工活，为准备结婚已经陆续打好了大立柜、一套沙发和一个一头沉书桌；单位有宿舍，据说很有可能分到半个单元；表姐是文工团合唱队的，所以看演出很方便……”

我几下换好衣服，挤过去对着镜子用手抿了抿鬓角。这时亚梅一把抓住我，附在我耳边兴奋地说：“嘿，赶明儿你想照相，甭客气，跟我说一声好啦……他有架海鸥牌的，装一二〇胶卷……”

我微微一笑，想说几句话，可是没说又咽了回去。我想说什么呢？想问她：“他个人究竟怎么样呢？你摸透了吗？你——爱他吗？”我想，归根结底，你亚梅不是嫁给照相机以及那许多东西，最重要的是他本人——你要跟他度过今后的一生呢。倘若他一旦没有了存款折、大立柜、照相机以及许多现在吸引你的东西，你将怎么同他生活在一个屋顶下呢？

我怕亚梅伤心，我没把这话说出口。况且现在我也没有时间。可是亚梅并不轻易放跑我，她神采飞扬地从提包里取出一条拉毛大围脖，抖开围到头上，硬挽着我胳膊往镜子跟前凑，兴奋地睁大着双眼皮的鼓眼睛，用不容置疑的语气问我："怎么样，配得上我这件呢外套吧？"

说实在的，我吃了一惊。洋红的拉毛围脖配宝蓝色的呢外套，撇开我个人的口味不论，十个人里怕得有七个要说刺眼——可是我这个团小组长不应当在这类非原则性问题上去干涉一个同志，便含混地点点头说："嗯啦。"

当我终于摆脱了沉浸在幸福感当中的亚梅，登上开往大华电影院的电车时，已经是两点二十五分了。

二

我坐电车从来不坐座位——即便有空座位也不坐。一九七六年十月以前，"四人帮"把社会风气搞坏了。不少同我年龄差不多的青年，上车不排队，坐车抢座位，自己坐在位子上，旁边站着一位颤颤巍巍的白发老大娘，或者是一位抱孩子的大嫂，居然可以无动于衷。他们为什么会丧失了起码的共产主义道德观念？我心里常常发痛地思考这个问题。七六年八月，正是唐山震灾发生后不久，有天下班我上了电车，发现一个留小胡子的青年人坐在单座上，他身旁一位神色疲惫的老大爷吃力地抓住吊环，仿佛随时可能晕倒。"小胡子"不时翻眼瞥瞥那位大爷。——他那表情，分明是嫌厌老大爷不够整洁的衣裤险些蹭着了他雪白的混纺衬衫，不光是我，周围的几位乘客都有点看不下去了——我正犹豫着，要不要鼓起勇气命令"小胡子"让座，忽然，一个沉着而坚定的声音响起来了："同志，请你站起来，让这位老大爷坐下！"

我抬眼望去，发命令的也是个小伙子。他穿着一身看去很和谐的灰色衣衫，宽宽的肩膀，阔阔的额头，细黑修长的眉毛下，双眼闪着钻头般有力的光芒。

"小胡子"抱着双臂，满脸不屑的神色："我不让。又不是我一个人坐着，谁爱让谁让。"

这时候老大爷开口了："算了吧，我站着行呀！"

倒是另一个座位上一位花白头发的妇女站了起来："您坐这儿吧！"

老大爷叹了口气，坐下了。事情似乎也就过去了。

可是发命令的小伙子仍然目光灼灼地望着"小胡子"，用听起来心平气和的声调问："你能不能讲讲你的道理——为什么不给老年人让座？"

"小胡子"立即耸着身子，理直气壮地吵了起来："凭什么给他让座？我知道他是不是地富反坏？你要想坐叫声'哥儿们'，甭假门假事充好人！……"

胡搅蛮缠的人我也见过一些，可是像"小胡子"这号"高质量"的，倒是头一回碰上。周围的乘客大概和我的心情也差不多。大家都愤怒地瞪视着他，有的还出声叱责："真不像话！"……

我两眼紧盯着引起我好感的那个青年，他眉毛跳了一跳，一句一顿地对"小胡子"说："总有那么一天——你要后悔的！"

电车到站了，他在人们钦佩的目光下下了车。我从车窗里望着他那厚实的背影，直到看不见了为止。当晚在日记里，我记下了他留给我的强烈印象。

后来我发现，每当我上中班的时候，便很容易在电车上碰到他。他总是一上车便站到车尾角落那儿，掏出一扎外语单词卡背着。他在哪个工厂工作，或许他是个技术员？有一回，那已经是揪出"四人帮"以后，一九七七年开春的一天，他上车站到"老地方"以后，从兜里掏出来的不再是厚厚的单词卡，而是一本夹着铅笔的袖珍外文书。他翻开书，用铅笔轻轻点着，翕动着嘴唇，不顾车行造成的身体摇摆，专心致志地读了起来，因此我猜想他大概是某个研究所或设计院的"后起之秀"。

这一天下着毛毛细雨，那个时间电车上人不多。车上空出了好几个座位。售票员招呼我和他——只有我们俩站在车尾那儿——"同志前头坐吧——小心拐弯站不稳。"

我微笑着拒绝了。如果说，前几年我那坚决不坐座位的心理状态中，还包含着对"四人帮"造成的坏风气的一种挑战成分的话，那么，现在仅仅只是一种习惯了。

售票员是个乐乐呵呵的胖大嫂，她直率地望着我和他，笑着说："一对怪人！"

这时候，我和他才有了头一回对视。他微笑地望着我，一双眼睛仿佛在问："难道你也有上车决不坐座位的习惯？"我耳根那儿仿佛爬上了蚂蚁，忙把头低下来了。

打这回以后，他上了电车见到我，便浮出一个淡淡的微笑，然后还是靠在车尾一角读他的外文书。

据说真正的爱情有时会开始在一个偶然事件上。但细想起来，偶然当中往往体现着必然……四月中旬，《毛泽东选集》第五卷开始正式发行的那天早晨，当我跑拢王府井新华书店门口的时候，等着买书的队伍已经老长老长了，我后悔自己没有更早到来，同时禁不住用眼睛在队伍中搜寻熟人——不是想“加塞儿”，而是侥幸地想：每人许买两本呢，也许，能说服熟人把买到的书给我分一本——就这样，我在第二十六个位置那儿发现了他，而他也恰好一眼看见了我，当然，我们同时都微笑了。

“你看，我来晚了……”这是我对他说的头一句话。

“不要紧，我分给你一本好了。”他爽快地回答。

就这样，我们“正式认识”了。当我和他一人拿着一本包着粉纸的五卷，走出新华书店时，不由得随意交谈起来。我们不知不觉就走到了长安街上。当我听他说上午也恰好休息时，心里别提有多愉快。我们互相询问着：给周总理灵车送行那天，你来了吗？站在什么位置？悼念周总理的诗集买到了吗？你最喜欢哪一首？你最早听到揪出“四人帮”的消息是在什么时候？当时正在干什么？高兴成了什么样子？……啊，原来他和我有着那么多共同的情感，共同的想法，真愿意跟他这么一直谈下去。可是，当走拢东单十路汽车站时，他站住了，简单地同我告别说：“我要上这个车。有点事得去办。”

我不记得自己当时说了句什么，也许是“谢谢你帮我买到了书”，也许是“好吧，遇上你我很高兴”，反正，当他乘坐的公共汽车远去时，我忽然变得那么怅然若失，而又那么心旷神怡。我抬起头，望见澄碧的晴空衬托着白杨树那饱含汁液的枝丫，上面的穗状紫花已快落尽，带茸毛的小叶正在春阳下闪着嫩绿的光泽……我意识到，那期待中的、神秘的、难以向哪怕是最贴近的人诉说的感情，终于袭上了我的心头。

第二天，当我们在上班去的电车上再次相逢时，除了互致微笑以外，自然而然地交谈了起来。

“你也学外语吗？”他掏出一本英文书拿在手中，亲切地问我。

"正听日语广播讲座——我叔叔是个日语翻译，他能辅导我。不过，我现在花工夫最大的是文学……我喜欢读中外古今好的短篇小说。"

"自己也写吗？"

我慌张地点了点头。

"我也喜欢文学。"他仿佛看出了我内心的羞怯，诚恳地说，"不过，现在好的小说，尤其是短篇小说，好像还不太多……我喜欢契诃夫的、莫泊桑的、欧·亨利的；中国的，李准的《李双双小传》，王汶石的《春夜》，还有孙犁的《山地回忆》……读过了，隔一段时间还想再读一遍……"

我心里像流过了一条温暖的、明净的、琤琮鸣响的小溪。在我接触的同代人当中，几句话就能使人感到这般知心的，他真是唯一的一个。

每次总是他先下车。这回下车以前，我们约好第二天一早到北京图书馆去。

接下来的十几次约会，也都是到北京图书馆去。我们每次分手时说好下次到馆的时间。开头，我发现他同我一样有着严守时间的好习惯，我们总是前后脚地来到存物处的窗口前；不过，有一回我因为表拨快了，早到了一刻钟，当我穿过柏树墙当中的甬道时，偶然朝柏树墙的缝隙中一瞥，恰好发现那当中不但有高高屹立的华表，而且有焦急地朝大门口翘望的他——不知道为什么他并没有发现我已经提前到达。我没有招呼他，在一种难以形容的情绪支配下跑进了图书馆前厅。我以为他随后就到，但是他并没有马上就来。直到一刻钟以后——那正是我们约定的时间——他才仿佛刚刚到达似的走了进来。我没有戳穿他的秘密，但内心里感到非常幸福。

就这样，我们在分手后盼望下一次相会，我们在相会后共同坐在安静的阅览室中读自己心爱的书。常常是这样，我们不约而同地把眼光从书本上移开，在短促的对视中汲取一种无名的力量，然后又俯首更用心地读了下去……

不知不觉地，北海公园正门前那几株梧桐树的大叶片已经泛黄。满城都有人在谈论大学招生的事儿。这一天，我们从北京图书馆出来，边走边谈地穿过了北海大桥，来到团城侧面的梧桐树下。我们站在那儿，各自说出了自己的决定——

我告诉他："我想写一些关于青年工人的小说。激发我们的同龄人为实现祖国的‘四化’去拼命劳动、创造……我觉得也许不去上大学中文系更好，我要把工厂和整个社会当作我的大学！”

他使劲地点头，额上的发尖跳动着，热情地支持说：“好！我要去考考外语学院，不过，倘若考不上，我也不会‘流自来水儿’——我研究过生活里的这一部分现象：‘科班’出身的未必都是金刚钻，‘草台班’出身的也未必都是铁疙瘩。取消‘科班’是荒唐的，迷信‘科班’也不对……写小说，好像从来都是‘草台班’出身的更厉害一些哩！”

真喜欢听他这些话。我想到亚梅在我宣布不考大学时竟“哟——”地尖叫了一声，并且用两只拳头擂着我脊背笑骂着说：“怪丫头！把你肚子里的墨水倒给我该有多美——考上了一毕业就是四级工的待遇呀！”……对比之下，更感到他是多么能理解我……

就在这一天，当暮色降临时，在紫禁城的筒子河岸边，呼吸着马缨花的芳馥气息，他先是轻轻、后是紧紧地握住我的手，久久地、久久地没有松开……

这天晚上我在回家的路上碰到了住在同楼的冯姨。她六十六岁了，却一直没有成家。我对她油然产生了一种怜悯的感情。我抢过她那并不沉重的手提包，一直帮她提到了家。我决定今后要更加主动地帮她干一些家务事——我心中盛满了那么多的幸福，我愿意尽可能地去帮助在某些方面欠缺幸福的人……

但是，两天以后，当我和他在电车上刚一相遇，我却说出了这样的话，仿佛我要拒绝幸福似的：“我一个月之内不去图书馆了……”

他眉尖微微一颤，笑着，并不是开玩笑地问：“怎么，为了写一篇绝妙的小说？”

我也笑着，更加不是开玩笑地说：“先不考虑写小说的事儿。我们车间成立技术革新攻关小组了。每天班后都要坚持战斗，肯定得开它十几二十个夜车，魏师傅连铺盖卷都搬进车间了……他点名让我参加，开头我态度不大坚决，后来我也贴出了决心书……”

他仿佛并不是明知故问：“开头不大坚决，为什么？”

我白了他一眼：“傻瓜！”

他头一回当着我红了脸……

就这样，我们整整一个月没有见面。但是，在这一个月里，他的形象在我心目中不但没有褪色，而且在重温和假想的会晤中，变得更加真切、更加可亲可爱了。在攻关战斗中，魏师傅表扬我说："小羽呀，你一个人真有两个人的劲呀！"我心里暗笑，魏师傅啊，你算说对啰！可是，魏师傅却一直到看见今天他送来的这个信封，才发现我的的确确不是"一个人"了。细想起来，这很奇怪，难道当我以前所未有的热情用新刀具试车零件时，那眼光和整个神态里所流露出的异样成分，不就是爱情的力量吗？魏师傅怎么就视而不见呢！专能探听别人秘密的亚梅甚至今天还蒙在鼓中，这又是怎么回事呢？

三

电车还要开七站才能到大华电影院，我有充裕的时间仔细地想一想。

越往深里想，我就越觉得有个"爱情的位置"问题，也就是说：在我们革命者的生活中，爱情究竟有没有它的位置？应当占据一个什么样的位置？

我今年满二十五岁了，小学六年级的时候，赶上了"文化大革命"，后来到中学参加了红卫兵，再后来是到农村插队，前几年又由农村来到了工厂。我们一天天长大，思想上、感情上、生理上都发生着变化，但我们面临的许多问题却得不到及时的指引，比如说，爱情问题就是这样……

前几年，我曾纳闷过，为什么我们的银幕、舞台上，不但丝毫没有爱情的表现，而且，甚至极少夫妻同台的场面，掐指一算，鳏寡孤独之多令人吃惊。难道我们的生活就应当是这样的？

我比亚梅那样的同伴幸福。我的父母即使在"四人帮"一伙推行文化专制主义的时候，也能及时地指导我，启发我，允许我在家里阅读他们保留下来的中外古今文艺名著，也偶尔比较深入地回答我一些无法在别的地方提出的问题。我就问过他们，是不是凡是涉及爱情的文艺作品，都算黄色的东西？事实上"四人帮"猖狂的那几年就是那样一种气氛，我还记得，当我阅读到《钢铁是怎样炼成的》一书中关于保尔与冬妮娅、保尔与丽达的有关章节时，曾经怎样地心跳耳热——不用别人来"揭发"我，我自己就产生了一种"犯罪"的感觉。保尔不是无产阶级英雄吗？他怎么会对冬妮娅这号人一度产生过那样的热情呢？他又怎么能对丽达产生超出同志之上的感情呢？无产阶级英雄不是都应当像电影《火红的年代》当中的赵四海那样，三四十岁也守着一个老母亲过活吗？爱情，在无产阶级革命生活中，似乎是不应当占有位置的啊！

把爱情问题驱除出文艺作品乃至于一切宣传范畴的结果，是产生了两种不正常的现象。一种，是少数青年把生理上的要求当作爱情，个别的甚至堕落成为流氓，这一种我暂不愿加以研究。另一种，可就非常之普遍了——不承认爱情，只承认婚姻。青年男女过了二十五岁，自己也好，家长也好，周围的同志也好，乃至于热心的邻居，便都开始公开谈论并行动起来——“找一个合适的对象”。我想，人们当然可以以各种各样的形式相爱——从一见钟情到心心相印；经过可靠的亲友介绍而相见恨晚；在同一单位中逐渐了解而终于互相倾慕……乃至于像李双双和孙喜旺那样“先结婚，后恋爱”，都是能结成美满的姻缘、缔造出幸福的家庭的。但是，我反对根本把爱情排除在外的那种婚姻。不是连值得尊敬的魏师傅也那样问我嘛：“你希望什么样的？”仿佛我不是要寻求真正的、健康的爱情，而是要挑选一件可心的毛线衣！

在有些人的心目中，搞恋爱，或者说是“搞对象”，总是同经常性的迟到、早退、工作中的走神，以及花枝招展的装束联系在一起的。而我和他，却并没有如此这般的行迹，难怪连一心真诚地关怀我的魏师傅，以及号称“全知道”的亚梅，都迟迟没有识破我的秘密。倒是爸爸、妈妈，从他们凝视我的目光中，以及他们互相交换眼色的神情中，使我意识到他们已经产生了怀疑——估计很快就会有那么一个时刻到来，他们请我坐在对面，要求我把一切“和盘托出”……

四

下了电车，老远就看见他焦急地等待着我。

我穿过稠密的人群，摆脱开想从我这儿得到一张退票的影迷的纠缠，快步小跑来到他的身边。

“你真傻！”我嗔怪地说，“干吗非写信，打个电话不成吗？”

“我买到票，就跑去打公用电话，老占线……恰好我上午办事要经过你们厂门口，就想了这么个办法……怎么，产生‘副作用’啦？”

我心里非常高兴。我们早就约定，一旦《霓虹灯下的哨兵》复映，无论如何要争取早点看上。我们都在上小学的时候看过这部影片，当时并没有完全看懂，我们想怀着浓厚的兴趣、以成熟了的眼光来重看这部被打入冷宫达十年之久的影片。我们希望能从中获得激动心灵、引人向上的东西。我理解他那种急于把消息通告给我的迫切心情，于是我快活地笑着说：“管他的！反正我们总算看上了……”

可是，他的表情为什么那么奇怪。他把我引到离电影院门口稍远的地方，一个食品店的橱窗下，道歉似的说：“是这么回事……我们那儿的老贺，家里孩子病了，中午他跑到我家，求我下午四点去代他的班，我答应了。你别怪我。咱们退掉一张，你先自己看吧……”

我的头一个反应是深深的失望。我自己看……我怎么能一个人自己看呢？用一颗心看，与用两颗贴在一起的心看，是完全不同的两回事儿。这个闯入我们生活当中的老贺，我祝愿他一生幸福，可他的孩子为什么偏偏要在这个时候生病？他又为什么偏偏要找我现在最需要的人去代班？显然，老贺他们摸透了我对面这个人的脾气，知道他有着怎样的一片心地……

我在烦怨中看到了自己映在橱窗中的面容。啊呀，我的眉头怎么会变得像几何学中的相似符号？我那一贯闪烁着朝气的眼睛里，怎么会侵入了庸俗的色彩？我那会朗诵《雷锋之歌》、会演唱《周总理，你在哪里？》的小嘴，有什么必要这样紧紧地抿着？……如果说，当你爱慕的人要去做一件虽然微小、但本质是美好的事情时，你却容忍卑微的念头侵扰自己，那么，这难道还称得上是无产阶级革命者的爱情？

显然，我表情中的每一个细微之处，都能在他的心中引起强烈的反响。我听见他迟疑地说：“如果你不能……不愿意……我可以再赶紧打个电话试试，找别的人替他代班，不过恐怕不一定能落实……”

他跟我说话的时候，一直把两张电影票捏在手中。听了他这话，我瞪了一眼，说了声：“你真傻！”便从他手中抽出那两张票，转身几步迈到已经开始绝望的一对等票人跟前，像发布命令似的把票递到那个娇小玲珑的小姑娘手中说：“给你！”

对这从天而降的幸福，他们简直恨不得立即写一首赞美诗来感谢我，但是我接过钱便扭身跑回到“自己人”的身前，嘿，他居然还大睁着惊诧的眼睛，我不由得捶了他胳膊一下，更大声地责备说：“你真傻！真傻！”

当然，他一点也不傻，因为他双眼里仿佛一下子充满了灿烂的阳光。当我们并肩向他的工作地点走去时，我们更加心心相印。现在离四点钟还有相当长的一段时间，我们不必着忙。恋人们在走路时总是要舍弃捷径的，我们也不例外。我们的目的地在北边，却先拐向了西面……

五

终于到了该分手的时候了。

我们还有许多的话要说。关于我的一个酝酿中的短篇小说的讨论，按理说就不该在兴味正浓时戛然而止。可是没有办法，我们两人的手表走得都令人遗憾的准确——恰恰全是三点五十七分。

没有告别的话。我们明天就会再见的。他扭身迈着敦实的步子朝嵌在一家药房与一家百货商店当中的饭铺走去。那是一家最普通的饭铺，不仅津津乐道“全聚德”、“丰泽园”、“砂锅居”的人们绝不会光顾这里，就是附近居民为招待不期而至的亲友、顾不上买菜做饭组织一次“随意便酌”，也极少来到这里；这里接待的几乎都是纯粹为临时解决一顿“肚皮问题”的过路人。但是我相信绝大部分光顾过它的人都会为这里桌椅、地面的整洁，荤素炒面的实惠，以及那软硬适度的“蟹壳黄”火烧的质量留下深刻的印象。

他，就是这家饭铺里一个烙火烧的炊事员。

正当我恋恋不舍地望着饭铺那两扇吸进了他整个身影的玻璃门时，一个人突然一把抓住了我的胳膊。

我吓了一跳。

那是亚梅。她那张被洋红毛围脖裹住的长圆脸上，充满了惊疑的神情。她的眼皮双得更加明显，眼珠鼓得更加突出。

“小羽，怎么你——你跟他——搞上了对象？！”

我默默地望着亚梅。我的好亚梅，你这是怎么啦？倘若我是跟你身后的那株枫树在“搞对象”，大概你惊诧的程度反倒会减弱一些吧？

亚梅拉着我往前走，仿佛我是站在一处悬崖上，下面就是随时可能吞噬掉我的一片狂涛，她必须赶紧把我引开了再说。她这时的自我感觉，一定是充满了真诚的姊妹之爱——她感到必须拯救我这只迷路的羔羊。

“我认识他。他不就是陆玉春吗？我们原来是邻居。他妈妈瘫痪好几年了，可是又能吃又能睡，恐怕还能拖上个五年八年的——就是因为离不了他照顾，才把他分到这么个破饭铺工作的。他跟你说过这回事吗？你愿意当个给瘫子倒屎盆的媳妇去？你这人真是又傻又怪，大学你能考上不去考，找对象又偏找个烙火烧的！我知道陆玉春上个月在全区饭馆的技术比赛里得了个烙火烧的冠军，可那算什么冠军啊！小羽，就凭你这长相，这风度，这才学，找个文工团的名角儿也不难哪……”

鲜血涌到了我的脸上，太阳穴那儿卜卜卜地跳着，我为亚梅感到难过。唉唉，如果有份《中国青年报》或者《中国青年》杂志，如果现在出版的报刊、书籍当中，能够有一批是指导年轻人怎样正确对待婚姻、爱情、家庭的，该有多么好啊！那样的话，即便亚梅并不读书、看报，我也可以向她推荐、转述，可是现在我却不能立时找到最有力量的论述和例子来说服她。我只能单刀直入地向她宣布说：“我了解他。他什么都没瞒着我。我爱他。亚梅，你知道吗？我不是在搞对象，我是在恋爱……这是爱情，你懂吗？”

亚梅猛地煞住了脚，松开了我的胳膊，仿佛她脚下发生了七级地震，目瞪口呆地望着我。是呀，她一定在奇怪，我这个团小组长，今天怎么会“大言不惭”地公开说出了“爱情”这个字眼；因为，在亚梅这种同志心目当中，对象、爱人、结婚、登记……这些语汇是合法的、正当的，而“爱情”这样的字眼，即便不一定宣判为“流氓语汇”，也至少总含有几分落后、可耻的色彩。唉唉，是谁使得亚梅这样的姑娘与正当而健康的爱情绝了缘呢？是谁使得这个工作上还比较勤恳，品德上也无大疵的二十八岁的姑娘，在这个问题上变得这样庸俗和愚钝呢？

这回是我伸手拉住了亚梅的胳膊。我感到有许多话要对这个同伴倾诉。我坦率地对她说："亚梅，关于你的对象，你已经跟我说了好多好多……我一点也不反对你们的大立柜、沙发、一头沉和照相机，还有别的适用的、漂亮的东西，将来我们成了家，只要有条件，我们也会置备这些东西的……可是顶要紧的是人啊。他这人究竟怎么样？你很少跟我说过。你爱他吗？如果另外一个人有更多的东西，你是不是也可以嫁给那另一个人呢？别为我的话生气，亚梅，我只希望你仔细地想一想……"

亚梅的好脾气是任何时候也不会变的。她一点也不生气，而是老老实实地回答我说："如果有条件更好的，当然我不一定非跟他过。可是谁再给我介绍呢？我比你大，不能再等了……再挑下去，也许我连这个也会错过呢。小羽，你也实际点吧。什么爱情，我不懂那玩意儿。你说说看，究竟什么是爱情？……"

我决心认真地来答好这个问题。我这样开头："当然，不同的阶级有不同的爱情……"

亚梅立即打断我说："算了算了，别给我作报告。对了，好像报告从来也没这么个作法的。无产阶级要什么爱情？你忘了当年咱们听到的关于舞剧《白毛女》的报告？咱们还当大春和喜儿是一对呢，人家说了，把大春、喜儿看成一对儿是修正主义观点，大春、喜儿之间只有阶级情谊……"

我正要反驳，她突然伸腕一看手表，"嗨哟"了一声，顿时就把必须将我从悬崖上解救下来的使命抛到一边去了。她神色紧张地对我说："定好五点到他表姐家去，瞧，差点耽误了……"说完便朝汽车站跑去，中途还扭回身来叮嘱我说："小羽，听大姐的——实际点儿！"

亚梅当然动摇不了我的信念，但却掀动了我心中万千思绪的波澜。在一个无产阶级革命者的生活中，爱情究竟占据着一个什么样的位置啊？我应当把这个问题向谁提出、向谁索取答案呢？

六

亚梅既然知道了我和陆玉春的事，那么，明天这消息便会传遍全车间。魏师傅大概也会为我叹息的——“一朵鲜花插到了面团上”——我必得承认各式各样的眼光、询问、双关语乃至于公开的起哄。而且，爸爸、妈妈的“会审”，很可能就会发生在今天晚饭之后……

这一切我倒都不害怕。问题是怎样正确地对待。

倘若我承认自己爱的是一个在饭铺里烙火烧的青年，他们也许会惊讶、惋惜、讥诮、失望……

但是，我必须向一切人说清楚，我不是搞对象“对”上他的，我们之间不存在任何“等价交换”的因素——就是他烙一辈子火烧，只要他是一个高尚、正直、有道德的革命者，同他在一起我能感受到幸福和向上的力量，我就永远不离开他——一句话，我爱的是他本人，而不是他的职衔，他的财富！

不知不觉我已经回到了我家所住的那幢居民大楼面前。这幢大楼有上百扇窗户，窗里住着各种各样的家庭。当然大多数家庭都是和谐的、幸福的。但是，有一回三单元二楼那扇窗户里飞出了一个茶杯，幸好没有砸着人。据说那是一对新婚夫妇在打架。我去过他们那套房间——一切都齐备，从全套家具到用钩针细心钩出白鹤图案的窗帘；从鱼形玻璃花瓶里的塑料花卉到一对茶叶筒中的两种茶叶，色色精细、样样周到。但是顶要紧的一样东西——爱情——这个家庭里却一点也没有。造成了这种状况的原因可能是多种多样的。但是，“四人帮”自己荒淫无耻，却多年不许人们公开谈论、研究、指导、表现爱情，形成爱情在生活中找不到位置的局面，是不是也是一个重要的原因呢？

可是，我的这个想法正确吗？也许，一个优秀的无产阶级革命者，是应当自觉摒弃爱情的，在他或她的心目中，永远不许爱情占有一席位置。

我缓慢地一边思索着一边登上楼梯。啊，二楼——冯姨住在这儿！她！她不就是个不给爱情一席位置的革命者吗？而且，谁不认为她是一个优秀的革命者呢？

早在“一二·九”学生运动中，冯姨就是某大学地下党的负责人之一了，仅仅从我听到的那些片断事迹里，就可以知道她有着波澜壮阔的生活经历。解放后她在出版部门工作，“四人帮”猖獗时，她几次被批斗，后来实在找不到过硬的把柄，就把她闲置起来。揪出“四人帮”之后，她才又回到出版部门担任了顾问。几乎全楼的人都尊敬和喜爱她。同时，在她身上也多少笼罩着一点神秘的色彩——我们这些青年的姑娘更难免私下里窃窃私议——冯姨为什么要过独身生活呢？像她这么好的一个人，年轻时不可能没有人追求，那么，她为什么要拒绝爱情呢？难道在众多的追求者当中，就找不到一个值得去爱的人吗？也许，她是在用自己的一生说明——在革命者的生活里，爱情不必占据一个位置……真的，如果道理确实如此的话，我又何必恋爱和结婚呢？像冯姨这样度过自己的一生，岂不是更能体现出革命的彻底性吗？

都说青年人的心思像青云般飘荡不定。我也是这样。我突然决定先不忙回到四楼家里，而要到二楼的冯姨那里当一阵“不速之客”。我那翻滚在心里的问题，不是找到了一个最权威的解答者了吗？

我伸手敲响了门。

七

真是万万没有想到，当冯姨亲热地把我安置到她那独间单元的沙发上以后，头一句话便是：“小羽，你怎么了？你大概正在谈恋爱吧？”

我像一个偷尝糖果而被妈妈抓住的小娃娃一样，羞得顿时低下头来揉折衣角——唉唉，冯姨呀冯姨，你有好厉害的一双眼睛啊！

冯姨一边给我倒茶，取零食，一边和蔼地问我：“那个小伙子是怎样一个人？可以告诉我吗？”

我抬起头来，于是我看见满头白发而颜面还细腻红润的冯姨，正用满蓄爱怜的眼光注视着我。我被解除了一切戒备。等冯姨坐到我对面的沙发上以后，我便把一切，一切，关于我和陆玉春，关于我们之间的争论、憧憬与共同感到迷惑的一些问题，一股脑全向她倾吐了出来。我一直说到夕阳西下，玫瑰色的暮霭射进窗来，落到我们的身上。我最后连魏师傅、亚梅都说到了，结束时，我郑重地提出了关于“爱情的位置”这一问题。

我的话音消失了。屋子里霎时显得出奇地安静。冯姨双手捧着已经变凉的茶杯，眯着眼，仿佛在凝视什么看不见的东西。她好几分钟没有说话。

我紧张而急切地期待着。终于，冯姨把茶杯搁回茶几上，站了起来。她在玻璃书橱前背着手踱了几步，然后停下来，不像是回答我，倒像是自言自语地说：“是呀。‘四人帮’对我们社会主义制度下人民生活的破坏，特别是对青年人精神上的禁锢、愚弄与摧残，真是触目惊心呀！在揭批‘四人帮’的斗争中，人们还没有来得及认真触及这个问题。这的确是个值得注意的问题。这些天正在研究如何贯彻全国出版工作座谈会的精神，我应当把这个问题提上去，我们应当立即着手出版指导青年人正确对待爱情、婚姻、家庭问题的书，包括直接涉及这些方面的文艺作品……”

这样的话语是不能让我满足的。我刨根究底地问：“冯姨，对于一个革命者来说，即便是健康的爱情，是不是也总是一种牵累，一种奢侈品，一种应当压缩到最低限度的东西？”

冯姨显然很惊异我这么个毛丫头竟提出了这样成熟的问题，她扬起灰眉毛，惊愕地望着我，不由得反问：“谁跟你这样讲过？”

“没人直接这么对我讲过。可是，我是在这么一种气氛里从一个小学生长大到现在这个模样的。比如说，连舞剧《白毛女》，人们也总是跟我们解释，大春和喜儿之间只有一般的阶级感情，谁要把他们看成一对未婚夫妻，谁就是修正主义……”

冯姨生气地坐回到沙发上，右拳一击扶手，摇着头说：“否认爱情在无产阶级革命者生活中占有重要的位置，这才是修正主义……”

我应当为自己随即冲口而出的话后悔还是庆幸呢？当时我冒冒失失地说：“可是您没有爱情，不也生活得很好吗？而且这丝毫也没有妨碍您成为一个好的革命者啊！”

冯姨顿时变了脸色。一开头我以为她是因为自尊心受伤而愠怒，后来我又猜想她是在沉思如何告诉我这仅是一种特例。但我全都猜错了。冯姨静静地仰靠在沙发上闭目凝思了一会儿，便下命令似的命令我说："小羽，请你到屏风后面去！"

冯姨的屋子有五分之一的地方被一架高大的紫木屏风隔成了一个小间。我估计那后面摆放着一些箱子和暂时不用的杂物。

听到冯姨的命令，我懵懵懂懂地绕进了屏风后面。果然有一摞箱子，不过还有一个五斗橱，橱上放着些零碎东西。天色已暗，又一直没有开灯。我什么也看不清楚。也许冯姨的高血压又犯了，她是让我从五斗橱中取点药给她。

我正纳闷呢，屏风外传来冯姨的声音："你打开台灯，仔细地看吧！"

我这才看见五斗橱上有座台灯，我扭亮台灯，于是——啊！台灯下倚靠着一张镶在栗色镜框中的旧照片，有一本书的封面那么大，那是一个穿着中式大褂，围着粗毛线围脖的、英姿勃勃的男青年；他爽朗地笑着，任扑面而来的风吹乱了他满头的浓发……照片旁边并排倚靠着一个镜框，里面是一首冯姨亲自写成的"自度曲"——《喜相告》：

梦里千回又逢君，
今朝逢君喜泪盈。
魑魅扫，
天宇清，
党旗红艳巨手擎。
拨乱反正奔腾急，
正本清源雷万钧。
莫笑白发当年女，
犹向鬼雄诉衷情：
君血未白洒，
君血沸我心，
待到大见成效日，
梦中共赋祝捷吟！

我望望那张雄姿英发的照片，默诵一番这首《喜相告》；默诵一番这首《喜相告》，再望望那张雄姿英发的照片，我一切都明白了。唉，我还曾经为冯姨没有获得过爱情的幸福而叹息呢，原来她至今仍保存着爱情的力量！看吧，革命者的爱情，竟是如此的强烈、坚贞、执着，喷溢着永无穷尽的向上之力和奋斗之光……

我多么希望陆玉春这时就在我的身边，我们的爱情，能从这照片和“自度曲”中汲取到多么宝贵的滋养啊！

我泪眼模糊地回到了冯姨身边，央告她把自己的爱情讲给我听。冯姨点点头，缓缓地讲了起来：

“我二十岁那年，父母做主，把我嫁给了远房的表哥。我对他只有同情，没有爱情。他是个事事循规蹈矩、与世无争的小职员。我们在一起客客气气地生活了九个月。终于，外界社会的革命气息，吹开了我那颗被小市民气息裹得发闷的心。有一天，我向表哥倾诉了自己的苦闷与向往。我对他说：‘要么，我们一起去冲；要么，我一个人去闯。’他吓坏了，竟至于捂住脸哭了起来。他不勉强我。我们离婚了。我记得那是个枫叶飘落的秋天，下着霏霏细雨，我提着自己的小箱子离开了那气闷的小屋。他高高地举起雨伞，生怕淋湿了我，同我一起走出了那条窄窄的胡同——他并不是因为对我恋恋不舍，而是要顺便到口上杂货铺去买东西。我们到了杂货铺门口便分手了。后来我再也没有看见过他，也很少回忆过他。今天若不是你提到爱情与婚姻之间的关系，我怕也想不起他来……后来，我到大学当了旁听生。渐渐地，我把自己投进了时代的洪流。我找到了党，同时，我也找到了真正的爱情……”讲到这儿，冯姨的语气急促起来，“小羽啊，‘一二·九’运动里，他就是你刚才看到的那个儿，简直是一团火，一团狂风吹不灭、冷水泼不息的通红透亮的火……我们在共同的斗争里相爱，我们相爱着投入共同的斗争……上级批准了我们的结合，在我短暂而热烈的婚礼仪式进行完以后，我们和来庆贺的同志们拿起了旗帜和横幅，径直进入了游行示威的行列，高唱着抗日救亡歌曲，挽着臂膊阔步前进……一九三七年秋天，一天晚上，他回到家里，兴奋地告诉我党组织的决定：让我转移到延安去，他留在白区继续坚持斗争。秋天的沙风扑打着纸糊的窗格，我心里回旋着喜悦与惋惜的双重感情——啊，延安，党中央毛主席的所在地，我多么向往扑到母亲的怀中！如果他能和我同去，该有多么美满……但是，我理解这是斗争的需要。这一夜我们熄了灯，却并没有睡。我们约定：由于他不能写信给我，我也不能寄信给他，我将在延安把写给他的话记在一个笔记本上，等他有一天幸福地来到延安时，交给他看……到了延安，我果然这样做了。我很少得到他的消息，但我能从关于白区斗争形势的总消息里想象出他的身影、他的笑貌、他对敌人的愚弄和他对同志的幽默……一九四〇年，一个初冬的早晨，我在窑洞里正往笔记本上写着第二十五封给他的信，领导同志看我来了。他默默地把一个布包交给了我。那是从白区辗转捎来的。我双手颤抖地打开了布包，里面包着的，就是你刚才看到的那张遗像——领导同志诚挚地同我谈了整整一个上午，大滴的泪珠流过了我火烫的面颊，但是我咬住了嘴唇没有哭出声来。他是半年前被捕的，牺牲得很英勇，敌人消灭了他的肉体，但他的形象和精神却在我和同志们的心中，获得了永生。当天下午，我在那个笔记本上写下了第二十六封给他的信，而且我觉得他是能够收到的……这习惯我已保持了三十多年，我把革命形势的新发展告诉给他，同他一起分担忧喜；我把工作中的困难、挫折告诉给他，同他商量克服的办法；我把斗争中的甘苦告诉给他，同他分享一切……你看到的自度曲，就是从前年我写给他的信里抄录出来的……”

我用整个身心倾听着，倾听着。暮色渐渐笼罩了整个房间，甚至我已经看不清对面冯姨的面影，唯有她那双闪动着不灭的青春火焰的眼睛，在灼灼地放光。

“小羽呀！爱情，这毕竟是个复杂而微妙的问题，”冯姨最后一边思考着一边对我说，“我认为，爱情应当建筑在共同的革命志向和旨趣上，应当经得起斗争生活的考验，并且应当随着生活的发展而不断丰富、提高……当然，性格上的投合，容貌、风度的相互倾慕，也是不可缺少的因素。当一个人为爱情而忘记革命的时候，那便是把爱情放到了不恰当的位置上，那就要堕入资产阶级爱情至上的泥坑，甚至做出损害革命的事来。当一个人觉得爱情促使他更加热情地投入工作时，那便是把爱情放到了恰当的位置上，这时候便能体会到最大的幸福。总之，爱情在革命者的生活中应当占据一席重要的位置……”

冯姨说着,激动地站了起来。我也激动地站起来,过去握住她的手说:“冯姨,您赶快把今天给我讲的这些写成书吧,我们是多么需要这样的启发和指导呀!”

冯姨想了想,便肯定地点了点头说:“我一定努力去写。小羽呀,我觉得你和玉春的爱情是很美好的,你们大胆地相爱吧!”

我不由得扑进了冯姨的怀里。我觉得自己从来没有这么彻悟,这么幸福。

几分钟以后,楼梯上响起一片激动的足音,那是我正奔回四楼的家中,不管爸爸妈妈今天“审”不“审”我,我决心主动向他们敞开心扉,并有信心得到他们的祝福与指导;而且,我还决定明天一早就找魏师傅汇报,我相信,最终他会举起那裹满老茧的右手食指,用完全不同于今天下午的语调点着我的鼻子说:“你呀!你呀!好一个孟小羽……”

1978 年 7 月

醒来吧，弟弟

一

我和弟弟站在过道里，给刚洗好的床单拧水。我俩朝反方向拧着，拧下的水哗哗地流向厨房的泄水孔。

似乎只有在这种时候，我才有机会同弟弟谈谈心。

“昨天报上那篇同‘四人帮’斗争的青年英雄的报道，”我对他说，“你真该看看。”

弟弟淡然一笑：“我瞄了几眼。没什么大意思。”

我双腕不由停止了动作。我的耐性到了尽头。我瞪着他，气愤地说：“什么都不能打动你！你还有没有心肝？！”

弟弟走过来，把他手里的床单头同我手里的床单头并到一起，又从我手中取走床单，一边朝阳台走，一边和和气气地对我说：“我的心在胸膛里，肝在肚子里。我尊敬他，可我并不佩服他。他太认真了，结果闹到蹲监狱。其实有什么用处呢？”他的声音越来越远，开始传来抖动床单的声音，他要晾床单了。

我知道，他的耐性也到了尽头。如果我追上去同他争辩，他将并不应战，而是嘴角上挂着微笑，彬彬有礼地声明他还有“急事”待办，然后便径直离去。

我重重叹了口气，回到我们那个中单元的大屋里。

二

大屋的北墙上，挂着一张八寸的“全家福”：爸爸、妈妈坐在前面，我和弟弟斜错着站在后面。大屋的五斗橱上，立着另一张六寸的合影：妈妈坐在当中，我和弟弟坐在两旁。爸爸呢？

在林彪、“四人帮”卷起的恶浪里，爸爸先是被当做“黑帮”揪出来，后来算是“走资派”；再后来我们全家随他到了干校，眼看快解放了，不知怎么搞的又成了“假党员”；后来虽然终于恢复了组织生活，却又成了干校的“老学员”。直到1975年春天，他才被召进城里，我们也才住进这幢宿舍楼——他被重新任命为局长。但是，秋天一过，大字报又刷到了我们单元的门上，爸爸增添了一个新的头衔：“复辟派”。然后是有一天下班他没回家，然后是通知我们到医院去，然后……爸爸的单人放大照挂在了双人床边的墙上，围上了粗粗的黑框……

我拿起五斗橱上的三人合影，端详着弟弟的眼神。啊，是从哪一天起，弟弟双眼里开始呈现了这么一种冷漠的光？我走到北墙前，同1965年拍的那张“全家福”对比着。那时候弟弟刚满十岁，还没上到三年级。那是怎样的一双眼睛啊，像两朵乍开的雏菊，满蓄着稚气与欢乐……

亮晶晶的光彩……它是怎么熄灭的呢？我苦苦地思索着：是从江青煽动“文攻武卫”开始？是林彪自我爆炸以后？……反正，自从插队落户回来、进厂出师以后，弟弟那种满不在乎的劲头就变本加厉了。妈妈尝试过很多次：同他促膝谈心，指出他滋生了一种很危险的情绪；又举我为例：经历过更多的波折，现在当了中学教员，如何认真、乐观地工作……弟弟低头听着，偶尔也“嗯”一声，点下头，以取得妈妈释然。可事后却依然故我！有时，我也狠狠地数落他。他却并不反驳，只是冷冷地抱着吉他，随手拨出一组琶音，令我心碎地说：“算了算了。爸爸、妈妈、你，吃亏就在什么事情都太认真……”

……不错，弟弟也偶尔迸现过认真的火花。特别是1976年10月8号，那个晚霞如火的傍晚，妈妈带回了“四人帮”倒台的消息。弟弟马上翻出两张红绿纸，裁出了许多三角旗，命令我帮他一一糊到麻绳上。然后，他就踩着两层椅凳，在我们单元的两间屋里，挂起了对角交叉的彩旗……但是，几个月过去，他竟又复归于冷漠！为什么？为什么呢？

记得那次：妈妈去爸爸他们单位，要求澄清“批邓”时给爸爸定下的罪名，要求补开追悼会；先是得到了“当时批邓没有错”的回答，后是被告知“不要纠缠历史老账”。妈妈和我并不灰心，相信问题定能解决，弟弟听后却颤动着牙筋，眼里褪去了一层光焰……

记得那天：弟弟他们厂里披红挂绿，鞭炮“噼噼啪啪”地响，再次被评为大庆式企业；庆祝大会没完，弟弟就溜回家来了，还带来好几个毛头小伙，先是就着啤酒聊大天，然后就伴着吉他，闷声闷气地哼上了歌……

现在，忆起那忧郁的旋律，我的心还阵阵发紧。弟弟啊，你心灵中的青春火焰，真的就这样熄灭了吗？

三

门“砰”的一声响，显然，弟弟又出去活动了。这天是星期日，我休息，他上夜班。洗完床单，他本该抓紧时间睡觉，可是，瞧，这不，他又走了。去哪儿？找谁？我统统不清楚。问多了，他会不耐烦地皱起眉头说：“你放心。难道我会去溜门撬锁？”这当然不会，可是我心里却更加难过。倘若他真的当了小流氓，我也许反而不至于难过到这种地步……

妈妈出差去了。他们那个出口公司真是忙得出奇，她一年到头不知要出多少回差。妈妈出差的时候，几乎成了惯例，我就到妈妈的双人床上去睡；而弟弟，便独占了那间我俩的居室，我的床铺则成了他摊放杂物的地方：摞着吉他琴弦——坏了的和没用过的；一些不知哪儿借来的西洋古曲音乐唱片；一叠包括《柏拉图文艺对话集》和《篮球基本技术图解》在内的开本不等、新旧不一、交错杂陈的书籍……

我坐在大屋的书桌前，批改着带回家的学生作业，好不容易才把弟弟忘记。

“笃、笃、笃”，有人敲门。我去开了门，是个同弟弟差不多大的姑娘：运动头，粗黑的眉毛，很有神采的一对眼睛，厚厚的嘴唇。

“我找彭晓雷。”

“他不在家。”

“我等他。”不等我让，她就主动进来了。她很熟练地进到弟弟的屋里（一定是我不在家时，弟弟带她一块来过），把手里的“痰盂包”撂到曾经是我的床铺，现在是弟弟的杂货摊上，转身坦然地自我介绍说：“我叫朱瑞芹，跟晓雷同厂。我是天车工。”

“你好……”我该怎么对待她呢？“你坐吧，不过，我弟弟不知道什么时候才会回来。”

她没有坐。真是“宾至如归”：她端起桌上已经空了的水果盘，弯腰从“痰盂包”里一把一把地抓出了一满盘樱桃；然后，很自然地端着盘子进了厨房，在自来水管下冲洗起来。

洗好樱桃，她回到弟弟屋里，把盘子搁到桌上，打个手势对我说：“你吃吧。我喜欢樱桃，又好看，又好吃。”随即落座在弟弟常坐的那把折叠椅上，边捡起个殷红鲜亮的樱桃放进嘴里，边大大方方地望着我，点点头说：“你坐呀。”仿佛我倒是个客人。

我倚着门框，双手抱在胸前，望定了她。她就是朱瑞芹。我回忆起来，弟弟有一次提起过她。弟弟是难得同我谈论厂里的领导和同事的，但是，有一次却用兴奋的语调，足足跟我谈了二十分钟朱瑞芹。

“你就是朱瑞芹？”

“对。草斤芹，不是钢琴提琴的琴。”

“啊。你在农村插队那阵，有一回，队长突然撂挑子不干了？”

“不是突然。他早就说过他不想干。”

“于是，你就去敲响了上工钟，于是队里的人就都来集合了？”

“队长也来了。”

“你理也不理队长，就分派活儿。当时正是大秋忙季，劳力居然都按你的分派，下地干活去了？”

“我派队长去耪地，他没动弹。”

“后来他回家去跟孩子发火，还喝了半斤白干？”

“那管什么用？当晚记工分的时候，我告诉记工员，他那天没分！”

“后来公社表扬你，要把你树成‘扎根’典型？”

“可我并不打算一辈子扎在农村。工厂去要人，我立刻找到公社书记，告诉他：嘿！你可得把我分到工厂去，因为我更喜欢当个工人！”

“你在工厂里开天车，从没出过事故。可是有一回，却猛挨了一顿撸？！”

“你知道？”

“知道。你们厂汪彦斌犯了案，进了拘留所。你平时不怎么跟他来往，却冒充他妹妹跑去探监……”

“我就想看看监狱什么样。我什么都想知道一下。我不过就是这么个意思。”

“可是厂领导不能理解你。他们差点开全厂团员大会，给你来个专场？”

“没批判成。因为忽然‘批邓’成了‘一切的中心’。”

我俩停止了对话，默默地对望着。我和他们只差五六岁，为什么我们之间竟有了这么多的差别？我要努力去理解他们，然后才好开导他们。

“我也知道你的情况，”她开口说，“六年前，你拿着旧底片到照相馆印相片，你拿去了十一张，结果照相馆只给印四张。因为那七张上有少先队中队旗——当中缺块三角形；有教室里的‘知识角’；有新年晚会上的‘动脑筋爷爷’……”

“他们说这些属于‘四旧’，有规定不能印……”

“你回到家就咬着嘴唇哭了？那时候你已经二十岁，却哭得像个小孩一样！”

“准是弟弟讲给你听的。后来，弟弟找到他的朋友，在家里给我放大了出来……”

“你们心里有数不清的这号照片。你们什么都知道。”她顿了顿，低下头双手抱住膝盖，“可我们什么都记不清，所以相信了‘砸烂十七年’的道理……”

“你不要像晓雷那样，”我忽然感到她是可信赖的，便诚恳地对她说，“你劝劝他。‘四人帮’已经倒了，‘彻底砸烂’的道理该扔进拉圾箱了。你要劝他振作起来！”

“不容易。”她认认真真地告诉我，“心上的火苗儿熄了，再燃起来比什么都难。我比他强不了多少……可是，我一定努力试试。”

正在这时，弟弟回来了。

四

没多久，妈妈出差回来了。可还没来得及过问弟弟的事，就又接到了新的任务。这次是出国，要整整三个月。临走前，妈妈专门腾出个上午，要同弟弟好好谈谈。可一直等到非去赶飞机不可了，上夜班的弟弟也没回来。妈妈心里着急，下楼时千叮咛万嘱咐地对我说：“别人家是长兄如父，你还要添个‘如母’——晓雷托付给你了，你可得让我放心……”

可我又有什么办法？弟弟从外头回来，我走过去呲他，他却无动于衷地钻进厨房去找吃的；我忍不住拉了他衣襟一下，竟被他“客气”地拂开了……啊，弟弟！记得爸爸被打成“黑帮”时，我俩随着去干校。那时你总跟在我身后，拖着我的衣角；我只顾用全部身心去体验和理解眼前的急风暴雨，多次拂开了你的手……弟弟啊！昔日你需要我帮助时，我忽略了你。而今天当我要帮助你时，你却又冷淡了我……

正当我对弟弟几乎绝望的时候，有一天，忽然出现了一个新的情况。

那天弟弟下了中班，回来稍微吃了一点东西，便一头钻进“自己的”屋子去了。没有吉他的声音，没有唱片的声音。我装着找一件什么东西的样子，进去转了一圈，发现他也并没有读什么书，只是仰躺在床铺上，双手枕在脑后，双脚交叠，望着天花板发愣。

我的弟弟，我的亲弟弟！我们一直生活在一个屋顶下，可是，此刻我却一点也不了解他。他在想什么？他仍然在觉得什么都是“没意思”，还是多多少少发现了一点有意思的因素？

这时候有人敲门。弟弟姿势没变，但从那眼珠的移动中，我看出他有点儿纳闷。好一阵没有人来找过他了，那些时常来同他弹吉他、喝啤酒、听唱片的小伙子好久没来了，朱瑞芹也好久没露面了。

我去开门。门外站着个比我矮半头的老头。显然他敲错了门：我不认识他，弟弟也不会有这么个朋友。

可是，他却开口说："果然是这儿。你是彭晓风吧？你们哥俩长得一个模样。"

我把他让了进来。

"晓雷在哪儿？"

我把他领进了弟弟的房间。

弟弟照旧躺着，姿势居然仍旧不变。不过，眼睛却盯着不速之客，闪出诧异、猜测、拒绝的光芒。

我生气了："晓雷，滚起来！太没礼貌了！"

毕竟来的是个长辈，而且身体那么单薄。

弟弟坐了起来。

来人自己坐到的叠椅上，环顾了一下整个房间，然后望望弟弟，再望望我，不慌不忙地问："那么说，你们的母亲还得一个月才回得来啰。你们哥俩还是各居一屋，'互不干涉内政'？"

弟弟忽然"嘿嘿"一笑，挑战似的说："卢书记，我全懂。以往新来的一把手，也都是这么开始工作的：穿上工作服到车间干半天活啦，骑着自行车到职工家问寒问暖啦……可不出两个月，瞧吧，他们就钻进办公室，开起扯皮的马拉松会来了。再也难见着！"

我这才知道，来的是弟弟他们厂的新书记。我真希望这位书记能改变弟弟的精神面貌。他能够吗？

弟弟继续"先发制人"："我知道，您是从朱瑞芹那儿打听出我们家情况的。卢书记，您希望我怎么样？您指示吧，我听着……"他特别把"书记"、"您"这样的字眼强调出来。太不像话了！我忍不住要开口喝住他，可是卢书记却朝我微微摆了摆手。

卢书记掏出香烟，开始讲话。我本以为他会这样开头："别叫我卢书记，叫我老卢吧……"谁知他并没这样，而是单刀直入地望定弟弟问："今天朱瑞芹在二车间撕产值表的事，你听说啦？"

"我对这号事不感兴趣。"弟弟傲慢地回答，"我为朱瑞芹遗憾。她越来越成'红尘'中的人了。其实何必争那份气？……你们打算拿她怎么办？全厂通报批评？组织‘小评论’围剿？‘耐心细致的思想工作’？‘原谅初犯，下不为例’？……”

卢书记两眼里闪着镘铄的光芒，似乎他全身的精力都集中到瞳仁里去了：“朱瑞芹做得对呀！厂党委研究了，明天要在全厂大会上表扬她呢。你怎么估计她会挨整呢？难道你真认为她错了，该挨整？”

弟弟的身子明显地一震。显然，这完全出乎他的意料。

“我来厂后，调查研究了一个多月，找了好多人，就没顾上找你……现在我来告诉你一件事，新党委的意见统一了，咱们厂要整顿！以往顶着‘大庆式企业’的牌儿，说白了，是个假典型！二车间的问题很严重，几乎月月谎报产值，把这个月头五天的愣安到上个月去。朱瑞芹她们敢于揭这个矛盾，好得很嘛！”

“其实，这是秃脑壳上的虱子，无所谓揭不揭。”弟弟开始激动起来，“可是这些年大家都不当回事儿，作假成了家常便饭：说假话，报假产值，表假态，搞假挑战、假应战……工厂里的语录牌一遍遍地漆得油光锃亮，进口设备却撂在车间外头，任凭风吹雨淋也不抓紧安装。动不动就来顿锣鼓喧天、鞭炮齐鸣，其实谁心里不清楚？全是‘样子货’！……”

“于是，你也就假装不知道这些个事，心平气和地在‘红尘’外头过日子？”

“那怎么着？你瞧着吧！”弟弟梗着脖子犟嘴，作假这条在咱们厂扎下根了！你支持个朱瑞芹顶啥用？！党委里那些个人，都是真心跟你走的？政工组里那些个编假材料的人，都能转过弯来听你的？……你呀，顶多能起这么个作用，让作假的幅度稍微小一点儿……其实那又有什么意思？归里包齐还不是假、假、假！”

弟弟的态度简直可恶。可是我对他们厂的情况一点也不了解，所以一时也无法插嘴。

我和弟弟都望着卢书记，等待他回答。他却不慌不忙地从兜里掏出打火机来，打火点烟。咔嗒、咔嗒、咔嗒……连续打了七八下，只见火星迸，不见火苗走。我连忙从桌上取来火柴，要擦燃一根帮他点烟。他摇摇头表示拒绝，继续固执地咔嗒、咔嗒地打着。终于，当我在心里数至第十二下时，火苗腾起了。卢书记且不忙点烟，举起飘动着蓝色火苗的打火机，意味深长地望着弟弟说：

“你那个看法，我认为有点片面。不过，你反对作假，这点咱俩一致。你看这打火机，我刚买了半拉月，就这么糟心。林彪、‘四人帮’给咱们造成的祸害，非收拾干净不可！不能再让跟这号打火机一般的产品上市。不管阻力多大，也得坚决推倒假的，来真格的！……晓雷呀，党委决心从实事求是起步，靠全厂职工，汇成一股心劲，扫荡林彪、‘四人帮’那套弄虚作假的风气。你怎么办？光是在一旁对假、假、假’生闷气，还是跟大伙一块参加战斗哇？”说到这儿，卢书记才把烟点燃，关上打火机，徐徐地吸了口烟。

“当然是参加战斗！”见弟弟不吱声，我忍不住替他回答。

可是弟弟嘴角颤动着，沉默了一会儿，却突然转移话题说：“卢书记，我十一年前就见过您！”

卢书记眉头一跳：“十一年前？那时候你才多大点儿？在哪儿见过我？”

弟弟说：“头回是在校会上。那时候您到我们学校来，讲打日本鬼子的故事。”

“我讲的故事，你还记得吗？”

“讲得真冲。听完了，别提我多崇拜您。那时我觉得您很高大，您的形象在我心目里，意味着具体的、生动的概念：革命前辈，艰苦创业，优良传统，学习榜样……可过了两个月，我又看见了您……”

“过了两个月？”

“对。1966年夏天。我跑到大学操场上去看热闹，斗走资派。押出来一串，里头就有您。戴着高帽子，挂着黑牌子，被撅着……”

“你怎么想呢？”

“我还小，不大会想。我只觉得，好像一个什么美好的东西，突然给打碎了。后来，我爸也给揪了出来，这号场面见多了，也就渐渐习惯起来。……到了上中学时，我就积极起来了。我觉得革命嘛，就是小的反老的，群众反领导，越左越好……林彪摔死以后，我才觉着自己突然长大了，开始有了点成形的想法。我觉得没什么神圣的东西，没什么真格的。后来我又听到一些关于江青他们的事，心就更凉了。原来这么回事儿！江青他们把你和爸爸这样的人说成是鬼，说你们搞‘物质刺激’，散布封、资、修毒素；可我有个表姐在‘样板团’，那儿搞特殊化，比‘十七年’还‘十七年’！她跟着江青看过几次‘内部电影’，那是连封、资、修国家的正统派也不要看的肮脏货……哈哈，一切都是假的、假的、假的！我看破了……”

“呵！……咱们厂里那些看破‘红尘’的小伙子，常到你这儿来聚聚吧？”

“可不。有的跟我一样，当过‘可以教育好的子女’;有的老子确实有问题，属于‘狗崽子’;有的父母是地地道道的工人，可没有后门可走，尽碰钉子……我们不是同一个时候看破的，有的早点，有的晚点……”

我听着，心头微微发颤，忍不住地说：“可现在一提起这些，还有人说这就是‘否定文化大革命’呢！”

“是呵！现在有些人，动不动把‘否定文化大革命’当成根棍子，抡起来打人。”卢书记把眼光转向我们，声调激愤起来，“可是林彪、‘四人帮’那些个伤透了好人心的东西，难道不应当否定吗？难道不应当否定武斗？不应当否定人身侮辱？不应当否定彻底砸烂？不应当否定弄虚作假？不应当否定形而上学？不应当否定‘血统论’？不应当否定‘株连九族’？不应当否定‘走后门’？……不！这些林彪、‘四人帮’搞的乌七八糟的玩意，必须毫不留情地统统加以否定！晓雷他们本当血气方刚，伤成了这号模样，是林彪、‘四人帮’的罪过！……”

我抬起眼睛，我发现，弟弟的脸上，呈现出了一种前所未有的惊愕表情……

卢书记约定以后再找弟弟细谈，便告辞了。

弟弟是从来不送客下楼的，这回却破了例。

卢书记走得很慢，原来他腿脚不大灵便。下了楼，我们发现他不是骑车来的，厂里的小吉普在等着他。

吉普车开走了。弟弟的眼里，闪动着多时不见的、火花般的光芒。忽然，他转脸望着我，从嘴里迸出一句话来：“他说真话！”

五

可是，这一晚过去后，弟弟似乎也没多大变化。

过了半个多月，有一天，弟弟下了中班，裤兜里揣着瓶金奖白兰地，面色沮丧地回到家里。他用眼光阻止住我的询问与劝说，一个人待在他那间屋里，一边喝着酒，一边打开电唱机，听着贝多芬的第五交响乐。喝了不到半瓶酒。又关掉电唱机，神色平静地走过来关照我，说他要出去一趟；倘若有人来找，一定要告诉来人：他得很晚才能回来，不必在这里等他。

弟弟走后半小时，朱瑞芹就来了。

“晓雷要很晚才回来。”我告诉她。

“那不一定，”她很有把握地说，一边走进屋来，“我等他到八点半。”

“厂里有新情况吗？”我跟着她走进弟弟屋里。她依然是“宾至如归”，熟练地为自己倒了杯开水，坐到折叠椅上，喝了几口，才抬头回答我说：“有。上个月的产值统计出来了，比老卢来之前的月产值低。”

“我不吃惊。原来的产值数字是假造的嘛。”

“不是说比那个数字低。刨去了假造的那部分，也还是低——虽然仅仅低了百分之零点三。”

“那是为什么呢？”

“因为质量上卡得紧了呗。副品按副品的价值算，不是正品、副品混着一块算。”

“啊，明白了。这回要是也把副品当成正品，按原来的办法算，那就比上个月多，对吗？”

“对，那就要多出百分之一点七。”

“嘿，这不就是进步吗？我不明白，为什么晓雷今天又飘到了‘红尘’之外？瞧，他喝了那么多酒！”

朱瑞芹拿起那半瓶酒，对着日光灯，仿佛在欣赏白兰地的颜色。想了想，她就往酒杯里倒了半杯酒，端起来要喝。

“怎么，你也要飘到‘红尘’之外去吗？”

“不，外头阴天，我有点冷，喝口酒暖和暖和。”她喝干酒，对我笑着把双眉一扬，“老卢是块吸铁石，他吸着我，让我牢牢地留在了‘红尘’里。”

“他要能牢牢地吸住晓雷，该有多好啊！”

正说着，听见门响，竟是老卢和弟弟一块进来了。

我和朱瑞芹都很高兴。朱瑞芹比我还热情，她知道我们的茶叶罐在哪儿，熟练地为老卢沏着茶。

不知道老卢和弟弟是怎么遇上的，反正进了屋，他俩只顾继续着路上的谈话。

“……我不明白，”弟弟固执地问，“你为什么这么卖劲？下头有人斜眼瞧你，给你吃阻力；上头也未必都支持你，指不定哪天，又会有人说你是修正主义回潮！……你戴过高帽子，挂过黑牌子，住过监狱，挨过毒打，人格受过侮辱；老婆跟你离了婚，女儿当年为了跟你划清界限，连名带姓都改掉了！你原来是局级干部，现在到厂里当个一把手，明明是降了级；你头发差不多全白了，你还有多少年头好活？……”

我忍不住喝住弟弟：“晓雷！有你这么说话的吗？……”

弟弟偏提高嗓门，睁大眼睛望着老卢，激动得脖子上的筋直蹦：“你为什么还干得这么起劲？究竟是什么东西支撑着你？什么？！”

我和朱瑞芹都把目光集注到老卢身上。我的心通通跳着：弟弟真混，老卢可别让他气得心脏病发作……

好一阵，老卢的嘴紧紧地抿着，嘴角下弯，呈现出一种刚毅的神情；他的双眼在滋出的浓眉下，闪着饱蓄锐气的动人光芒。他双手叉腰，在屋中来回踱了几步，这几步中，他脑海里一定掀动着大波巨澜，他心头上一定冲腾着爱和恨交织的烈焰……

当再次走近窗前时，他伸手推开了玻璃窗，让晚风扑进来，掀动着自己头上稀薄的白发。窗外已经笼罩着宝蓝的夜色，天际轮廓线上，璀璨的灯火与闪动的电弧光交相辉映。他默默地望着远方，许久许久，才用并不高亢的声音，深沉地回答说——

“我爱咱们中国。我要她繁荣富强。我相信咱们的党。”

六

蛋青色的天光映进屋里。还很早，伸腕看表，才四点过一刻。

我失眠了。弟弟今夜睡得如何？

我听见了脚步声。是他，穿着拖鞋朝我屋里走来了。

我闭上眼睛，仿佛仍在沉睡。

脚步声在我床前停住了。一秒、两秒、三秒……我在心里计算着。弟弟怎么还没动静?

忽然,弟弟的两只手扶住了我的膀子。他还没推我,我就主动把眼睛睁开了。

“哥,”弟弟坐到我床上，眼睛睁得很大，开门见山地问我，“你说，老卢为什么不说那些个‘套话’？我以为他要长篇大套讲一顿，没想到就那么简单的三句……”

“是呀，”我把双手枕到脑后，望着天花板上的第一缕晨光，沉吟地说，“老卢真能对症下药……”想了想，我便一下子坐起来，拉住弟弟的手，诚恳地说：“他一语道破了你们这号人的病根——连祖国都不懂得去爱……”

弟弟甩开我的手，好像受到了莫大的侮辱。他气愤得脸颊上的肉直跳，大声驳斥说:“你胡说！……”

我抓回他的手，紧紧地攥着，不容争辩地教训他说:“我知道，你们当然不反对实现四个现代化，可你们丧失了信心！你们满眼是流毒、阻力、困难、挫折、阴暗面……你们自以为‘世人皆浊我独清，世人皆醉我独醒’，摆出一副看破‘红尘’的臭架子。可要叫我说，你们是十足的没皮没脸！说穿了，你们是对党、对马列主义和毛泽东思想失去了信仰！……”

“这能都怪我吗?！”弟弟挣脱了我，激动得身子簌簌发抖。突然，他狂怒地一下子脱去了背心，用指头点着左胸朝我喊:“你看呀！”

在弟弟那黝黑的、结实的、隆起的胸脯上,有着两个并排的、米粒大的伤疤。

啊，回想起来了：那是1970年，弟弟因为爸爸的“假党员”帽子没有摘掉，任凭如何努力也加入不了红卫兵。有一天，他问红卫兵的负责人:“得怎么着,你们才信得过我?”那个中林彪、“四人帮”流毒很深的红卫兵负责人,绝非开玩笑地说:“你要真是‘三忠于、四无限’，就得天天把毛主席像章别到肉皮上！”弟弟听完，当场便毫不犹豫地把铸有“四个伟大”字样的红像章，狠劲别到了左胸的肉皮上……可是，由于爸爸、妈妈和我坚决阻止他继续这么做，他竟始终未能加入红卫兵！……

“看见吗？”弟弟用拳头擂着胸脯，大声告诉我，“受伤的不光是外头，是里头、里头！——懂吗？”

啊，弟弟的双眼，迸射着令人不忍直视的光……

我扑上去，紧紧地、紧紧地搂住弟弟那热烘烘的身躯。人们啊，记住吧，世界上发生过这样的悲剧！马列主义、毛泽东思想的敌人，不是用公开谩骂、攻击的手段，而是用把马列主义、毛泽东思想奉为宗教圣经的手法，动摇、摧毁了一批人对马列主义、毛泽东思想的信仰！……治愈这部分人受了伤的心灵，恢复他们对真理的信仰，该是多么紧迫、多么崇高的任务！

可是，我并没有原谅弟弟本身。弟弟，我的好弟弟，你若爱我们的祖国，你若要她繁荣富强，你怎能继续这般消极地生活？！

七

妈妈回来了。

妈妈是中午到家的。她知道弟弟这个月上早班，得下午两点半才能到家；洗漱完毕，刚落坐到躺椅上，还没接过我递上的热茶，便迫不及待地问道：“晓雷如今究竟怎么样？”

“开始步入‘红尘’。主要是厂里发生了好多变化。加上爸爸他们单位来人找了我俩，说等您回来就开爸爸的追悼会，彻底平反昭雪。不过他信心仍然不足。厂里搞整顿很费劲，原来顶着大庆式企业的名儿，好多人过惯了弄虚作假的日子，矛盾都掖着捂着。如今每迈一步，都少不了遇上‘四人帮’的流毒。所以，‘没意思’的口头语，有时还挂在他嘴上……”

妈妈捧着保温杯，全神贯注地听我叙述着一切：关于老卢、朱瑞芹，关于那个难忘的清晨……

我忽然想起：妈妈刚走完万里路，便煞住话头，劝她先休息，下午再谈。她同意了。两点半，她睡完午觉，走过来问我：“晓雷该回来了吧？”

“可不是。”我走近窗口，朝大街上望去。街上飘着霏霏细雨，两旁的槭树呈现出墨绿色，来往行人穿着雨衣、打着各色雨伞，犹如朵朵移动的、润泽的花。哪有弟弟的身影？

三点半，弟弟还没回来。三点四十五分左右，有人敲门。谁？

我去开门。是朱瑞芹。

妈妈还是头一回看见她。

我给妈妈介绍："这就是朱瑞芹。"

妈妈上下仔细地端详着她："啊，草斤芹，不是钢琴提琴的琴。"

朱瑞芹大方地微笑着，对妈妈说："伯母，您在等晓雷吧？他现在还不能回来，他还得想一想，他还没有下最后的决心……"

"什么？"妈妈吃惊地问，"他还没回家的决心？"

"不是！"朱瑞芹笑出了声来，"他还没有当质量检查员的决心！"

可是妈妈和我还是摸不着头脑。

朱瑞芹这才一五一十，放机关枪地告诉我们："老卢找他谈了，让他当车间的质量检查员。原来的质量检查员不行，根本就没有质量概念。老卢这回可下了最大的决心，他不光撤了那号思想作风不正的质量检查员；有的人的思想、品质没得说，正派人儿，他也给撤了。因为技术上不过硬，把不严关。他上午十点钟找晓雷个别谈话，动员他'还俗'，当个铁面无私、克丁克卯的检查员，晓雷没有立刻答应。他说考虑考虑，明天回答……下了班他就找我，跟我说了这个事儿，问我：'怎么样？'我说：'老卢来真格儿的，咱们应该支持他。大家都来真格儿的，四个现代化准有希望。'我俩一块出了厂，边议论边朝前走，忘了朝这边拐弯，一直走到鼓楼那边去了。我提醒他：'你妈妈不是今天中午到家吗？'他犟着脖子说：'我要作出了决定再回家，我要独立思考……'我们恰好走过建筑工地，正盖十二层大楼，那工夫还没飘雨星儿，卡车开来开去，掀起一阵阵的尘土。我拉拉他衣袖说：瞧，'红尘'多美，'红尘'里有大高楼！他笑了笑，没说什么。又往前走了一段，他站住撵我了，他说：'我要真正地独立思考，我不要你陪着。'我说：'瞧你这德性劲儿！'转身就自己走了……我怕你们等他等得着急，所以来告诉你们一声。"

妈妈听完，二话不说，拿起雨伞就要往外走。朱瑞芹挽住她胳膊说："我陪您去，我知道他在哪儿！"

妈妈走了，朱瑞芹也走了，只剩下我一个人。

我走到窗前，出神地望着被细雨润湿了的、闪着蓝光的大街。弟弟正在远处街道上踽踽独行，还是正朝家里走来？他已经决定，当一个热衷于“红尘”中事的质量检查员，还是打算仍旧留在“红尘”之外，当一个愤世嫉俗而又无所作为的人？

远处什么地方，打桩机发出有节奏的声响；几辆十轮大卡车，满载着建筑材料，从大街上驶过；五楼阳台上有人在跟着收音机学法语，反复地念着一个什么句子；二楼下那个十六岁的胖姑娘，照例在弹奏着一首指法复杂的钢琴练习曲……向四个现代化进军的时代步伐橐橐可闻，周围是沸腾的、充满希望的生活。而弟弟，我的亲弟弟，他那受了伤的灵魂，却还没有完全苏醒过来，他还在“红尘”边缘上犹豫着……

是的，我们需要为弟弟这批青年创造更加有利的外在条件：更多的真话，更少的反复，更具体的成效，更丰富多彩的精神食粮，更能施展他们聪明才智的广阔天地……可是，归根结底，却又有赖于弟弟他们自身的醒悟、决心和毅力……

为了我们的祖国，为了我们的民族，我真想把双臂伸出窗外，大声地呼唤——

醒来吧，弟弟！

1978 年

穿米黄色大衣的青年

一

一九七四年春节后一天的晚上，我抑郁地坐在居室书桌旁抽着烟。平时我是不抽烟的。可是，那天在学校听完所谓“马振扶公社中学事件”的传达，在回家的路上，我却特意拐进食品商店买了一包烟。爱人在装订厂工作，上夜班不在家；孩子送到托儿所全托了，一个人在家，倒也清静。窗外小院里，只有风吹树枝的飒响。按说，这是备课、看书的最好时光。可是，既然“我是中国人，何必学外文”这种荒诞的逻辑，都被某些人誉为“反潮流精神”的崇高体现了，我这个外语教员，还有什么备课的兴致呢？书呢，案头倒有一册好不容易辗转借来的《契诃夫短篇小说选》，可心里是那么样地烦乱，翻开了《草原》，却怎么也走不进那个草原里去……一口烟呛得我咳嗽不止，我赌气地将刚燃去小半截的烟扔到了地下。

忽然有人“笃笃笃”地敲门，还呼唤着我：“晁老师！”肯定是我教过的学生——不知是个什么道理，正教着的学生，没有到家里来找我的；已经毕业的学生，倒常成为我家的不速之客——我把《契诃夫短篇小说选》放进抽屉，过去打开了门，一个小伙子的清秀面庞呈现在我的眼前。两道漆黑的细长眉毛，一双不大的单眼皮眼睛；高鼻梁，长人中，红润的薄嘴唇。我认出这是五年前教过的一个学生，虽然他“抽条”了，肩膀也宽了许多，那挺有特点的相貌，变化并不大。但我一时想不出他的名字来。我把他迎进屋子，请他坐，给他倒茶，顺便问他现在在哪个单位工作。他提醒我：“我叫邹宇平，初一的时候您教过我。

我一九七一年下乡插队两年，去年分到工厂当了个钳工……”我指指桌上的香烟：“你也学会了吧？自己拿……”他摇摇头：“我不学抽烟，我也不喝酒。我没参加‘十元会’……”

“‘十元会’？”我不禁愕然，“什么叫‘十元会’？”

“嗨，”他轻描淡写地说，“我们厂七八个像我这么大的小伙子组织的。每个月开支那天，一个人出十块钱，别的人出一块钱，去吃馆子。‘大头’轮流当。什么全聚德、丰泽园、砂锅居……转着圈吃呗。”

我震惊了。我觉得一些火辣辣的话语冲到了喉咙口。但是我强咽了下去。我用哆嗦着的手指头去取香烟……别忘了，在当时的情况下，哪怕是善意地批评青年人，也很可能被扣上“打击‘儿童团’”的帽子；而且，也根本不允许公开承认有“十元会”这类社会现象。再说，我也摸不透邹宇平究竟是个什么样的青年——回想起来，我当他班主任的那几个月里，班上纪律极为混乱，我整天疲于同“闹将”们斡旋，他则是个“老焉”，总是静静地坐在靠墙的座位上，属于“省事”的一流，品质、功课、纪律性都具中上水平。在这次以前，他似乎只在初中毕业时，随别的同学来我家坐过一会儿。他今天怎么想起来拜访我？

我笨拙地吸着香烟，眼睛望着墙上的中国地图，等着邹宇平开口。

来拜访我的毕业生，各种性格、各种思想情绪的都有。比如说，前天晚上来的刘丽云，一个胖胖的、戴眼镜的翘鼻子姑娘，爸爸是食品公司一个下属单位的党总书记，自己如今当了邮递员，就属于那种在任何情况下，都能直言不讳的“小钢炮”；她一边不停歇地嗑着葵花子，一边脸庞喷红地大声对我议论说：“反正我想不通！周总理是党的副主席，干吗反倒要让政治局一个普通委员，给他送批林批孔材料？这人在国务院任吗职务也没有，凭什么把国务院的人全叫到首都体育馆开大会？倒好像周总理得听她指挥似的——什么呀，我想不通，反正！”她把“什么”发成“什马”的音，听得出来是表示蔑视。我并不阻止她“口出狂言”，但也并不附和插话。我爱人提醒她：“这样的话你可别到处乱说去……”她自信地把头一摆：“反正我又不是傻瓜！……唉，要是见着晁老师这样的人，也得把心里话憋着，那我非得憋破肚皮不可，准的！”……再比如，十天半月总要来我家一趟的赵海涛，黑黝黝的皮肤，精壮得像头小牛犊，话不多，来了就求我帮他借书，什么小说诗歌他一律不看，他感兴趣的是数学书，他似乎在悄悄钻研个挺高深的数学问题，问他，他只是憨笑，永远不予解释。他那诚恳而固执的借书态度，连我爱人也为之感动，常敦促我想方设法，托亲觅友，去为他掏腾一两本名称古怪的数学书——由于他总是如期归还，而且还回来的书总是面目一新，不仅细心地包上书皮，有时还代为重新装订，甚至把平装变为精装，所以我那些在科研部门工作的亲友，倒也越来越乐于借书给他。他的工作单位是废品回收公司，具体来说，他每日的工作就是蹬着平板三轮，到街头巷尾去收破料。有一回，我爱人忍不住问他："你钻研这些个学问干吗？人家准得说你不安心工作，搞'白专'吧？"他静静地坐在床沿上，两眼闪闪地、慢腾腾地说："学问是有用的。我收废品，付款从来没出过差错，批我'白专'就批去吧。我等着，总有一天……"

刘丽云也罢，赵海涛也罢，都好理解。可是我同邹宇平对坐了一会儿以后，却觉得他越来越不好理解。他似乎并没有什么话想对我说，也并不是有什么事来求我帮助。当然，也有那样的毕业生，他们来看望我，仅仅是出于凑巧路过了我家院门，或者仅仅是出于节日的一种礼貌表示；但是不管怎么样，他们起码总得问问我最近工作忙不忙、身体好不好，总要主动跟我说说他们自己的事儿……这个邹宇平却古怪到极点，我不说话，他便也不说话；甚至我问他一句什么，他也心不在焉，答不出个所以然来。我们俩就这么耗了一会儿。

倘若是在另一种情境下，我也许反而会因他的古怪，产生一种探究的兴趣。只是那天晚上，我心里正横着"马振扶公社中学事件"的阴云，因此缺乏足够的耐心。我烦躁地打量了他几眼，这才发现他穿着十分讲究，上身是淡咖啡色的宽条灯芯绒夹克，下身是裤线可以削萝卜的蛋青色的确良裤，脚下蹬着一双不知从哪里搞来的、线条粗犷的深黄皮鞋。我自己虽然不讲究穿戴，但是，对于注意把自己打扮得漂亮些的人，倒从来毫无"上纲上线"的腹诽——我总觉得，只要人家思想品德正派、工作积极努力，穿戴得讲究些，应属于允许范围之内的事儿。邹宇平见我用眼光在扫视他，不由得放平了翘叠的右腿，顿时提起了精神——也许是以为我会批评他，感到紧张。我批评他这个干吗呢？不，我告诉他："这两天，有点头疼……"他意识到这其实就是逐客令，于是他站了起来……

这个怪人！你明知已是“不受欢迎的人”，就快点离去吧。可是邹宇平却慢条斯理地穿他的大衣——这件大衣是他何时脱在我家床铺上的，在此以前我竟丝毫未曾注意到——大衣有什么难穿的，他却仿佛那是一件价值连城的工艺美术品，小心翼翼地往袖子里笼胳膊，轻轻地整理领子，抚摸鲜花似的扣着扣子……我很奇怪，那是件很薄的棉大衣，里面既无皮筒子也无人造毛，面子也无非是一般斜纹布，何以邹宇平对它如此珍视？

邹宇平面色沮丧地被我送到了大门外。我想，他一定是因为我没有热情地接待他而生了气，于是便诚恳地对他说：“今天我心里不大痛快。其实我还是很愿意跟你多聊聊的——欢迎你以后常来。”

邹宇平满脸失望。显然是我辜负了他的某种强烈愿望。他希望我怎样呢？终于，他忍耐不住，扽扽大衣的兜盖，非常真诚地提醒我说：“晁教师，您看这件大衣——颜色怎么样？”

我陡然一下子理解了他——原来，他来拜访我，仅仅是为了显示一下他的这件大衣！你看我竟把顶顶要紧的一项因素——颜色给忽略掉了！你看你看，我明明知道，最近有些男学生在说这样的顺口溜：“匪不匪，看裤腿；狂不狂，看米黄。”却竟然“昏聩”到直至此刻才注意到——邹宇平的大衣是米黄色的！

几秒钟时，我回忆起刚才同邹宇平的那些问答——

“你们厂也在搞儒法斗争研究吗？”“在搞。我反正不参加。头几个月的‘反回潮’就把我弄晕乎了——越反厂子里越乱。我瞎掺和那个干吗？没劲儿，干脆溜边瞧瞧……”

“你平时看小说吗？下了班怎么消遣？打扑克吗？”“现在的小说净让人上当，什么《虹南作战史》，那能叫小说？我不看。打扑克、下棋我自来就不爱好。下了班比上班还没意思——上班还能臭聊一阵呢……”

“你在厂里朋友多吗？”“没有。积极的嫌我落后。那些个胡闹瞎混的人，我又嫌他们恶心。反正我上班好好干活，下了班我就张罗张罗自个儿……”

原来我没把这些话当成回事儿，现在，我猛地融会贯通，理解邹宇平了——是一种无形的力量，把他挤到“下了班就张罗张罗自个儿”的窄胡同里来的。

他既不愿当“批大儒”、“反回潮”的积极分子，又不愿参加“十元会”；他既找不到真正吸引他心灵向上飞翔的小说，及其他精神食粮，又不屑于蹲到路灯下打“三先”……于是，只好从米黄色的大衣这类东西上去寻求寄托……啊，我的青年同胞，是谁把你们本可以熔铸成丰富而美丽、激昂而奋发的灵魂，压缩得这般苍白、这般庸俗、这般浅薄？就是那些前几天在首都体育馆的“送材料”大会上，敢于对周总理大不敬的家伙！就是那些把“马振扶公社中学事件”当作匕首，来刺杀我们社会主义学校的混蛋！

愤懑的波涛在我心中拱动。我想把邹宇平拉回屋里，同他倾心畅谈。但是我沉思默想的当口，他已经扭身离去了，我望着他那裹着米黄色大衣的细长身影，在苍茫的夜色中渐渐远去，心里充满形容不出的复杂滋味。

点点微雪落到我面颊上，我几乎要把自己的下嘴唇咬破。就在这天晚上，我暗暗发下誓愿：不管阴云还会怎样地加厚，甚至酿成倾盆毒雨，为了祖国母亲的年轻孩子们，我要尽一切可能，同那布下阴云的妖魔鬼怪作殊死的抗争！……

二

1978 年春节过后的头一个工作日，北京图书馆刚把大门打开，一群急不可耐的读者便涌了进去。我也是其中之一。我不但想利用寒假时间好好备一备课，也想利用挣脱了“四人帮”枷锁的图书馆所提供方便条件，借阅一些能开拓自己眼界的中外古今图书。

几乎每一个独自来馆的读者都是这样：急匆匆地进入目录室，分秒必争地查好书号，便径奔借书处；期待已久的图书一旦到手，便立即快步进入高大阔朗的阅览室，觅一中意的座位坐下；一旦坐下了，便目不斜视、杂念全息，专心致志地读起书来……正因为人们都是这样的精神状态，所以才出现了下面的情况。

我兴味甚浓地读毕了英文原版《大卫·科波菲尔》的第一章，不禁舒了一口气，倚靠在舒适的圈椅背上，闭目思索起马克思、恩格斯论及该书作者狄更斯的那些话语来……当我睁开休息充分的双眼，准备俯案续读时，偶然朝对面座位瞥了一眼——啊呀，我愣住了；好熟悉的面庞！漆黑的细眉下，一双不大的单眼皮眼睛，正盯住案上一册大开本的技术书；高鼻梁、长人中下的薄嘴唇，依然那么样的红润，并随着默读翕动着；这不是邹宇平吗？是他！肯定是！不过，他此刻穿着半旧的工作服；他那件了不起的米黄色大衣哪儿去了呢？他是什么时候坐到我对面来的？他是真的没有发现我，还是发现了而出于羞赧或幽默，故意没有招呼我呢？……

我心里流过一排热浪，把刚才还占据着意识中心的大卫·科波菲尔推到了一边，浮想联翩起来。瞧，曾经除了打扮打扮自己而外，对其他一切活动都丧失了乐趣的这个小伙子，现在却倾注着全部心力，在读着一本技术书！我当然可以根据逻辑推理，用一九七六年十月的惊雷和春风，来解释面前这个镜头；但是，我却不能满足于此。我想深入到这样一个青年人的灵魂里去。究竟是通过怎样的内心历程，沉睡的激情才奔腾起来，心灵的眼睛才越过米黄色大衣的庸俗境域，看到了革命理想的璀璨霞光？……

正当我忍不住要招呼邹宇平时，他恰好也读毕了一个段落，抬起了眼睛——我们四目相对，犹如火石相撞，顿时溅出了激动的火花；从他的眼神里我判断出，他的确是在此以前并未发现我——邹宇平首先压低嗓音惊喜地召唤了我一声："晁老师！"

一刻钟以后，我们已并排行进在北海大桥上。重逢的快乐攫住了我们的心。我们需要长谈，而图书馆可不是个谈话的地方。邹宇平一小时后要到厂里上中班。他们厂在前门外，走着去完全来得及，于是，我便决定陪他步行穿过南长街和天安门广场，边走边谈。

离开阅览室时，邹宇平从椅背上取下了大衣。出得图书馆，他穿上了大衣。我一眼就认出，还是那件米黄色的大衣；不过，一些地方有皱折，一些地方蹭上了灰道道；正当中原来的扣子显然是丢失了，补上的一颗颜色要深一些，显得很不协调。一目了然——这件米黄色大衣在主人心目当中，使用价值仍然存在，美学价值却荡然无存。我觉得这是邹宇平最大的变化，不禁指着他身上的大衣问他："你怎么不'张罗张罗自个儿了'？"

邹宇平脸颊发红了，他摆摆手说：“嗨，别提了——我早打算把它拿去染成黑的，可路过洗染店多少次，总舍不得花时间钻进去张罗这个事儿……再说一时我也没别的大衣穿，就让它这个样儿吧！”

我连珠炮般地向他提出一系列问题：“你们厂现在怎么样？”“你最近除了干钳工活，还忙些什么？”“你从什么时候开始跑图书馆的？”……

邹宇平的性格似乎并没有变。他有问必答，但答话都很简单。这种泛泛的问答令我很不满足，于是，当我们走到西华门附近时，我便开始往细微处探究了：

“你们那儿的‘十元会’怎么样了？”

邹宇平现出一个开朗的微笑：“解散啦。那会儿，我们青年不当流氓就算好的；生活枯燥，也不知道前头有什么等着我们，所以才有‘十元会’，也才有我这米黄色的大衣，也才有一米高的金鱼缸，还有什么‘家具爱好者联谊会’……是‘四人帮’把我们挤兑到小胡同里去的呀——我们又不愿意‘头上长角，身上长刺’，去当他们的跟屁虫！……”

我还想进一步深入他的灵魂，便直截了当地问：“告诉我，究竟是哪几件事，让你猛地醒了过来，觉得还有比穿上一件米黄色大衣更要紧的事情？”

邹宇平把步子放慢了，眉头颤动着，沉思了大约半分钟，才开口说道：“主要是两件事。一件是前年三月六号，上班路上遇上了插队时分在一个村的刘丽云；她气得涨红了脸，脑门上炸出了一溜汗珠，跟我说：‘昨天的《文汇报》，你看了吗？’我告诉她：‘这两年，什么报纸我也不看。’她当时就骂我：‘这样的事你都不闻不问，真不如一头撞死！你还有没有良心？！周总理的骨灰都撒到祖国的江河大地了，可还有人骂他是最大的走资派——你就容得了他们？’我当时就跟她顶撞起来，扬着嗓门说：‘我邹宇平再浑，这一腔子血也还是红色的——谁敢骂周总理？我去跟他们拼命！’她就把三月五号的《文汇报》拿给我看……我是个从来不失眠的人，那晚上半宿睡不踏实。说实在的，对江青他们，我是打那晚上才恨到咬牙切齿的地步的。‘四人帮’他们整老干部，整这个，整那个，我这个落后分子心里想不通，气还能强吞下去——没想到他们整到周总理头上来了；周总理已经鞠躬尽瘁了，他们还整——由着他们这么整下去，中国不就完了吗？他们眼里也太没咱们老百姓了，真是欺人太甚！不能由着他们！……第二天，我一大早就找到刘丽云家，一屁股就坐到了没擦干净的板凳上，发现弄脏了这件米黄色的大衣，我也顾不上可惜——我憋足劲问刘丽云：‘咱们该怎么办’……”

邹宇平说到这儿，胸脯起伏着。我俩并肩朝前走，踩得残雪沙沙响。我感到，自己是在随着一个年轻的灵魂，重温昔日风雨的冲刷。

“刘丽云怎么回答你的呢？”我催他讲下去。

“她把拳头一挥说：‘斗争’……当然，我们都挺幼稚，能量有限；可打这以后，我就没心思打扮自己了，我又看报，又听广播，渐渐敏感起来——不用刘丽云提醒，也能听出‘四人帮”那一套冠冕堂皇的词儿，骨子里是什么货色了；我看破了，就找那些没看破的人说去，到地震前后，毛主席逝世那阵，我把‘十元会’里顶不过问政治的小酒鬼们，也给说动心了——大伙都憋着要跟‘四人帮’他们拼；那时候不知道‘四人帮’这个词儿，我们说起王张江姚，都用‘那拨子混蛋’代替……后来，了不起的十月来到了，晁老师，我在游行队伍里喊拥护党中央的口号，那声音可真是打心眼里冒出来的呀！……”

“只要还有爱国心的人，都是这么个劲头啊！”我赞同地说，“多亏了党中央，要不，别的先不说，‘四人帮’非把你们这一代人，毁成穴居野人不可啊！”

说着我们走出了南长街，来到洒满阳光的天安门广场。在这牵动亿万人民感情丝缕的地方，我和邹宇平继续畅谈爱恨和向往。我问他：“那震动你灵魂的第二件事是什么呢？”他两眼显得比平时大也比平时亮，望着纪念碑和后面的毛主席纪念堂，告诉我说：“我就是九月底，党中央关于召开全国科学大会的通知发表，我觉得眼睛和心一下都更亮了。恰巧那天我妈跟我唠叨说：‘还不把你那件大衣拿去染染，眨眼冬天就到……’我一边收拾书包，准备到厂‘七二一’大学上课去，一边跟她说：‘妈，我不能再想着打扮自个儿，我得跟大伙去打扮咱们的祖国——得让咱们社会主义中国，也穿上现代化的服装啊！’……就这样，我总嫌时间不够；我们厂的小青年们差不离都跟我一样，我们都恨不得多长出个脑瓜来学习、学习、学习！……”

我的思绪正随着邹宇平的讲述飞扬，忽然，身后有人叫我：“晁老师！”我和邹宇平同时转过身去——啊，是赵海涛。

我不禁责备他："你和刘丽云是怎么回事儿？半年多不到我那儿去了！你们考大学的事怎么样，体检了吗？……"

赵海涛推着辆自行车，车座上夹着一叠书，他显得更黑也更壮实，嘴唇上的黑茸毛已经有点小胡子的味道了，可他那内向的性格一点也没变，略显羞涩地回答我说："我们俩都体检了，等着最后一榜呢。"

我指指邹宇平说："认识吧，也是咱们学校毕业的，比你低两届。"

邹宇平笑着说："原先就面熟，这一年多在图书馆总遇上，半年前我们就交上朋友了……"

我忽然想起个问题："对了，宇平，你考大学了吗？"

邹宇平脸颊微微有点泛红，但鼓起勇气拍拍身上的大衣说："前几年把时间荒过去了，基础太差，就没考……今后我也不一定考了，我打算在厂'七二一'大学里好好学……"

赵海涛说："对，一样的……只要自己努力，一样能用真本事搞四个现代化。"

我问赵海涛："你这是到哪儿去？"

他说："去废品收购点接班，路过这儿——我打背影上认出了您，就追上来了。晁老师，我老早托您帮我借的那本书，还是没找着吗？"

我笑着说："你这个借书的！真盯得紧……不过，你很快就要上大学了，大学图书馆什么书都有，何必再托我给你找去？"

赵海涛认真地说："没发榜呢。也可能取不上我。"

邹宇平推了他肩膀一把："得了吧！你考不上，我……我把身上这件米黄色大衣输给你！"说完自己也忍不住笑了起来。

我倒觉得，赵海涛做好"万一"的思想准备，也是应当的。便对他说："考不上你也不必灰心，可以继续业余钻研数论嘛……"

赵海涛严肃地摇摇头说："考不上，那就是说，国家找着更有培养前途的人了——那我就放弃数论的研究，改攻实用数学——头一步，就是考虑用运筹学，来改进我们废品回收公司的工作……"

他这想法，出乎我和邹宇平的预料。我看见，邹宇平收敛了笑容，渐渐现出一个深思与钦佩的表情，愣愣地望着赵海涛。

电报大楼的报时钟声提醒我们，已经十一点了。邹宇平和赵海涛都需要立即赶到单位，去上十一点半的班。我们该分手了。

赵海涛骑车的身影很快消逝。我和邹宇平走到前门才正式分手。邹宇平朝我笑了笑，便转身径自往工厂走去了。他那裹着米黄色大衣的身影，久久地在我视线里活动着，我不禁回忆起四年前的那个夜晚，也是这个身影吸住了我的眼和心；这身影是多么地相同，而又多么地不同啊！

不知不觉地，我已经漫步在前门外的新顺城街上。“三门工程”的宏伟景象，展现在我的眼前。那一座连一座的，已经完工、接近完工、正在升起的现代化高楼，巍然屹立着。我朝前望去，在远处的人流中，那穿米黄色大衣青年的身影，依然清晰可辨。首都第一批现代化高楼下，正行进着多少个怀揣“四个现代化”宏图的青年？这样的高楼下，多么令人心潮激荡的时代剪影！

忽然，一个强烈的想法攫住了我——我要把它倾诉出来：在党中央领导下，在揭批“四人帮”的伟大斗争中，在向四个现代化进军的滚滚热潮里，最值得注意与欣喜的，是体现在广大人民，特别是被“四人帮”坑害过的青年一代，那灵魂上所发生的可喜变化……邹宇平这个穿米黄色大衣的青年，不就是活生生的一例吗？

呵，让我们信心十足地预言：我们的生活将变得更加美好，我们的灵魂也将变得更加美丽！

1978 年

等待决定

潘雪竹坐在藤椅上打毛线。尽管她一再停下来数针数，可是仍旧不断出错。她索性停了下来，毛线团从膝上滚到了地下，也无心去捡。

通向外屋的门虽然关拢了，却还能听到丈夫司徒文川那不时扬起来的声音。可以想见此刻他的身姿面容：激动地站起来，往烟碟里捻着烟蒂；眉心的“川”字抖动着，去汇聚灵魂中的全部耐性，好继续那万分吃力的“突击教学”工作……

潘雪竹瞥了一眼小衣柜上的帆形闹钟，九点一刻。啊，那么说，已经快整整三个钟头了！

窗外是静美的秋夜。林荫道上，殷红的枫叶在悄悄飘落；蓝绡般的天空中，闪着十字光芒的寒星真像瑰丽的钻石。楼下是哪一家，正在放唱片，是莫扎特的弦乐小夜曲，优雅柔美的旋律从那家窗隙飘出，又从潘雪竹家的窗缝渗入。按说，这是个多么幸福的夜晚。打倒“四人帮”两年了，和暖的政治春风，吹去了人们心头多少阴霾，在这样的时刻，难道还有人痛苦而忧郁？

是的，此刻的潘雪竹，心上仿佛压着一块无形的石头，她长长地叹出一口气来，修长的眉毛郁闷地耸动着。

她和丈夫司徒文川，同在某个科研单位工作。司徒文川从事着一项国际上兴起不久的边缘科学。她在情报组负责译摘法文资料。上个月，根据国家有关部门的决定，要派出一个去欧美的科学技术考察团，根据需要，有关部门请他们单位派一位熟悉某种边缘科学的科研人员参加。司徒文川恰好是所内对这门边缘科学最有研究的人。他从1961年大学毕业以来，就在老前辈夏教授支持下苦攻这个新兴的学科。1968年初春，夏教授在林彪、“四人帮”迫害下，惨死于“牛棚”中，临终时，以“资产阶级的孝子贤孙、修正主义黑苗”的罪名也被打入“牛棚”的司徒文川，单膝跪在夏教授弥留的木板床前，含泪聆听了夏教授最后的教诲：“你要……坚持搞下去！因为……中国需要这门……科学！……”司徒文川泪如泉涌，把嘴唇贴到夏教授耳朵上，发誓说：“只要我活着，我就搞到底……”他说到做到，从1968年夏天军管会进驻，到1976年10月以前，尽管形势起伏不定，道路坎坷不平，他硬是含辛茹苦，咬着牙把研究工作持续了下来。现在科学的春天已经来到，春意正浓，但檐下、墙角也难免还有未消的冰碴、残雪……到此刻为止，所里的决定仍旧是：派并不熟悉该门边缘科学的孟成杰参加出国考察；司徒文川从业务上说虽是最为适宜的人选，却只领受“帮助孟成杰熟悉有关业务”的“紧急任务”……

这是为什么呢？人人心照不宣，却并没有一个人站出来说破。三天前，所里的党委副书记麦其远来潘雪竹家，向司徒文川交代任务时，也绝对不提那个众所周知的因素。

老麦是个令人尊重的老干部。他身躯魁梧，花白发丝犹如铜线般坚硬，长方脸上的额纹和颊纹深陷而不细碎，说话带着浓重的河南口音。他出身贫农，解放战争时参加革命，抗美援朝时到过朝鲜，解放后先在物资部门工作，后来才调到科研系统。近十年来，林彪、“四人帮”把他整得很苦，他肩窝那儿本有朝鲜战场上留下的枪痕，“四人帮”煽起的妖风中，他被残酷批斗，脖子上又增添了新的伤疤。

老麦来到司徒文川和潘雪竹的家，态度和蔼，大方随和。他落座到外屋的沙发上，端起潘雪竹为他沏的珍眉茶，呷了一大口，且不忙交代关于给孟成杰补课的事，先询问司徒文川和潘雪竹生活上有无困难？他们的独生女儿小盈是不是已经上到了初二？这当然绝不是客套，更不是虚伪。老麦为人的诚恳，在所里是有口皆碑的。

但是，当老麦说到：“这回小孟出国，任务不轻；司徒你辛苦点，看能不能用几天时间，实在不行搭上晚上，让小孟把你掌握的那套玩意儿，学个八九不离十……”司徒文川和潘雪竹对望了一眼，内心里同时涌出了难言的苦水儿……

孟成杰比司徒文川小八岁，他大学没有念完，就赶上了“文化大革命”，1972 年才从劳动锻炼的地点来到这个所；诚然，他是个事业心很强的青年，特别是这两年来，为了追回被林彪、“四人帮”夺去的青春，他如醉如痴地扑在自己的研究项目上，好几个姑娘看上了他，给他写情书，他却无动于衷地塞到兜里几天忘记拆封，终于掏出来时，却又当成草稿纸演算起来……司徒文川和潘雪竹对他印象都很好，司徒文川多次公开表示要向小孟同志学习，潘雪竹为向小孟提供新的法文资料开过好几回夜车。

但是，小孟却并不熟悉司徒文川所攻的这门边缘科学。现在派他出国考察有关这方面的项目，他同司徒文川一样感到苦闷。这不仅打断了他自己正当兴味盎然的研究，而且，行期在即，虽然司徒文川连续三天用了早、中、晚三个单元，竭力地向他进行了灌输，他还是没有把握，不能自信到欧美后能获得准确而深刻的考察成绩，特别是有关专业知识的英文语汇，离达到听、说运用自如的程度，差得实在太远。

潘雪竹持着毛线针的双手动了几下，却终于打不下去。她听见外屋先是“咚”的一声，有人以拳击桌，接着便是拉椅子的声音，然后传来小孟那歌喉般润亮的嗓音：“算了！我反正掌握不好！司徒啊，我看今晚上肯定能改变原有的错误决定——这回该去考察的，是你，而不是我！”

丈夫没有立即回答。也许是在皱眉抽烟。

“我真想冲进他们的会场，向他们大声疾呼：不要再形而上学了！你们为什么不信任司徒？应当让他去、他去、他去！”

小孟说完这话以后，一定走拢了窗前，因为听到了他“唰拉”地拉开窗帘的声音。

潘雪竹知道小孟此刻望着窗外什么地方。司徒文川此刻也一定望着那儿。潘雪竹抬起眼睛，她前面的窗户始终就没拉上窗帘，说实在的，她坐在那儿，眺望窗外那引动她感情潮汐的目标，已经不知有多少次了。

那是大约两里地以外的，所里办公大楼四楼会议室的四扇灯光莹然的窗户。已经九点半了，党委扩大会仍在进行。所里大多数的成员，在这个静谧的秋夜，也都关心着这次会议的结果，但是，他们大概都不会像这套单元里的三个人一样，那么迫不及待地想知道，在这次会议上，究竟是麦其远为代表的那种意见取胜，还是以党委书记贺真为代表的另一种意见获得更多的拥护？

潘雪竹回忆起昨天中午，她同贺真同志的那场谈话。这回事她直到此刻还瞒着司徒文川没有说。

昨天一早，潘雪竹刚走进情报组，大伙就争先恐后地告诉她："贺大姐回所了！"倒好像她请求过组内同志，希望他们一知道贺真同志从院里开会回来，就得及时向她报信似的。潘雪竹矜持地朝大家微微一笑，尽可能用无动于衷的语调"唔"了一声，便坐到自己的桌前，开始翻译一篇法文资料。一上午，她装作外出取一样什么东西，到贺真同志办公室门口徘徊了好几次，但光是看看贺真同志的秘书小姚抿紧嘴唇的表情，就可想而知贺真同志该有多忙了，她终于没能鼓起勇气走过去，要求同贺真同志谈谈。最后一次回到情报组，偏又遇上老麦去检查工作，而且恰站在自己空着的桌前，拿起自己仅仅译出了六行的稿纸，在那里皱眉。

潘雪竹紧张而惶惑地回到桌前，老麦不满地望望她，相当耐心地说："怎么一上午，才搞了这么几行呀？要珍惜党中央给我们带来的科学春天啊，可不兴翘尾巴呀！"

潘雪竹脸涨得通红，紧抿着嘴唇，低头不语……

中午下了班，她刚走出楼门，一眼就看见贺真同志一个人正匆匆地沿着松墙走向食堂。再莫失去这个机会！她紧紧纱巾，小跑过去，还离着一二十米就招手呼唤："贺大姐！"

贺真同志停步转身，等着她跑近。贺真同志身材矮小，虽然只有五十四岁，却已经满头银丝。她长得很不好看，眼皮有些下垂，下巴显得有点短。但是不知为什么，人们只要同她接触到三个月以上，便会感到她具有一种不平常的魅力，包括她的身姿、面容，都洋溢着一种不好形容的特殊气质。她当年是西南联大物理系的学生，地下党的支部委员。解放前一直在白区做地下工作，解放后直到 1966 年在一所大学任党委副书记。她 1976 年年底才到这个科研单位来任党委书记。从 1966 年夏天到 1976 年秋天，她是怎么过来的，所里流传着许多种"口头文学"，比如说当她被江青亲自点名为"黑帮"揪出来时，人们都以为她会惊惶失措，没想到她镇静得能够细心地从袖口上拈走一根线头，从容地说：“她一人说了是不算数的。我只接受党组织的审查。”又比如说1976年清明节以后，有人勒令他们干校的“老学员”刷“欢呼”的标语，她带头在墙上刷出了把“保留党籍”四个字放大半倍的关于邓小平同志的标语，“四人帮”的爪牙来兴师问罪，她叉腰以待，厉声质问说：“决议里有这一条，我们拥护，何罪之有？你们恨决议里的这四个字，居心何在？”……来到潘雪竹他们这个所以后，她很快就获得了所内广大知识分子的难得评价：公正、懂行。所以，当潘雪竹在那个秋天的中午追到她身边时，内心里充满了信任和期望，她决心把自己的痛苦和困惑，向这位可信赖的党委书记和盘托出。

贺真同志一望潘雪竹的神态，就知道她有要紧的话要对自己说。于是，她便主动把潘雪竹引到一条通向僻静去处的小径上，小径两旁是圆叶泛红的黄栌树，秋阳透过叶隙射到小径上，四周弥漫着秋叶的特有芳香。

潘雪竹有一肚子话想说，可临到头来又不知从何说起，憋了几分钟，她才脱口而出地说：“贺大姐，我请求你们批准我——跟司徒文川离婚！”

贺真同志并不惊愕，只是稍稍有些怪讶：“怎么？你都想到这儿去了？”

尽管拼命克制，泪水还是涌出了潘雪竹的眼眶。她冲动地说：“我不能再连累他了！都是因为我那该死的姨妈，他一直不能出国。这回是个多么难得的机会，他要是能参加出国考察，回来研究工作一定能有个突破……都是我，毁了他的事业、他的前程……贺大姐，我不是在说气话，我是认真的——我要跟司徒离婚，离了婚，他就只剩下个剥削阶级家庭出身的问题了……”

贺真同志既没有泛泛地给她以安慰，也没有草草地给她以劝说，而是搓着双手，眼睛仿佛在盯着地上的几片红叶，皱眉思考了一会儿，才慢慢地说：“我觉得，小潘呀，你考虑问题的角度是不是狭隘了一点？派谁出国更合适，难道只是为了让谁的个人事业更有发展前途吗？应当着眼于，怎么更有利于我们党和国家，更有利于早日实现四个现代化……这回从院里开会回来，一上午我已经听到三起反映了，你的反映算第四起——对党委决定派小孟出国而不派司徒出国有意见。你知道，小孟出身好，社会关系也简单，本人政治上不用说更没有问题，这样的同志出国，一般说来当然是合适的。不过，司徒这样的同志，本人政治上表现不坏，业务上又非常对口，为什么就不能出国呢？这里的确有一个政策问题……有一个肃清林彪、‘四人帮’的流毒，克服形而上学和片面性的问题……”

此刻，当潘雪竹坐在藤椅上，透过窗外的夜色，凝望着远处会议室的四扇灯光明亮的窗户时，贺真同志头天中午说过的这些话又撞击着她的心头。贺真同志一定在会上发表了这样的意见吧？老麦同志他们，能够接受吗？

“妈妈！”一声呼唤，把潘雪竹从凝思中唤醒过来。是女儿小盈，她从床上翻身下来，走到妈妈身边，拾起妈妈掉在地上的毛线团，递到妈妈手中，半蹲在藤椅旁，仰着脸，两只蓬松的小抓髻上翘，大眼睛扑闪着，充满了说不出的疑惑和苦恼。

“你没睡着？快，去披上衣服！傻瓜……”潘雪竹小声责备着。小盈去披上了衣服，仍旧回到原来的位置上，用执拗的语气问：“妈妈！姨姥姥，她到底是个什么样的人？”

潘雪竹不忍再注视女儿的眼睛。她心口突突突地猛跳着。是的，那个该死的姨妈，她不但妨碍着司徒出国，而且也妨碍着小盈的入团，小盈早已过了十四岁生日，她已经五次递交了入团申请书，却总是得不到批准；为了得到批准，她连团支部的每一个微小号召都竭尽全力地去响应，有一个星期日，她因为没完成支部规定的消灭十五只苍蝇的指标，晚上说什么也不上床睡觉，对着只有十二只苍蝇尸体的火柴盒呜呜地直哭……但是，直到前几天她才知道，原来她之所以未获批准，竟是因为她有一个反动的姨姥姥！无论这个姨姥姥现在是死是活，这个反动的社会关系构成的污点，是一辈子也洗刷不掉了，小盈原来不仅想入团，还想将来像刘胡兰一样，小小年纪就加入党组织呢，这下可好，反动的姨姥姥！她在小盈出生好多好多年前就存在了，既然有她存在，又何必生下我小盈呢？！……

潘雪竹费了好大力气，才把小盈劝到床上重新睡觉。她许下愿：明天一定详详细细地把那个姨姥姥的事告诉给她。但是，当她重新坐回到藤椅上时，她自己也困惑了。说实在的，关于自己妈妈的这个姐姐，她潘雪竹所知道的，也极其有限啊！

她费力的回忆，也只能勾勒出一个模糊的形象。她七岁以前，当中学教员的妈妈，带她去过姨妈家几次，只记得姨妈家比自己家阔气，姨父是个门牙挺大、牙上有烟垢的瘦高个，姨妈是个烫发描眉、嘴唇腥红、爱发脾气的胖女人。姨妈从来不喜欢她，有一回她不小心碰掉了茶几上的烟碟，姨妈扯红了她的耳朵，妈妈还和姨妈口角了几句……那都是解放以前的事了；解放前夕，姨妈跟着姨父跑到香港去了，据妈妈说，只来过一封信，姨妈说姨父在车祸中死去了，她正同一个英国人在一起生活。解放后，潘雪竹有好几年把姨妈忘得一干二净，只是在填写入团申请书的时候，看到社会关系那一栏，才问起妈妈，妈妈才向她说明："你那个死鬼姨父，原来是个国民党特务；我原来一直以为他就是个商人，头几年审干的时候，组织上才告诉我真相，你那连国都不爱的姨妈是不是也参加了特务组织，搞不清楚；她现在是还在香港，还是跟着那个英国人到了别的什么地方，谁也说不清……"潘雪竹很认真地把妈妈提供的情况全写上了，并且怀着真诚的义愤，批判了姨父和姨妈的反动立场，还反复想了很久：他们对自己有哪些坏影响？应当怎样划清界限？在发展会上，她把自己的认识讲了出来，获得了几乎是一致的肯定，不久，她被批准为正式团员。

当她大学毕业，分到这个所里工作以后，姨妈的存在已经成了近乎被遗忘的事。所以，在那个难忘的仲夏之夜里，她没有向司徒文川提起这个人。现在她痛苦地想：这难道构成了一种欺骗？早知道这位早已不知飘零到哪个角落、甚至是否已经死掉也无从考察的姨妈，会如此严重地影响司徒文川的前程，她当时真该拒绝他那双伸向她的手啊……

那个月圆之夜的情景，犹如一套永不褪色的拷贝，如今仍可清晰、生动地在眼前放映：所里的大食堂里传来舞会的音乐，记得演奏的是一支新疆曲调的轻歌曲：《给我一朵玫瑰花》；司徒文川把自己邀到了外面，恰好也走到了前天同贺大姐谈话的地方，不过黄栌树的树叶还是浓绿的，傍晚阵雨留下的水珠儿，在叶片上似坠欲滴，反映着晶莹的月光，如粒粒神妙的珍珠……司徒文川仿佛变成了另外一个人，宣读学术论文时的那种沉稳派头消失殆尽，低着头、一只脚尖捻着小径上的湿土，笨拙地说："我觉得，应该把我家里的情况，也跟你说说……”他告诉潘雪竹，他爸爸是个资本家，当时还在工商业联合会里有个什么头衔，是市政协委员；妈妈原来当过职员，后来就当家庭妇女……潘雪竹听完，也便主动地说：“我爸爸、妈妈都是中学教师；不过，爸爸五年前就得肠绞痧去世了；妈妈现在还在教物理……”记得司徒文川当时还惭愧地说：“你的爸爸、妈妈多好，人类灵魂的工程师；可我的爸爸，剥削者！我一直在努力同他划清界限……你不会嫌我吗？”潘雪竹使劲地摇头，于是，司徒文川抬起头，胸脯急剧地起伏着，伸出一双手来说：“如果你愿意，我们就握手吧！”潘雪竹只觉得那轮金色的月亮像一旋转的唱片，发出了无法形容的美好旋律，她一把抓住了那十根修长的手指……唉，当时她为什么就没想起来，提一下姨妈的事呢？

1966年夏天，在运动中，所里有人贴出了占一堵墙的大字报，标题是：“看！走资派麦其远招降纳叛的累累罪行！”那大字报实际上是一份表格，前面是姓名，然后是头衔，最后是指出“如何重用”。潘雪竹占据了第二十三行，那一行的全文是：“潘雪竹，间谍、特务的贤侄女，被麦其远安插到情报组充任情报员。”十二年过去了，后来发生了许许多多的事，写这份大字报的人现在同大家在一起声讨“四人帮”，没有必要、也无从去追究当年他干的这件蠢事，那第二十三行在潘雪竹心上剜出的伤口，也似乎早就平复了；但对于麦其远来说，那心上所剜出伤口是平复了呢，还是在往外渗血呢？回忆起来，1966年以前，在他到所的两年里，他实在没有任何一件事算得是“招降纳叛”，只不过在知人善用方面，显得大胆果断一些罢了；到了这1978年，他本应更加坚决地贯彻重在表现的政策，可是，他却显得瞻前顾后、优柔寡断，这难道是因为他吸取了“有益的教训”，变得“聪明”一些了吗？！

潘雪竹从藤椅上站起来，忍不住走拢窗前，呵，远处那四扇窗户还亮着灯，周围楼房上残存的亮窗已经不多，那四扇窗户犹如两双瞪大的眼睛，在夜空衬托下显得格外有神。党委会怎么还没有散？当然，要决定的事情很多，出国人选仅是议题之一，还有许多其他的问题，比如说，关于保证六分之五科研时间的问题。

是上个月吧，星期六，“法定政治学习时间”，潘雪竹他们偏接到一个电话，得知某大学自己搞了个国外科技资料分析展览，已是最后一天，星期日就要收摊，腾出展览室另作他用。潘雪竹兴冲冲地和组长一同去请示麦其远，谁知老麦听后浓眉一皱："现在是一种倾向掩盖另一种倾向，我看，当前在我们所，首先应当保证六分之一雷打不动！"组长同他争辩："今天规定宣读的学习材料，大家都已经看过，何必走形式？不如允许我们去看展览……"老麦平平气，用推心置腹的口气说："希望你们冷静。1956年也有过科研热，'向科学进军'的口号是那个时候提出来的嘛，后来怎么样？再来一次'文化大革命'，又会怎么说呢？……还是保证六分之一，'雷打不动'吧！"潘雪竹想不通，当时冒出一句："六分之五为什么不打雷就能动呢？星期二下午增加过半天讨论，其实那样的文件听过就行了，用不着非走讨论的形式……"

麦其远还是不肯通融，于是他们去找贺真，问来问去，终于在司徒文川所在的研究室里找到了她，她正像小学生似的坐在桌旁，打开小本子做着笔记，听司徒文川跟她讲解几种边缘科学的基本常识。听完潘雪竹他们的诉苦，她取下老花眼镜，笑着说："你们就去吧！老麦那儿，我去说服……"

贺真怎么去说服老麦的、说服了没有，后来不得而知，但是有一天傍晚，潘雪竹因为急着要译出一篇资料，自动加班到七点多，当她正准备离开资料组时，听见走廊上传来了渐近又渐远的谈话声，那是贺真正在同麦其远继续着可能已经进行了好久的长谈，贺真那热切的语调从门缝飞进，击中了潘雪竹的心坎："……我们不能总是当外行，更不能'余悸'在心，不敢大胆地去调动积极因素；不调动积极因素，实际上就是调动消极因素……你在所里十四年了，为什么就不多少学一点科技外语呢？我是从关进'牛棚'开始，向一位'权威'学科技英语的，来所后又拜了好几位同志为师，眼下能大体上看懂英文资料，这对抓好工作很有用处啊……"

潘雪竹站在窗前，伸腕看看手表，十点十分！那四扇窗户仍旧亮着，亮着……党委会啊，你将作出怎样的决定呢？彻底调动一切积极因素的决定？调动一些积极因素而束缚另一些积极因素的决定？有限度地调动积极因素的决定？……

潘雪竹忍不住走到外屋，司徒文川和小孟都站在窗前，她正想向他们发问，小孟突然拳头一击窗台，大声地说：“散了！”

潘雪竹几步走拢窗前，同他们并肩朝开会的地方望去，是啊，一盏、两盏、三盏、四盏……日光灯相继灭去，那四扇窗户消失在紫色的楼影中，秋风把一片红中带黄斑的枫叶吹到窗外，紧贴着玻璃，好一阵才又飘然而去……

“你们等着！”小孟转身提起挂在椅背的粗呢外套，激动地朝门口走去，走拢门口扭过头来，双眼闪着希望的光芒说：“我去问清楚，最后怎么决定的，然后赶紧来告诉你们！”说完他就冲了出去，楼梯上传来他急促下楼的脚步声。

潘雪竹和司徒文川默默地对视着。他们那两颗渴望着为祖国繁荣富强无束无缚地贡献全部力量的平凡心脏，在剧烈地抖动……他们所能等到的，将是什么样的决定呢？

1979 年

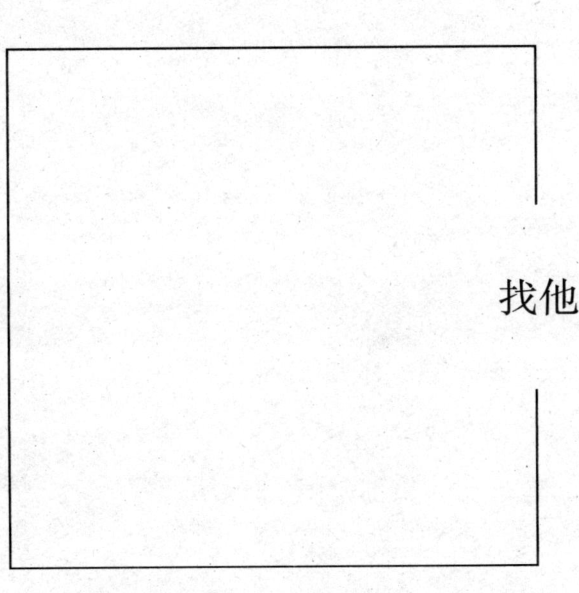

找他

公元一千九百七十六年四月五日夜九时三十四分，我站在天安门广场纪念碑的须弥座旁，就着身旁一位姑娘打出的手电筒光，正抄着一张刚用胶布粘上不久的抗议压制悼念周总理活动的七言诗。这时的天安门广场，不但已经没有了雪山银海般的花圈，而且，经历了白天一系列激昂的场面后，笼罩着一种大雷雨前的郁闷气氛。尽管如此，纪念碑附近仍旧不断出现新张贴的诗词，而且，一些包括我这样愿把历史见证人的职责承担到底的革命群众，还在那里积极地坚持着针对“三人十只眼”的抗议活动。我还没抄完那首诗，忽然，身后有个小伙子大声地提醒说：“注意，那些披棉大衣的家伙甩掉大衣了！”

我和肩靠肩的几位抄诗者同时回过头去，还没有完全反应过来，陡然，本来故意搞得灰黑一片的广场，每个灯柱上的所有圆灯猛地全亮了。

这时已是九时三十五分。

我本能地随着激昂的人群转身朝广场西南角跑去。正当我被愤怒和惊愕弄得几乎发狂时（我虽然估计到会有比白天更严重的压制，但万没想到从一百米外扑来的黑影竟赤裸裸地举着粗大的棍棒），蓦地，我清清楚楚地看见，一个穿着蓝工作服的小伙子跳上了前面的灯柱，他双脚紧攀，左手紧抱，右臂猛烈地挥舞着；我一辈子忘不了他那朴素的短发下，被真理之光照亮了的那张涨红的脸，特别是那双闪着无畏光芒的眼睛。我和身边一同奔跑的人不由得奔向他所在的那根灯柱，这时虽然灯柱上的广播喇叭中讽刺性地轰响着《三大纪律八项注意》的乐曲，我们却仍能听见他指着纪念碑呼出的声音，那声音即使在我们这一代人死去化为尘土之后，相信也会存留后世的——听：“他们这样不行！

不行！不行！我们要斗争！斗争！斗争！从1840年以来，从1919年以来，从1921年以来，从1949年以来，中国老百姓争取的是什么？什么？我们争得的不能丢！失去的必须夺！没有的必须创！……”

这时传来了第一批残暴的踢打声和惨叫声。“冲出去啊！”是他在喊？是周围的人在喊？是我在喊？记不清……

也许是残暴的歹徒一时疏忽，更可能的是被集合去的并非全是冷血动物而有意“网开一面”，我和五六个“幸运儿”竟得以冲出了包围圈。

回到家里，我气愤得一阵阵打颤。我恶心，我想吐。爱人一旁安慰我，但我只锐利地射了她一眼，便不再看她。她虽聪明，却太善良。她猜到了压制，却绝对想象不到带血的棍棒。

披着爱人送到肩上的旧呢大衣，我呆坐了整整两个小时。爱人把我抄来的诗文，同前几天我俩已经誊好的诗文合到一起，搁到了装大米的陶罐的底部。我听见她做这件事的声音，却没有跟她说一句话。爱人办完了这件事，便和衣在床上倚着，先是望着我发愁，后来实在熬不过，合眼发出了轻轻的鼾声。

我的思绪从冷冻般的愤怒，逐渐化为针扎般的痛苦，又转为沉重的思考，最后，却只剩下了那灯柱上青年的形象，和他那每个字都有千斤般重的激昂号召。

我是个业余雕塑爱好者。我觉得心中已经屹立着一尊无比壮美的塑像，我完全忘记了有被追捕的可能，我不想吃，不想喝，不想睡，只想立刻把心中的这尊塑像再现出来。我忽然产生了一种感觉，就是我负有一项重大的历史使命，我必须完成这尊塑像，不管我需要冒着多么大的风险。

当爱人惊醒，走拢我身边时，我手持的画板上已经出现了最初的草图。那攀着灯柱扬臂疾呼的青年形象，一下子就攫住了爱人的全部身心。

“谁？”她双手搭在我肩上问。

“他！一个英雄！一个大家都应该记住的人！”

是奇迹也不是奇迹，我一直没有被捕。被“四人帮”控制的公安局派人去厂里查过我，党委并没有专门商量过如何应付这种事，但他们面对公安局拿来的明明有我侧影的相片，却个个表情自然地否认厂里有这么一个人。合同医院的大夫在这事发生后的第二天，便一反常规地来我家“出诊”，并给我留下了长休的病假条（大家也知道我确实有慢性肾炎）；街道治保主任陈大妈见着我总是慷慨地报之以真诚的微笑，唯一对我不满之处，就是屋里既乱搁着那么多的铅丝、木条、胶泥，为什么不养成拉上窗帘的习惯，以免“有碍观瞻”。

在这“病休”的时间里，我废寝忘食地工作着。塑像已具雏形。偶尔有生客来家，问道：“你这又塑什么呢？”

爱人总是抢着回答：“架线工。”

熟客来了，我就拿出设计图，请他们看，一边小声地传达着他的召唤。

厂里的几个小伙子轮流来当模特儿，搂着我那小平房里的旧木柱子摆姿势。我总是不满意他们，常常说：“都不能传神。应该找到他，请他自己来。”

“是呀，该找到他！”爱人这么说，同志们这么说，我也这么说。

但是，在那阴云四合的岁月里，到哪儿去找他？他在哪儿呢？也许，在监狱的铁窗中；也许，像我一样，在某个隐蔽但并不消沉的角落，也许……不敢往下想了。

我们的估计从方向上看总是正确的，但我们的估计从程度、速度上看却总还是显得保守。我以为起码还得“病休”上一年，才有可能到市公安局门口晒晒太阳，没想到仅仅半年以后便云开雾散。

我恢复了上班，在宣传科里又成了个忙人；我和爱人一块大摇大摆地去逛王府井；我对每一位来家的客人，无论生熟，都乐于揭开盖在未完成的塑像上的白布，请他们代拟除了《架线工》以外的任何恰当题目……”

我开始积极地寻找他。

公元一千九百七十七年一月八日下午二时许，我徘徊在天安门广场的木板墙边。因为纪念堂正在动工，所以出现了这样一道木板墙。木板墙上贴满了大字报和小字报，还有童怀周编辑、油印的《革命诗抄》。人们的情绪是复杂的：为打倒“四人帮”后能畅快地纪念周总理逝世一周年而感到欣慰，又为天安门事件未得平反和邓小平同志未能恢复工作而感到焦急、充满期待。

我不仅仔细地阅读每一份贴出的文字，而且，还用了很长一段时间由西向东，由东向西，仔细观察着前来这里的第一个小伙子——我想，如果他还健在，他一定会到这里来。啊，这些小伙子们，他们的面容多么严肃，从他的眼神就能看出，他们那火热的胸膛里，跳动着一颗颗拴系着祖国、民族命运的红心……当然他们里面也有一些平凡的，乃至于有明显弱点和缺点的人。有的脸上长有粉刺；有的曾为很无谓的事情同别人吵过架，脖子上的筋胀起老高；有的至今写一篇千字文还总要出十来个错别字；有的早上爱睡懒觉；有的在电影院里偷偷吸烟；有的总爱不合时宜地对别人开玩笑……但是在这天安门广场，面对着与整个祖国和民族命运息息相关的场面，大家的心弦共鸣了，步伐趋向一致了；青年人自觉地摆脱了庸俗和浅薄，诚挚地思考着历史提到他们面前的艰深而复杂的问题……我望着他们，一个个检验着他们，虽然我没能找到他，但我不应当失望，我发现了一条规律：当一个人为祖国和民族的命运思考的时候，即使他原本其貌不扬，其神态也总能焕发出一种异样的端庄肃穆的光彩，令人产生美感，令人愿意亲近……我要摄取这诸多小伙子的共同神髓，赋予他的塑像以旺盛的生命……

我没有等到他，却得到了一个宝贵的消息。在广场东侧的马克思像下，一位熟人告诉我，因天安门事件而被捕的青年中，已有一些人获得了释放。他告诉了我一位被释放的小伙子的姓名住址，据说，这位小伙子正是因为公开演讲被捕的。

我想，这应该就是他。我气喘吁吁地按地址找到了那条名称古怪的小胡同，这条胡同在二十世纪七十年代末仍是硬邦邦的黑土地面；我迈进了一个古老的小院，同北京无数的小院一样，由于十八年来建筑业处于可以理解、但不可原谅的状况，人们只好“自力更生”，到处是蘑菇般的自盖小屋；全院起码有七八家人，却仍然只有一个公用自来水龙头。我呼唤着英雄的名字，小西屋的门开了，有声音请我进去。

我一眼就看出那不是他。我面前的小伙子尽管年龄上同他差不多，大约有二十三四岁，相貌却完全不同：头发蓬松，鬓角留得很长，穿着颇为讲究……但架着一对木拐。

说实话，一开始，我对他的印象并不好。他显得疏懒和慵倦，完全没有我预先臆测中的那种雄姿英态。

作了简单的自我介绍，说明来意之后，我不免问他："你是为什么被捕的呢？"

他淡淡地说："他们说我发表了反动演说。其实，我不过是大声议论了一阵。"

他似乎没有兴趣重述那些议论。我也就暂且不问。我环顾着他家的小屋，只有十二平方米的样子，简朴而整洁。

"你家里还有什么人呢？"

"我妈。她是个会计。她有冠心病，身体不好。"

"你被捕以后，她一个人可怎么生活呢？"我不禁同情地问。

没想到，他反而微笑了，精神一振地说："怎么生活？从某些方面看，她生活得要比以前还好！因为，自从我被捕的第二天起，我们单位就不断有人来，有的留下一捆芹菜，有的撂下两个果子面包，有的来了就抢着洗衣服；还有一天，来了四个小伙子和一个姑娘，姑娘把妈妈拉去逛天坛，等妈妈回到家，屋子整个重新糊了顶棚，喷了墙壁，样样东西都掸过、擦过，炉子上的铁壶也用去污粉擦得锃亮；在北墙上，还挂上了一张新的周总理像，是挺少见的一个镜头：跟陈老总、贺老总在一起参观展览，胳膊抱在胸前，笑着……妈妈望着这一切，先是微笑，然后就坐在床上，哭了……"

我望着那张仍旧挂在北墙上的照片。我也想笑，我也想哭。平凡的人，平凡的事。但平凡的人在推动着历史，平凡的事反映着人心的背向。

看来，我不应当执拗地把眼前这样的青年当作超人的英雄去看待，那样，我反而会求全责备，反而不能发现他们心灵中最美丽、最高尚的东西。

我改变了采访式的态度，同他闲聊起来，像面对着火车上恰好坐在对面的旅伴，像面对着新结识的朋友。

他终于告诉了我，他在天安门广场的演讲的全部内容；那据以定罪的核心部分不过是这样一段话："我们就是要周总理宣布的那四个现代化！大伙想想吧，今天我们的生活不但没有向前发展，还出现了倒退。原来北京有多少个电影院、戏院？现在又有多少？原来能有多个电影、多个戏看，现在能看到几个？原来北海、景山咱们都能进去玩，现在能吗？原来公园有茶座，能坐着喝壶茶，现在呢，退化为站着喝大碗茶了！原来喝啤酒一律给玻璃杯，现在呢？给粗瓷碗！原来汽车、电车上给老人小孩孕妇让座是平常的事儿，现在呢？有的年纪轻轻的小伙子，照样不让！原来吃酸奶撂下两毛钱就能吃，现在得先交五毛钱押金！原来订下牛奶给你送到家门口，装进小木箱，现在得天不亮跑老远去排队领！……同志们，这都是为什么？都是因为《文汇报》的那几个黑后台，批什么'唯生产力论'，不许咱们过好日子！他们真是好话说尽、坏事做绝！……"

就为了这样一段话，他被关押了九个多月，进去就遭到毒打，因为他也姓邓，所以打得格外厉害。最后他脊椎被打坏，造成了现在双腿瘫痪。

我和他畅谈了两个多小时。当我们告别时，几乎已经成了莫逆之交。

他架着双拐把我送到门口，用下巴点着狭窄的胡同和陈旧的灰瓦平房对我说："不能让这一切再这么落后下去！咱们应当有更美好的生活！我为什么想说说心里话，想踏踏实实做点事，为的就是这个……"

他眼里闪着晶莹的光。停了停，他又说："党中央好，咱们有希望了。可喝啤酒暂时还得用粗瓷碗，真要实现四个现代化，也不那么容易，该做的事很多……咱们都好好干吧！"

回到家，我把见到的人形容给爱人听。我并不讳言他的缺点，比如性格不够开朗，哲学知识还不够融会贯通，说话时常常啃手指甲，但他肯定是一个思想高尚、敢于为真理而牺牲的青年。是的，有缺点的战士终究是战士，而完美的苍蝇只不过是苍蝇——小邓这样一位青年，胜过一整打小节无疵，但就是不敢讲真话，不敢对祖国未来负责的庸人；何况小邓他们还会不断成长、前进……

被释放的天安门事件受害者越来越多，我通过小邓帮忙，几乎找遍了每一位志士，但是，我没能找到他；我把他的形象讲给他们听，甚至请他们到我家观看接近完成的塑像，他们都说似乎见到过这位英雄，但又无法落实他究竟是谁、究竟能在哪儿找到他。

我常常半夜、半夜地修改着他的塑像，我觉得我们结识的这些新朋友的身上，都有他的影子，包括外形同他迥异的小邓，也向我提供了他的某些气质。

爱人帮助我分析，既然被捕入狱的人里没有他，那么，那晚他一定也冲出了包围圈，我应当换个角度，再从未被捕的天安门事件参加者中去寻找他。

一个春雨淅沥的星期天，我得到一个重要的线索，据说某出版社有位编辑，在“四五”那天，曾在灯柱边有一桩感人的事迹；告诉我这线索的人语焉不详，因为他也是辗转听说。

星期一上午，我打着雨伞，找到了出版社，果然有这么一位编辑，但那绝不是他，因为站在我面前是位身材苗条、皮肤微黑、足蹬雨靴的年轻姑娘。她正为一篇什么稿件同别的编辑同志冲动地争论着，很忙，听到我发出的“找唐编辑”的声音，这才转过身来，盯了我一眼，大声地问：“找我？送稿子来的吗？”

我犹犹豫豫地说：“不……我找一位姓唐的男同志……”

“没有。”她干脆利落地说：“全编辑部只有我一个人姓唐。”

说完，她就打算扭回身，继续同刚才的争论对象接着争论。我忍不住叹了口气。也许是我叹得太重了，引起她的好奇，她在欲扭未扭之际，忽然又稳住身子，瞪着我问：“你有什么事吗？”

我便把为什么来这儿的原因说了。说到我那未完成的塑像，我不禁激动起来。

她和同屋的编辑们都睁大眼睛听我讲述一切。我刚说完，原来同她争论的一位戴眼镜的男同志便指着她说：“你也不算白来。她确实有段灯柱下的事迹！”

她却把手使劲一摆，皱着眉头，甩着嗓门对那位男同志说：“算啦！我那算什么事迹！”

我诚恳地表示，为了塑造好他的光辉形象，我要广泛地汲取滋养，所以最好也能听听唐编辑的事迹。

她的两位同事便开口对我讲述起来。她不劝阻了，“乓”的一声搬一把椅子，放到我身旁，我也就坐下了。

她的同事们告诉我，事情是这样的：四月五日清晨，她来到天安门广场，发现在一根灯柱下“执行任务”的便衣，是她的一个表弟，便愤慨地走过去对他说：“你听见‘还我战友，还我花圈’的呼声，就一点也不动心吗？你看着我的眼睛，你看着！告诉你，要么，你们俩（当时，她表弟身旁还有另外一个便衣）把我逮走；要不，你们俩就下个决心，站在大伙一边，甭干坏事！”后来，他表弟和那个同事果然想方设法把自己调换到广场之外，终于没有作恶；她呢，待他们走后，便在灯柱上贴出了三首悼念周总理、抗议收花圈的《浪淘沙》……

“你知道吗，”戴眼镜的男同志讲完补充说，“前几天我们为了准备编辑《天安门诗抄》，去公安局搜集材料，他们给我们看了不少当时作为‘现反’材料的相片，其中就有她贴在灯柱上的那三首《浪淘沙》，边上注着‘此案未破’。……当然，这本诗抄我们编是编好了，看来眼下还出不成。”

“可是早晚有一天，党中央会批准我们出版的！”唐编辑用拳头一击椅背，充满信心地说，“我们要把字体、版面搞得和谐端庄一点，把题头、尾花搞得带劲一点，要超过群众自己编印的水平！”

我望着她，望着同屋的几位平凡的编辑，心里忽然非常感动……

回到家，我把这位唐编辑的事讲给爱人听，并把她的速写像拿给爱人看，爱人端详着她的像，赞美说：“你画得好！画出了神气！把这双眼睛塑上去吧！我不喜欢有眼无珠的洋式塑像法！”

当夜，我修饰着塑像的头部，反复“点睛”，这时，许多双眼睛相继出现在我的眼前，既有她的，也有小邓和小唐，以及那许多志士的……啊，是什么样的思想，什么样的精神力量，是对什么的向往，对什么的追求，使这一双双的眼睛里，闪动着那么撼人心弦的火焰？

我没有灰心。我继续寻找着她。我相信，一定可以找到他！

又过了一年。丁香花谢了，马缨花开过，枫叶开始泛红，槐叶纷纷飘落，啊，终于盼到了这一天，北京市委作出了决定：天安门事件完全是革命行动，应予彻底平反！《人民日报》刊登了《天安门事件真相》的长篇报道……

公元一千九百七十八年十一月二十一日上午九时许，我站在王府井大街南口报亭外的长队中，等候买到一份载有《天安门事件真相》的《人民日报》。当我终于买到报纸，正待展报一睹为快的刹那，猛地发现了一个小伙子，他在我前面十八米外侧身而站，正在看新买到的报纸。啊，那正是他！我像扑向一个久别重逢的亲人，几步冲到他的身前，拍了他肩膀一下，兴奋地喊出：“嘿！”

他扭过身，正对着我，脸上充满惊讶的表情。

“我找到了你！”我不让他插话，一口气解释了起来，从两年前四月五日晚九点三十四分讲起，一直讲到我那已经修改得臻于完善的塑像。

这时，已经起码有十来个人围住了我们。大家听着我讲述的一切，不时朝他望去，眼里充满了钦佩和欢欣。

谁知那小伙子听完我讲述的一切，认认真真地反驳说：“那不是我。我真惭愧，当天晚上七点我就离开了广场了……”

我知道这一定是他在谦逊，许多围在四周的人也帮我劝说他：“你就承认下来吧！”“你就抽空去他家一次，让他照着你完成那个塑像吧！”……

他却激动得摆手，连连对我说：“不是我，真不是我……不过我很愿意向他学习！……”

瞧他那神气，又确实不像是谦逊。我疑惑了。

“那么，他是谁呢？到哪儿去找他呢？”我喃喃地说，过细地观察着眼前的小伙子，我看出来，这位的确显得比他年岁小，而且下巴似乎尖了一点。

眼前的小伙子望着我，爽朗地笑了，他右手敲着左手中的报纸说：“到处都有他。他是我，是你，也是大家！”

“对！”旁边一位戴眼镜的干部模样的中年人说：“谁讲真话，谁追求真理，谁就是他！”

另一位短发上别着环形发圈的女青年接口说：“谁爱中国，谁要‘四化’，谁就是他！”

好几个人都要求我重述一下他说过的那些话，于是我说一句，便有人重复一句：“……从1840年以后，从1919年以来，从1921年以来，从1949年以来，中国老百姓争取的是什么？什么？我们争得的不能丢！失去的必须夺！没有的必须创！”

“说得真好！”

“发人深省！”

……

我和那既陌生又熟悉的小伙子握别了，其他人也各自走散。我沿着长安街漫步了很久，阵阵微风拂过我发烫的面颊；我在天安门广场的观礼台那儿读毕了《天安门事件真相》，心情非常激动，但对文章里没有写到他，不免多少有些遗憾；我朝纪念碑那儿走去，在“四五”那晚他攀住的那根灯柱面前站住，伫望着……我感到他的形象又栩栩如生地呈现在我的眼前，我耳边又响起了他那山呼海啸般的呼喊……

是啊，我们争得的不能丢！而一度我们却险些全丢了！

是啊，我们失去的必须夺！党中央带领着我们，已经夺回了多少？还剩多少没有夺回？

是啊，没有的必须创！我们现在没有的是什么？或者说，缺少的是什么？我们该不该去迎接那崭新而必需的事物？我们将怎样使中华民族的创造性发扬光大？

回到家里，我再一次修整他那塑像。他显得越来越实在，越来越有光彩；我感到自己的灵魂，也被吸引着，就要融进他的塑像里去……

公元一千九百七十八年十一月二十四日下午二时半，我来到首都体育馆，出席天安门事件英雄人物报告大会。他一定也来出席，他在哪儿？在主席台上？在普通听众之中？在我身前，还是就在我的身旁？

我仍然没有找到他。但是我在主席台一侧发现了小邓。趁报告还未正式开始，我走到他座位的侧面，招呼他：“小邓！可盼到这一天了，”我指指他胸前别着的大红花说，“多光荣！”

谁知他微皱着眉头，认认真真地对我说：“戴着这花我真脸红。我那天在天安门广场讲的那些话，牛奶啦，啤酒啦，境界其实不高。我现在在想，要不要‘四化’的问题解决了，可对‘四化’不能光有个朦朦胧胧的向往，得把‘四化’究竟是什么弄个清楚，得真刀真枪地为‘四化’作出贡献啊……我希望，将来有那么一天，我能因为真的为实现‘四化’立了功劳，戴上这大红花，那才真叫光荣呢！……”

几句话说得我心里直溅浪花。我一边回座位去，一边品味着他的话。说巧也不巧，在走道上，我迎面又碰见了编辑小唐。

“你也来啦？”我俩同时打招呼说。

“你还在塑他的像吗？”她问我。

我点点头，问她：“你还在编《天安门诗抄》吗？”

她下巴一扬：“早发稿啦！我现在要搜集新的材料！”

我指指主席台上那一片戴红花的英雄：“是搜集他们跟‘四人帮’斗争的事迹吧？”

“不。”她容光焕发地说，“搜集他们现在、今后怎么为实现‘四化’立新功的事迹和想法！”

我心里的浪花一下子涌起老高。小邓和小唐都在朝前看。他呢？如果我找到他，他会怎么跟我说呢？

我回到了座位上。报告会开始了。我听着发言，我的巴掌同几千个巴掌一样鼓得发红，我望着这群众的海洋，这革命感情的潮水，这真理的光海和历史的巨浪……

陡然，我眼里像添了盏灯，心里像竖了面镜。积蓄已久的意念像透镜聚焦般汇成了灼热的思想……

啊，我找到了他！

我悟出来——

他，就是人民。

他，就是科学。

他，就是民主。

人民要掌握自己的命运，要为实现四个现代化而义无反顾的奋勇前进。

马列主义、毛泽东思想的科学真理，要战胜一切伪革命的谎言。

社会主义民主和随之而来的安定团结、生动活泼的政治局面，要战胜封建法西斯专政，要消灭分裂与混乱、愚昧与僵化。

开完会回到家里，我对塑像进行着最后的加工。塑像的主体是半截灯柱，我缩短了灯盏与他身躯的距离；他的形象是大半个身躯，斜攀在灯柱上，左手抱柱，右臂挥动着；他大睁着双眼，那里面燃烧着真理的火焰，充满了对祖国繁荣富强的渴求；他大张着嘴巴，满脸真诚，激昂地号召着；塑像的底座，我处理成许许多多只伸出的手，在努力托住他的身体：有老人的手，有少年的手，有男人的手，有女人的手；有带老茧的体力劳动者的手，有比较纤细的脑力劳动者的手……

我反复修饰着这座塑像。我心中充满了狂涛般的激情。我真想向全中国的好人高呼：没有找到他的要找他！已经找到他的要了解他、热爱他、习惯他！我们要同他相依为命、永远也不能失去他！……

塑像已经完成，不日公开展出。

1978年11月24日夜匆草

这里有黄金

1

有人敲门。

谁呢？

2

我盼有的人敲门，同时又怕另一种人敲门。

这次的敲法，是用中指和食指的指甲，交替地敲击我那独间小屋门上的玻璃，而且频率急剧地加强着。

这一定是田欢，那二十五岁的大学生。我真不该在家，我怕他来。

3

这怕，不是惧怕之怕，而是怕麻烦之怕。或者，干脆地说，就是一种厌恶的情绪。

我们这个胡同杂院里的人们，对于各种各样的人物，特别是青年人来敲我这间小东屋的门，已经习以为常。大家都知道我是个写小说的，又多以青年人为描写对象，因此都认为有各色各样的青年人来访我，正是我的福气：不待去深入生活，生活本身已经找上门来了。

田欢的初次来访，在我们小院引起了小小的轰动：他是坐着丰田牌小轿车来的。我以“一视同仁”的善意接待了他，但他还没有离去，我便已经在心里说：但愿他今后不要再来。不为别的，就为他深深地刺痛了我的自尊心。

别的青年来，或带着稿子求教，或促膝谈今论古，或倾吐满腹牢骚，或者仅仅是出于好奇……田欢却“别具一格”，半小时过去，我就明白，他是来占有我的。不是占有我的财物，也不是占有我的作品，而是来占有那令我当之有愧的东西。

进得门来，他用一双转动的灵活而迅速的眼珠打量着我问：“你就是苑直文？”

我点点头。他又上下左右打量着我那小小的房间，踱了几步，依然是很大的口气：“这么小！你那《交叉路口》就是在这间屋写的吗？”

我又点点头。他低头仔细端详了一番，选中了我唯一的那架藤椅，坐了下来，一边随手翻动着我书桌上的书，一边问：“你是哪个大学毕业的？”

我告诉他：“师范学院。”

他撇撇嘴：“你为什么不上北大呢？南开、复旦也成啊。”

我告诉他：“我没考上那些学校，我考上的就是师范学院。”

他扔下手中的书，把头偏过去，找准角度，从对面小柜上的镜子里观赏着自己的面影，夸奖我说：“那你不错啊，你写的小说算是震了。原来我还当你是北大毕业的呢。”

我没吱声，我发现他的瘦长脸和大嘴巴很不谐和，不知他为什么要那么顾影自怜。

“你爱人她是写什么的？”他注视着镜子，用手抚着长长的鬓角，接着提问。

“她什么也不写，她是工人。”

“工人？”他那正在抚鬓角的手停止了动作，抬眼瞥了我一眼，然后又把眼光收拢到镜面上，继续抚鬓角，穷追不舍地问：“干什么的工人？搞工艺美术的？”

我说出了工厂名称，他咧嘴一个冷笑：“集体所有制的吧？你怎么找这么个爱人！”

我勃然了：“依你说我该找个什么样的？”

他这才觉察出我的不快，停止了照镜子，也停止了“查户口”，眼珠恢复了活泼的转动，笑嘻嘻地说：“我爱好文艺，我常访问你们文艺界的人……”接着他就列举了最近的活动：在哪个作家家里遇见了哪个画家，又在哪个电影演员家里遇见了哪个京剧演员，等等，并且一口气说出了一大串文艺界的“秘闻”：谁的长篇并非自己写成却即将出版，谁和谁离了婚，谁排斥了谁而终于主演了什么电影，谁其实就是谁和谁的私生女……听来倒也新奇有趣，不过我估计起码有百分之九十纯系谣言。

待他滔滔不绝的炫耀使我的耐性已达于极限，我便问他所来为何？他跷着的二郎腿点着拍子，爽快地说：“你给我张照片吧，签上你的名儿。”说着便从衣兜中摸出了若干张照片，有的是颇为有名的演员，有的是颇为有名的画家，也有颇为有名的作家；不过我注意到，其中只有一张签上了名字，所以这些照片是否全是人家亲自送给他的，也还难以断定。

我托词说手头没有照片，难以奉赠，总算把他打发走了。

这以后，就有知情的青年朋友告诉我，田欢的父亲是一个什么部的负责与外商谈判的副司长，他坐的那辆小轿车，就是人家部里的，只不过他和司机混得很熟，所以常常坐来坐去地摆阔。据说，他是所谓“合法后门”的得益者。何谓“合法后门”？比如他上这所名牌大学，如果他高考得分根本不够录取线，硬来上，那就是“非法后门”，风险很大；而他得分刚好骑着录取线，因此他父亲托关系同大学管录取的人一打招呼，就把他收到这所大学了，尽管他的分数比别的同学低一截，而且因为他来就要挤掉一名分数高的，但这事好遮掩，不是要“全面衡量”吗？别人发现了来闹，也还可以用一通冠冕堂皇的理由挡回去。再比如他手头总有一两台录音机，什么双频道、立体声、附有邓丽君原声带的，他都玩过。这都是外国客商送给他父亲的礼品，按规定一律要上交，他总是先截下来玩一阵，玩腻了再上交，而这一台上交了，下一台又到手了，所以他总有得玩，比买下一台更富乐趣。你要是对这种情形有意见，他会辩解说：“没违反规定呀，最后不是都上交了吗？”也有的时候，上级允许不上交，而作折价处理，于是他就大做其录音机生意，自己先买下，再加价卖给求之不得的人们，据说最多能从中赚个一百多元——这也很难抓住他的把柄，因为双方是“周瑜打黄盖”，而且可以解释成他买了一台送给对方，而对方因为别的事赠了他几百元钱。给我透露这些情况的青年朋友预告说，田欢再来的时候，很可能会动员我买台录音机，并且会表示他可以给我“打听”、帮忙。

果不其然。田欢第二回来，除了传播些新的文坛谣言外，便由我的半导体收音机太旧，谈及电唱机之不必购置，而终于落到录音机之不可不有上，据说我如果能经常听听外国流行音乐的录音带，比如美国电影《午夜狂热》的全套音乐，那我的小说便能写得更具现代化风格。

我便故意说早想买一台，只是买不到。

他便单刀直入地说：“我卖你一台好了，值五百块钱，你给我五百五吧——只收你五十块‘手续费’，哈哈，我知道你捞了不少稿费，不过比起那些发了中、长篇的，你算个小户，我不向你多要！”

他竟如此之坦率，坦率得我不得不对他虚伪，因为倘若我也坦率，我冒出的那些话便会使他顿生报复之心——我何必招惹麻烦呢？

我冷淡地表示这事恐怕不恰当，况且我一时也拿不出那么多钱，总算又把他敷衍过去了。

然而，不久社会上就传出一种说法，讲田欢是我最好的朋友之一，我写的那篇引起轰动的《交叉路口》，其中的素材就是他提供的云云。我并不感到惊奇。是的，他田欢享尽了“合法后门”的乐趣，他家住房本来就很宽裕，他却推动父亲为他在新住宅区争得了一个单元；本来某某宾馆的“自助餐”是专供应外宾华侨的，但是由于餐厅某服务员是托他父亲人情才分到这个工作的，因此他常在那个服务员值班时跑去白吃……不过这些也还不足以使他的灵魂充实。他父亲有权，他可以仗势，而且有钱，但是他还缺少那么一种东西，所以他希望能附庸风雅，把我这样的人也算作一个，可以通过接触和宣扬，使自己同那么一种东西沾边。

他上次来找我是在十来天以前，显得格外地踌躇满志，他宣布已决定去电影厂搞剧本，正在向学校请创作假，剧本将由某电影厂导演接，他前些时帮那导演从广州朋友那儿弄来台七百元的录音机，“他妈的让那班混蛋敲了一家伙，不过质量实在他妈的好！”这么说，他不满足与文艺界的人沾边，而要使自己成为电影剧作家了；我不反对任何人尝试创作，但是我知道他其实是一篇作品也写不成的。有一次他在同我谈话时竟反问我：“金水桥在什么地方？”又有一次他主动给我留下个“临时通讯处”，把“秦皇岛”写成了“奏皇岛”，由此可见其水平之一斑。对于他这种人钻进某宾馆白吃“自助餐”，白白享用“过路”的录音机，我的愤慨还很有限；对于他这种人利用特权钻营到我视为最神圣的艺术领域里来，我气愤得灵魂发抖了——我们难道真的将会看到所谓的“合法后门片”吗？

他微笑着，他是有信心的。他父亲有权，他可以仗势，而且有钱，并且将因此而获得那向往已久的东西了。他真是一个幸运儿！

可是，我的屋门虽然号称向每一个来访的青年敞开，我却希望他一生一世不要再来。据说搞写作的人应当冷静地接触一切人和一切事，我却做不到。

然而，此刻的敲门方式，不是宣布着不受欢迎的人又跑来了么？

4

我拉开了门。啊，不是他！我忽然格外地高兴，我迎接客人的热情一定出乎对方的预料，而我也在一种出乎预料的兴奋中，晕晕乎乎了好一阵，才仔细端详起来这位新的来访者。

来者当然也是个青年人，中等个，皮肤黧黑，五官端正，眼睛闪闪发亮，唇上留着黑油油的胡子；衣着虽不能用“褴褛”二字形容，但起码可以说是寒伧：土布衣裤，敞着怀，露出掉了色、尽是小窟窿的黑色粗毛线衣；一双沾满烂泥的自制布鞋（我这才想起外面在下雨，我们这条仍旧是土路面的胡同一片泥泞）。如果田欢看见了他，一定会用“土鳖相”三个字来嘲笑的，田欢自己总打扮成华侨或外籍华人的模样，说句公道话，那倒的确模仿得颇为高明，足以乱真的。

我请来人坐到藤椅上，沏了杯热茶请他喝，问他从哪儿来，找我有什么事。

“我从新疆来的。”他不顾水烫，贪婪地啜着热茶，坦然地说。

我吃了一惊：“从新疆来？出差？”

“不！”他搁下茶杯，两眼直勾勾地望定我。

“那你……是来上访的？”

“也是为了来找你！”他那两颗黑眼珠黑得不能再黑，油亮油亮的。

“找我？”

“对。我的女朋友帮助我，凑了二百块钱，就这么来了。”

我盘算了一下以后，这样问他：“你现在住在哪儿？”心里一边怦怦跳。

“住在东郊一个旅店——说穿了，那是个大车店，一个炕睡十个人，一个铺位收五角钱，哈哈，倒不贵。”

我松了一口气。倘若他没有地方住，我是无法可想的。

“北京城里的旅馆是不让我这种‘自流分子’住的，我只好住在东郊，坐几十站汽车来找你。”这时我才注意到，随着说话，他嘴里喷出阵阵酒气，而且他的脖子，特别是喉骨下面的那块地方，布满酒后的红晕。

“找我干什么呢？”

“我也写小说。找你谈谈。”

“你上当了。”我诚恳地说，“不少青年朋友都上了这个当，老远地跑来找我，以为我有什么秘诀，起码有点经验，其实我也是刚开始学着写点东西，我是不值得你们花这么大代价来找的……”

“啊，”他用黑得出奇的眼仁盯住我，忽然一笑，“你这么说，我倒不想骂你了！”

“你是来骂我的？”

“你以为是来干什么的？当然是骂你。鬼才来向你打听什么秘诀，什么经验。我来找你，是为了当面痛痛快快地骂你一顿。”

我没有这种思想准备，我很狼狈。我拎过小小的糖罐，请他吃糖，以掩饰不自在的心情。但是糖罐里的糖都吃光了，只剩下半截果丹皮卷，那是我儿子吃剩的。我更加狼狈。他却捡起那半截果丹皮卷，放进嘴里吃了，然后从衣兜里掏出香烟来，点燃抽着，把嘴唇嘬得尖尖地喷着烟。

“你骂吧。我欢迎最苛刻的批评意见。”我终于鼓起勇气说。

“好，我就来骂。你发表的小说，凡能找到的，我和她都看了……”

“他？”

“我刚才讲过路芳的事，你不要故意追问。我和她都看了，我们仔细讨论过。我们恨你，恨你真话假话一块说。你说了真话，惹得我们看，找不着到处找，就为了看看你那些真话。可是你除了一两篇以外，全都有假话。把假话糅到真话里去，比全是假话的东西更气人。你为什么不坚持讲真话，句句讲真话？！”

“难。”我老老实实地告诉他，“就这样，已经有人要打棍子、扣帽子了。为了说出一句真话，有时候只好用一句假话来铺垫啊。”

“这样不行。你们把人从梦里唤醒，却又用假话给他催眠，折磨人！我写，就不这么干，我要全写真话！”

“你写了吗？”

“这就是！”他从地上提起鼓鼓囊囊的帆布挎包，那是我原来所忽略的，只见帆布已经旧得挂丝，布满油渍泥点；他费力地从挎包中掏出了一叠很不整齐的稿纸，递到了我的手中。

“你这真话，我说假话的配看吗？”我望着他，微笑着，心里其实很不服气。

“你配看。”他命令式地说，“因为你说的不全是假话。”

正在这时，我爱人领着孩子回来了。爱人一眼看见来客的一双布满污泥的鞋，蹭到了床单上，但是她忍住了心中的不快，对来客客气地点了下头，又趁来客不注意，对我狠狠地瞪了一眼，便开始在屋角洗起脸来。孩子照例不听我的指挥，绝对不叫“叔叔”，而是把书包像掷手榴弹般地往大床深处一扔，便翻小人书去了。我看看书架上的闹钟，问来客：“吃过饭了吗？在我们这儿吃吧？”

“吃过了。”

“怎么吃得那么早？没吃过吧？在我们这儿随便吃点吧！”

我听见爱人把梳子重重地往桌上一搁。

“确实吃过了。我在东单一个人买了一只鸡，喝了半斤酒。我把剩下的半只鸡送给一个上访的妇女了，她牵着个丫头。”

“再在我们这儿吃点吧，”也许是他那后半句话的效果，爱人走拢来，确是诚心诚意地说，“喝点大米粥，我这就去煮。”

爱人去小厨房了，我跟了进去。

“赶明儿你留人你做饭。我干了一天活，我伺候不来。”

每逢这种情况我只得忍气吞声。我赶紧端锅要淘米。

“回屋去吧，人家找你就为了跟你臭聊。”

我回屋了。不一会儿，饭菜都端进来了。爱人特意炸了虾片和花生米。我知道，她的心是美的，只是我们的生活条件太差了，一颗美丽的心是无法在这样的条件里充分放射出它的光辉的。

5

饭后，爱人带着孩子到邻居家看电视去了，这当然并非是因为她喜欢当天的电视节目，或者不懂得过多地看电视对儿子的学业是一大促退，这实在是因为我们的屋子太小，不足以同时容下四个人分三摊活动。

我这才问起来客的姓名、经历。

他叫佟岳，令我大吃一惊的，是他自称是四川籍人。

“你怎么跑到新疆去的？”

他没有正面回答，而是用那黑得令我心痒的眼睛狠狠地盯着我，幽幽地说：“我杀过人，你知道吗？我杀过人的……”

我愕然了。

他平静地叙述着自己的身世：“1958 年，我十二岁，我的爸爸，一个小镇上的小学教员，被划成了右派。都说 1957 年是反右年，可是我记得清清楚楚，他是 1958 划的右派，据说那一年补划了不少人，他就是我们镇上的一个。我周围的人，包括跟我们家斗过嘴的邻居，都说他是个本分人，可是他竟因为对乡里定的征粮高指标不赞成，说了几句真话，被划成了右派。还被开除了公职，背着铺盖卷回来了，妈妈跟他哭闹，他只是坐在床板上发呆，我记得清清楚楚，发呆，眼睛直勾勾地望着对面墙上，一块掉下泥灰露出竹篾的地方。从此全家就靠妈妈一个人在纸盒厂当工人挣钱养活，爸爸天天背上鱼篓去钓鱼，有时我也跟着他去，钓了鱼我们就跑到集上去卖，可是往往买主都把鱼绳挂到手指头上了，旁边有个小孩嚷一声：‘他是右派。’买主就又把鱼退还给了爸爸。后来他钓鱼就单为给家里吃了，可连家里人也看不起爸爸，六岁的四妹有一回竟用手指羞着说他：老右派，不做事，光吃饭！他就搁下碗，没有再吃下去。我那时比较同情他，可是年岁太小，也不大懂他心里的愁苦。有一天他钓来好几条大鱼，趁我们都不在家，一个人煎了，下酒吃了，吐了一桌鱼刺，然后就上吊了。妈妈受刺激，大病一场，我们简直没饭吃了。我就恨起把爸爸划成右派的人来。一天夜里，我把菜刀藏在怀里，跑了十几里路，跑到爸爸教过书的学校，我知道校长是谁，见过，一个女的，才三十多岁，我想就是她把爸爸划成右派，害得我们家这么凄惨的，我要杀了她！”

“你……杀了她？”

“我溜进她的屋子，她正睡着。月亮光照进屋，我见她搂着三岁的女儿，睡得正香。我忽然想到，我把她杀了，她的女儿可怎么办？我看见了床边桌上，有个用碎布头缝的小球，里头塞的是棉絮线头什么的，还没有缝完，一根带线的针插在上头，月光下亮闪闪的；那是她缝给女儿玩的，我把她杀了，她的女儿就玩不成这个球了……原来她也是人，也有女儿，也想让女儿玩球，买不起就自己缝；她确实把我爸爸划成了右派，开除了公职，害得我们家闹到这个地步，她是我的仇人，可是望见那只没缝完的布球，特别是那根在月光下亮闪闪的带线的针，我下不了手……我就又把菜刀揣进怀里，跑回家了……”

“啊……”我吁出一口气来。

“过了几个月，妈妈病好了，大姐从高小退了学，当了临时工，我们家又能勉强过下去了，我就把这件事，向班上的老师坦白了。他当时就汇报了上去，第二天公安局就把我抓起来了，我被带到了爸爸原来教过书的学校，开了批判会，说我是搞阶级报复。那个女校长恨我恨得脸上的肉直跳，公安局说我不够法定年龄，批判完了就放了，她不答应，于是我被送去劳动教养……教养了两年，我出来了，谁都瞧不起我，谁都不需要我，学校不收我，当临时工的机会也没有，我就偷起东西来，我被抓住，铐起来——经常是同别的犯人铐在一起——

挨打，被人啐唾沫，关在臭烘烘的、生满虱子的牢房里……可是一放出来，我就又偷！……”他的黑眼球闪着倔强的光，嘴唇抿成了一条线，粗壮的脖子上，一道原来我没注意到的刀疤，鼓得高高的，随着筋脉一高一低地起伏着。

“后来呢？”

“后来我决心重新做人，我就卷起铺盖卷，一个人搭火车、坐汽车、走路，到新疆去了。”

“户口呢？”

“要什么户口。那里非常偏僻，地多人少，只要去干活，就能挣工分。你不要一听新疆就满耳朵冬不拉响，满脑子小绣花帽子和花布拉吉。我们那个村子百分之八十五是地地道道的汉人，不是放牧牛羊而是种庄稼。你要相信我，我到了那儿就成了个诚实的人，凭力气吃饭，你看我现在的身体，你看我这一双手。”我这才看出他肩膀的厚实敦壮，我注意到他一双粗大的手不但布满了老茧，而且右手大拇指缺了小半截。

“你是怎么转念的？怎么一下子就决心远走高飞重新做人？”

“批判和大道理对我这个人都不起作用，起作用的反而是另外的事。我最后一次从牢里出来是 1964 年夏天，我从儿时上过的学校走过，听见里面传出打乒乓球的声音，我的乒乓球曾经是打得很好的，在我爸爸自杀以前，我得过一次亚军，所以我不由自主地走了进去，迈进了赛乒乓球的屋子——我一进去，正在打的两个同学突然都不打了，他俩不约而同地离开球台，去把搁在一边的外套抓在手中，用那样的眼神望着我——他们是怕我掏走他们的钱包。你说怪不，这个镜头忽然使我良心发现，我跑出了学校，跑到了河边，我把所有衣服全都脱光了，跳进了河里，使劲地游泳，我拼命地用手脚往下按水，使自己浮起来，我脑子里轰轰地响，只有一个声音：我不了、不了、不了！紧接着第二天又发生了一件事，我靠在墙上晒太阳，心里头像梗着根竹竿，忽然有人叫我：‘佟岳！佟岳！’我抬头一看，是公社副书记老李，这个老李以前我只是认得他，从来没注意过他，他为什么那么惊讶地叫我？难道我又犯了什么罪过？‘佟岳！佟岳！蜈蚣爬上你脖子了！’我本能地一拍，把一条半尺长的蜈蚣拍下了地。我很奇怪，我这么一个人，就是被蜈蚣咬肿了、咬死了，又有什么可惜？这个老李怎么这么可惜我？我抬起眼睛，只见老李走到我的眼前，他那时顶多三十多岁，瘦格格的，用瘦巴掌拍了我肩膀一下，其实是很平淡地说了几句：‘佟岳呀，你年纪轻轻，为啥就这么半死不活的呢？我看着你可惜哩！你要是好好作活路，我看你出息大哩！’他说完也就走了。他一定不知道他这几句话的力量，这几句话就把我一生给决定了，没几天我就跑到天山脚下，隐姓埋名，一下子就这么多年！”

“家乡的人，你的妈妈，一直不知道你的下落吗？”

“我妈妈知道，我给她寄过钱，所以家乡的人也知道。‘文化大革命’当中，一纸外调信函，使大家知道了我是右派的儿子，所以，一直抬不起头来。白天我闷头干活，晚上我就看书——也真是巧事，‘文化大革命’当中，我们公社中学的图书馆所有的文艺书几乎都被宣布为毒草，这些‘毒草’被扔到了一个大坑里，原来说要烧掉，后来不知怎么的又没烧，用沙埋了，我就常常去挖一点带回我那屋里，看呀看……结果，我爱上了文学，我手痒了，我就写小说……”

“你一直没有成家吗？”

“谁说的？七年前我就有老婆了，我们有两个孩子……”

“那，你说的女朋友……”

“女朋友就是女朋友，当然不是老婆。我老婆也是个出身不好的‘黑五类’，我们就凭都让人瞧不起这一点，互相可怜，结婚了。可我并不爱她，她其实也不爱我。我们就这么过，我看中国人里有不少是这么过，没有爱情，也不一定厌恶……女朋友是这两年从县里分来的师范学校毕业生，在我们村学校教书，比我小很多，爱文学爱得不要命，为了你一篇该死的小说，我们俩能吵上两三个钟头。我爱她，她也爱我。可我不能跟老婆离婚，她没地方去，还有两个孩子。我那女朋友说她一辈子不结婚，一辈子当我的朋友……”

“你不应当自私，你应当劝她结婚……”

“和谁结婚？和心爱的人？她心爱的人就是我。”

我望见他那黑亮得让人没法形容的眼睛，知道改变他的意念是不可能的了，便沉默下来。

6

这天晚上我赶写一篇稿子，睡得很晚。夜里，我迷迷糊糊做了好多梦，我仿佛看见佟岳手里拿着一把菜刀，就站在我的床前，忽而他把菜刀扔掉，脱光衣服跳进了一条大河，高溅的白浪花里，跳动着他黝黑健壮的身躯……

第二天清早我睁开眼睛的时候，天光已经透过半开的窗帘，亮晃晃地照到我的被子上。爱人和孩子都走了，桌上摞着两只喝空的粥碗，无言地指示着我起床后应尽的义务。

这时，又响起了敲门声。还是那种用中指和食指的指甲，交替地敲击门玻璃的哒哒声，而且频率急剧地加强着。

一定是佟岳又来了。他好不容易从新疆来一趟，我应允同他多谈几次。我答应留下他的小说稿，抽空就看，然后陆续给他寄回去，当然要提些意见——我估计那都是难以公开发表的东西，我没有说“如果好，向刊物推荐”的话，以前我曾轻率地同一些文学青年讲过，结果弄得很被动，编辑部和文学青年双方对我都很有意见。

我一边答应着：“就来！”一边匆匆地下床穿衣。穿好衣服后我先把唯一的两扇活窗打开，屋里憋了一夜的蚊香气，掺和着我一家三口呼出的废气，实在难闻。从窗缝中飞出几只血肚黑蚊，举手拍去没有拍中。于是我走到门边打开了门。

门外站着的是田欢。

我非常失望，而且压不住厌烦：“你？”

“我。”田欢大摇大摆地进了屋，径直走向藤椅，先把上头的坐垫拿起来抖了抖土，然后再搁回去，轻轻地坐下。

“又写什么啦？”他偏头向桌上望去，毫不客气地拿起桌上的稿纸，翻动着。

这是最让我难受的事。我没有成篇的东西，最怕别人看，就连爱人偶尔从我肩后探一下头，我也要不自在，常常引起口角。

我从他手中抽出稿纸，搁回桌上，明确地给他个钉子碰：“你不要管。”

他无所谓，从随身带来的手提包里，取出一只厚厚的稿袋，“啪”的一声摔到我的桌上，笑嘻嘻地说：“你给看看！我们的本子。”

仿佛他用不着知道我有没有时间、有没有兴致来读他们那个本子，仿佛他让我读，是对我的一种赏脸和恩赐。

我没有作声，只瞥了一下稿袋上写着的题目：《漓江诗女》，下面并列着三个署名，头一个是他。我怀疑这个本子的阅读价值，因为我可以肯定田欢其人虽然对漓江和姑娘都不陌生，却基本上与诗无缘；但是我又相信这个本子八成能拍成片子，因为我知道署第二个名字的正是那位从田欢手中买到录音机的导演，而第三个名字则是一位只热衷开家庭舞会而从不读书的干部子弟，他的唯一长处就是他爹的职务相当不低。我注意到导演的名字后面有个括弧，写着“执笔”字样。我真该为这位中年导演一哭。

“我们想先在刊物上发表一下。你得帮我们把这事办成。”他厚颜无耻地扳动着指关节说，“你以后也有用得着我们的时候。发出来领了稿费，咱们先去全聚德，你把老婆、孩子全带去，咱们不喝中国酒，我有从友谊商店买的三十三块钱一瓶的苏格兰威士忌，喝完了瓶子给你儿子当凉水瓶用。”

幸好这时又有人敲门，不然也许我喉咙里的一团火就喷出来了。

这回来的是佟岳，我觉得他对我是那么宝贵，我一把握住他肌肉结实的胳膊，把他拉到床边坐下；于是他一双沾满污泥的鞋又蹭到了床单下摆上，在我爱人曾唠叨过几句的污迹下，又添上了新的污迹。

我没有给他们双方介绍，他们两个对望着，两个人眼里都毫不掩饰地流露着鄙夷的神情。我望着这个场面，心里涌出一股复杂的滋味。他们两个各自有着完全不同的父亲，这就决定了他们两个有着完全不同的生活境遇；过去是这样，现在仍未彻底改变这种状况，将来呢？

我尽可能平和地对田欢说：“好，本子就留下吧，我下星期一就给你回音。”

他站起来，分明不仅是说给我，而是首先说给穿土布衣服的佟岳听：“我跟学校请了创作假，明天我们就去承德烟雨楼，在那儿写第二个本子；如果那儿的小灶败胃口，我们下星期可能就转移到无锡太湖边上去，你先等我的信吧，信上我会把信箱号码告诉你的。”

我忍耐住，把他送出了门，他不怕屋里的佟岳听见，在门外对我说："那小子是上访的吧？你少理他们，省得给你惹事。"

我回到屋里。佟岳一句也不问关于田欢的事，显然，不是不感兴趣，而是已经看透。我想到佟岳虽然比我小五岁，但他的阅历却分明比我丰富。

我坐到藤椅上，诚心诚意地报他以微笑："我们再敞开谈谈吧！"

"不谈了。"他直截了当地对我说，"我打算今天下午就回去。"

"为什么？你不是第一回来北京吗？不是还有事上访吗？……钱和粮票不够我可以给你点……"说到"钱"字，我意识到自己脸红了。其实这又何必？

"我到长安街上走了走，是漂亮。可是我钻进街上的胡同往里走，心里就难受。为什么三十年了，光是把街面弄得漂亮了一点，稍微向里深入一点，马上就经不起推敲？这几天下雨，那些胡同里多少房子漏雨，我从破旧的大门望进去，蘑菇似的小房子，自己盖的，高高低低地挤在一起，院子里汪着水，小孩子用树棍打水玩……这不该是离长安街几十米应该有的景象……"

"那么，你认为造成这种景象的原因是什么呢？我们应该怎么去解决这些问题呢？"我认真地问。

他沉默了大约半分钟，忽然眉毛一扬，用低沉的嗓音说："我本来不想告诉你……你知道我那女朋友是什么人吗？"

他是怎么回事？为什么忽然扯到这上头来？我没吱声，只听他慢悠悠地说："她是从内地下到新疆兵团的知青，后来上了师范，毕业以后分到我们那儿小学校的……"

我提醒他："你已经告诉过我了。"

他声音高扬起来："可是我没有全告诉你。我们两个先从文学上接近，后来，交往深了。她有一次偶然提起她的父母，她的父亲在她很小的时候就同她母亲离婚了，她的母亲死在1967年，是经不起揪斗，上吊死的，罪名是'反革命修正主义分子，漏网右派'……你为什么好像不愿意听这些？这种事太多太多，不稀奇了是不是？当初我刚开始听她讲，也是这么个劲头，我虽然也同情她，但并不震动；后来，她就从箱子里拿出一样东西，说是她妈妈的遗物，你猜那是什么？"

他睁眼望着我。我不知道他为什么要这样。我怎么猜得出来？为什么非要我来猜？

“告诉你，你记住——”说到这里，他两眼像放射出了电光，简直要穿透我的心肺，然后，他几乎是一字一顿地宣布说，“那是一只破旧的、用布片缝的球，里头填的是棉絮和线头……”

我不由自主地从椅子上站了起来，心脏仿佛猛地被电流击中，腾腾腾地几乎要冲出我的胸膛……

“当时，我一把抢过那只布球来，红着眼嚷：‘你妈是校长！’

“‘是呀，我不是早就跟你说过吗？’

“‘她是“漏网右派”？哈哈哈……’我狂笑起来。

“‘是的。造反派说她反右的时候不坚决，有的人五七年就该划右，她拖呀拖到五八年才去划……’

“我就大声问她：‘你知道她五八年划的右派里，就有我的父亲吗？’

“‘你的父亲？！’她五官整个乱了，完全变了模样。

“‘哈哈哈……我父亲经你妈的手划成了右派，卷起铺盖卷滚回了家，后来就上吊死了；八年过去，你妈又被说成是“漏网右派”，也上吊死了！哈哈哈……’我抱住头笑，一直笑到又抱住头哭。

“我把一切都告诉了她。她原来没问过我是从哪儿到新疆去的，怎么去的；我也没问过她的家乡在哪儿，家里有些什么人；我们都回避问这些问题。现在说开了，我们才明白，原来我们‘不是冤家不聚头’。那天，我们紧紧地拥抱在一起，那只破布球夹在了我们胸脯之间，我们的眼泪打湿了那只球……我三十岁，她才二十一岁，我们加起来也不过刚过五十岁，可是我们仿佛一下子都变成了六七十岁的人，我们觉得悟出了许多的真谛，我们成熟得连我们自己都害怕……”

我重重地坐落到椅子上，用手支着额头，仿佛被人用重锤敲击了一下。

“你明白了吗？这就是我对你那问题的回答——中国为什么搞成了这个样子？就是因为吃了极‘左’的亏！开头，是好人出于好心‘左’，后来，林彪、江青那一小撮野心家、阴谋家就凭着比‘左’还‘左’得了势，不分青红皂白地一个劲反右、反右、反右，结果，跟着反右的人自己也成了右派，让人家活不下去的人自己也活不下去……中国要想前进，就要狠批极左！你们文学家还犹豫什么呢？怕什么呢？……”

我抬起头，望着佟岳那刚毅的面容，那充分体现着男性美的小胡子，那黑得像潭底青玉般的眼珠，那整齐、结实的两排白牙，那脖子上隆起的伤疤……我忽然觉得，他就好比是一座荒莽的大山，这大山上确实生着杂草、露着乱石，没有森林绿荫，没有溪泉瀑布，不入名胜之流，不堪耕种收拾……但是，这山下却埋藏着最珍贵的黄金！

我依依不舍地把他送走。我心甘情愿地送了他一册处女作，一张签有名字的照片。他不让我送出胡同口，他给我的临别赠言是：“批极左要从讲真话开始。你要句句都讲真话。真话让我活得下去。真话能救中国。”

他走了，给我的床单上留下了污迹；他走了，在细雨中打着一把破旧的蓝色塑料伞，我临到最后才看出伞上用红漆写着的旅店名字，原来那是他租用的；他走了，他的背影绝不高大，但是厚实、淳朴；他走了，给我留下了一叠边缘打皱、沾有水渍的稿子；他走了，给我留下“我杀过人的……”这样的永远难忘的声音；他走了，他使我永远难忘那只用碎布缝成的、里面填着线头和棉絮的球；他走了，他的妻子和女朋友都在等着他，还有他的孩子；他走了，要走几千里，要走到对我来说犹如天涯般遥远的地方；他走了，我应当做些什么？在这块被十年浩劫弄得人与人之间缺乏真诚的信赖的土地上，我对他所给予的信任和托付，何以报答？……

7

夜雨哗哗。我坐在自己的斗室里，沉思着。一开始，我只为田欢那样的幸福青年过分的幸福而愤慨，为佟岳这样的不幸青年如此地不幸而抱不平；渐渐地，我的心平静而充实起来，我意识到，要改变田欢的个人品质也好，要开采出佟岳那深埋的黄金也好，关键还在改造他们所处的环境，而要使这环境在各方面都真正称得起是科学社会主义的，我们也许还得付出昂贵的代价……

当然，事情要一点一滴地做起，我有义务立即行动，用我当之有愧而毕竟已有的影响，靠我的努力活动，去为佟岳这样的青年开路，去为金矿寻求开采者！我想到了自己，如果不是有那么多热心可感的前辈和先行者为我奔走呼号，仅凭我自己的一点点才力，我就能达到今天这个地步吗？我不能守成，我要勇猛精进，我要为走在我后面的弟妹们搭桥做梯……

8

又是一个清晨。

又有人敲门。

我去开门。

1979 年 1 月

深谷小溪默默流

蓝伊梅在画舫斋的画展厅里缓缓地走动着，她虽然不时停留在某幅图画的前面，却总是不能“入画”，她从画框的玻璃上看出了自己淡淡的面影，忍不住理一下鬓、扬一下眉……姑娘今天有心事，并没有把画展看完，她就步出展厅来到池边的回廊上，选了个清静的地方坐下，微倚着朱红的廊柱，望定一泓秋水中成扇面状聚拢的红鱼，爽性沉思起来。

蓝伊梅二十六岁了，看上去却仿佛才二十岁出头；谁也难以相信她是印刷厂胶印车间的老师傅，已经都带出了两个徒弟。今天她浓密的冷烫过的黑发因为已经长得齐肩，便用银色的横“8”字形发簪在脑后别成一朵墨菊；她那红润的鹅蛋形脸庞，春燕羽毛一般黑亮的秀眉下，同秋水可以媲美的一双杏核眼，都堪称美丽的楷模，唯有紧闭的双唇略显得厚了一些、大了一些，但跟她接触不久，人们也就会觉得那不但不是什么缺陷，恰恰是热情和开朗的象征。

蓝伊梅手中捻着一枚拾来的枫叶叶柄，默默地想她的心事。今天她休息，傍晚有个约会。本来她打算在家里洗洗衣服、看看书，到四点多钟再出来，可是实在忍受不了妈妈的质询和叨唠，只把几件内衣洗完晾好，她便跑出来了。这回的对象是厂医务室刘大姐给介绍的，已经见过一面。蓝伊梅同刘大姐约定暂不告诉妈妈。妈妈真是的，急得没个道理。蓝伊梅最听不得妈妈的这个逻辑：“如今北京城里，你们这个岁数的年轻人女多男少，你就别挑肥拣瘦啦，思想正派、人老实就行啊，要不把你自己耽误了，后悔来不及！”光是思想作风正派、人老实就行啦？去年二舅给介绍的那位银行职员不仅正派、老实，还是个先进工作者呢,可那份古板啊……蓝伊梅不喜欢,回到家里,刚宣布不想跟他好,妈妈和二舅就气得一个劲地数落,说她是“资产阶级思想”。蓝伊梅心中有数,自己绝不是那种单纯追求物质条件和外表的“高价姑娘”,但是找对象这个事儿它是非常微妙的,不合心意的人。凭什么非得勉强接受呢?

刘大姐这回介绍的是个小学教员。厂里的姑娘们看得起小学教员的没几个,原因很简单——小学教员社会地位低、福利差、工作苦。这真是一件奇怪的事,几乎谁也不会放弃上小学的权利,可是长大以后却大批地“忘本”,不愿意当小学教员,不愿意嫁小学教员。蓝伊梅可有主意,她不那么看问题。小学教员不也是知识分子么?她心下总想找个知识分子,倒不论这知识分子挣多少钱,她图的是那么一股子爱读书、讲礼貌、文质彬彬的劲儿。刘大姐生怕蓝伊梅不愿意见面,一再地夸赞那位名叫范铁雁的小伙子的优点,没想到蓝伊梅不等她说到最后便干干脆脆地表态说:“赶明儿晚上在您家见见面吧!”

一见面,蓝伊梅就动了心。那范铁雁三十岁,除了皮肤黑,个头、长相、做派、谈吐上都令人满意,确有股子蓝伊梅暗中追求的“知识分子味儿”。

从刘大姐家出来,说是一块去搭111路电车,其实两个都故意绕着弯儿走。一路上谈到了业余爱好,范铁雁说最喜欢读唐诗,蓝伊梅不禁肃然起敬,她是有名的一九六九届初中毕业生,上中学的三年除了念语录、参加批斗会和劳动,几乎什么知识也没学到,后来她到黑龙江兵团时,也曾从同伴那儿借到过一本纸都发了黄的《唐诗三百首》,可是一多半都读不懂;到底人家范铁雁是“老高一”的,肚子墨水多点儿……他俩靠拢景山东街的大红墙走,在月光下,树影里,范铁雁把杜甫的《观公孙大娘弟子舞剑器行》给她背一句讲一句,什么“霍如羿射九日落,矫如群帝骖龙翔”,蓝伊梅既惊叹范铁雁对剑术的深有研究,又惊叹他知道那么多的典故,嘿,真有意思!当他们把整首诗欣赏完,已经都走到美术馆前头了。刘大姐还操什么心呢,他们不用中间过话,自己就约定了二次会面的时间……

这二次会面就定在今天傍晚,地点是中山公园水榭。

离约会的时间还早得很。蓝伊梅出了北海公园,跨上自行车专往僻静的街巷骑。本来她是图离开繁华街道可以边骑边想心事,可是,当她陡然骑进一条扫得干干净净的胡同时，一颗心却不由得咚咚咚加快了跳动，她这才发觉一种潜在的意识把她带到了什么地方——范铁雁就在这条胡同的那所小学里教书。

蓝伊梅忽然生出了一种浓烈的好奇心，她想看看范铁雁所工作的那所小学校究竟什么样。她跳下自行车，装出仿佛车子出了什么毛病的样子，推着车朝前走去。近了近了，嗯，门口有好大两棵槐树，叶片还没完全变黄，显得枝叶扶疏有致，完全可以入画。踏过门口时她没好意思朝里张望——其实无论是胡同里的行人还是学校传达室里的老头，谁也没有注意到她。过了校门，忽然从高墙里传出了阵阵齐读英语单词的声音，这声音猛地激起了她心底的一股柔情，嗯！说不定这就是范铁雁在领着孩子们读呢……

再往前走几步，蓝伊梅发现学校的院墙有那么一截正拆了重修，形成个豁口，可以一直望到里面去。修墙的工人大约是打歇去了，墙豁那里并没有人，蓝伊梅可以尽情地朝里望……啊，那三层的红砖教学楼虽然已经破旧，倒也收整得清爽洁净；操场上有个班正在上体育课，男孩子们正嬉笑着在篮球场上打球，女孩子们站成一排，面对着一具长长的平衡木，轮流地爬上去过平衡木；一位体育老师穿着褪了色的枣红绒衣、蓝绒裤，背对着墙豁，正照顾着那些过平衡木的女孩。有个女孩非常胆小，一上平衡木就往脚底下绊蒜，紧张得小脸儿绯红，那体育老师非常耐心地伸出手去保护，引她从这一头走到那一头……蓝伊梅扶着自行车车把，在暖得痒人的秋阳中闲闲地望着这平凡而琐屑的景象，心弦本是松弛的，但是，陡地，她的心弦绷得飞紧，一颗心仿佛是掉进油锅的水点，几乎炸开……因为，当那体育老师转过身来，一张脸恰对着墙豁时，她清清楚楚地看出，那竟是范铁雁！

蓝伊梅不知道自己是怎么离开那个墙豁的，当她气咻咻地从自行车上跳下来时，才看出已经是东华门的筒子河边，她把自行车推到一棵叶片已经变成暗黄的垂柳树下，顺手捋下一把半干的黄叶，狠命咬着嘴唇，几乎要哭出声来……

最初的冲动，是在心里恨刘大姐，啊，敢情她是存心不把“体育教员”这个真相说出来。体育教员！那是些被人们视为“四肢发达，头脑简单”的人；就算范铁雁懂得唐诗，是个例外吧，可他整天在操场上跟孩子们打交道，风吹日晒都得忍受，天天回家一身热汗，他那衣服谁洗得起？他一年还不得穿破十二双鞋？本来小学教员待遇就比售货员还低，这下可好，体育教员！饭量大，衣服费，嫁给这样的人不更得受苦？犯得上吗？……

电报大楼的大钟悠悠地敲了七下，橘红的残阳把中山公园水榭映照得格外幽雅美丽，那正是蓝伊梅和范铁雁原定的约会时辰；可是他俩谁也没有去，唯有水榭岸边的枫树忠实地守候在那里，不时坠下几片红叶，悠悠地飘落水中，仿佛是在发出一声又一声叹息……

范铁雁从平衡木旁转过身来时，恰好一眼便看见了墙外的蓝伊梅，虽然两个人的目光只有不及两秒钟的对接，但从蓝伊梅满眼的惊骇与满脸的失望中，范铁雁看出来，这回肯定是又“吹”了。

范铁雁努力压抑住心中涌荡的波涛，镇静地上完了这堂课。他回到家时已经六点钟。他的母亲——一位到了退休年龄却仍在教毕业班的中学语文老师——照例还没到家。范铁雁脱下汗湿的内衣，走到洗衣盆前，把它扔到了头天没来得及搓洗的棉毛衣裤旁边，然后匆忙地用自来水擦洗一下他那黝黑壮实的身子，便穿上绒衣，到厨房以最快的速度做起饭来。待到做好饭，炒好菜，他便把饭、菜都温在炉子上，回到屋里，坐到桌前，把肘支到桌上，两手十指不住地梳着那在风吹日晒中变得格外硬挺的粗发，心中飘过一团又一团的乌云……

范铁雁本是坚决反对刘大姐向所介绍的对象隐瞒他的具体身份的，但是刘大姐——他母亲早年所教过的学生之一——坦率地劝告他说：“还是先达到见面的目的再说，见了面，人家看上你这一表人才了，你再一五一十把教的是什么跟她说清楚,她兴许就不嫌你是‘露天作业’了……”这劝告确有一定道理，已经不止一次了，介绍人把范铁雁的相片拿去给人家看，人家总是先把眼睛一亮，然后，随着“他是个小学老师，教体育的”这句话一出，眼睛忽又一暗，客客气气地把相片退给了介绍人，竟根本不来见面。有一回总算见了面，也还谈得来，但女方有天早晨上班时，恰遇上范铁雁穿一身运动衣，吹着哨子，额头上沁出一片汗珠，正领着小学生在胡同里跑步，当时脸色就变了，第二天就取消了下一回约会，理由是：“我没想到当体育老师的天天都得这么现眼……”范铁雁母亲目睹儿子的这种遭遇，心中也划出了道道伤痕。但她毕竟是个有涵养的知识分子。从未在儿子面前流露出过内心的痛苦与焦虑，每次总是淡然一笑，安慰儿子说："事业为重，有晚福呢……"

范铁雁同蓝伊梅的头次会面，使他产生了由淡而浓的希望，他把见面的情况详细地同母亲谈了，包括那背诵唐诗的细节在内，母亲呵呵地仰笑在藤椅上，自信地说："谁说天下就没有爱体育老师的姑娘呢？当年我不就是一个吗？……"范铁雁没告诉母亲，他和刘大姐恰恰是暂时都没暴露体育老师这个身份。下午的那一幕，虽是一瞥，却看得出蓝伊梅被深深地刺痛了自尊心，她是百分之九十九不会再去水榭了；而范铁雁的自尊心何尝不被煎熬呢，他也不愿为了那百分之一的或然率，到水榭去"现眼"……

范铁雁抬起眼来恰恰看见桌上小镜框中父亲遗像，父亲是个在中学任教四十余年的老体育教师，去年才不幸因患癌症去世；是父亲鼓励他到小学去当体育教师的，从父亲的熏掏、指导中，他也的确体会到了体育教师的神圣职责和体育课中的诗意……

范铁雁在痛苦中瞥见了父亲遗像下压着一份请柬。那是父亲的学生某青年画家自己绘制的婚礼请柬，上面用热烈的词句邀请这位师弟范铁雁去参加他的婚礼。婚礼举行的地点是一个什么出版社的会议室。

玩味着这份请柬，范铁雁心里酸酸的。父亲的学生都已经成婚了，父亲的儿子却"男大未能婚"……

一瞥桌上的闹钟，范铁雁忽然紧张起来。母亲就要回来了。母亲知道今天他七点钟要到水榭去，倘若回来一见他这副模样，他一说明，该是一次新的更重的打击……不能！至少要缓冲一下！

范铁雁心血来潮，他抓起那份请柬，穿上外衣，出了屋。

范铁雁来到婚礼场上。新郎已经三十四岁了，确是画家风度，虽是新婚，却只穿着八成新的衣服，容光焕发的长方形脸庞上，抬头纹随着说话不住地抖动。他握住范铁雁的手，面对全体来宾，热情洋溢地说："大家记得我画过的一幅画吧？一个孩子在床上，在一位慈祥健壮的体育老师指导下，正抱着膝盖在锻炼双腿……这幅画上的孩子就是我，那体育老师就是这位师弟的父亲——范醒中老师。那是我刚上初中不久，突然传染上了小儿麻痹症。住院治疗以后，双腿功能恢复很慢，父亲母亲每晚跪在床前给我按摩，效果不大，一天傍晚范老师来了，他说特意为我编制了一套体操，一边教我做操，一边根据我的反应修改操法，我父母在一旁感动得简直不知说什么好……这以后范老师每次隔一天来我家一次，一直到我终于又能上体育课。到初中毕业时，我双腿完全恢复到了正常，可以说成了个棒小伙子！后来我学画画，到处写生，来去轻松自如，连华山的‘千尺幢’和‘百尺峡’，我都爬得上去！所以，在今天这个幸福的日子里，我不能不感念敬爱的范老师，没有他的帮助，我今天很可能还坐在手推车里哩！”

新郎的回忆让全场的人都感动了，打扮得华而不俗的新娘——出版社的一位文学编辑——热情奔放地举起高脚玻璃酒杯，杯中的葡萄酒在灯光下闪烁着奇妙的紫红光晕，她嫣然地提议：“为那些在我们童年和少年时代，用心血教育了我们的老师们，特别为那些老师中最容易被人们忘记的体育老师们，干杯！”

呼应声，笑声，碰杯的叮咚声，加上桌上的瓶花、屋顶上斜挂下垂的彩色纸条，以及主宾们缤纷的衣衫，使范铁雁心动神摇、眼花缭乱。说实在的，最初驱使他来到这个地方的因素，不过是一种苦闷中的冲动，然而这意外的待遇，却使他心中升腾起自豪的、高昂的感情。

当人们抓住一个什么机缘，对新娘和新郎发起新的“进攻”，逼他们合唱《饮酒歌》时，范铁雁退到了室中的一角，心中的苦闷又开始雾似的弥散开来，猛地，他吃了一惊，真有点怀疑这是不是在做梦——越过几个人晃动的肩膀，他分明看见屋子另一隅的椅子上，坐着蓝伊梅和刘大姐！刘大姐正俯在蓝伊梅耳边，絮絮地说着什么，蓝伊梅眉尖微耸，眼珠游动，半咬着嘴唇，看得出心里很乱……

蓝伊梅也是在苦闷中不愿过早归家，才到这里来的。新娘子头些年下厂劳动的时候，恰同蓝伊梅在一台胶印机上干活，尽管比蓝伊梅大三岁，她称呼起蓝伊梅来，还得叫“蓝师傅”呢！蓝伊梅几天前就接到了新娘子热情的电话邀请……如果今天水榭的约会实践了，她才不会来这儿呢，说实在的，她几个钟头前简直都把这个邀请忘记了，直到离开了东华门的筒子河沿，才想起这个邀请，并且产生了一种跑到这儿来的冲动……

可是，骑到接近出版社门口的地方，蓝伊梅又犹豫了，她跳下车来，拖着脚步，推着车走。自己不幸福，却去观看别人如何幸福，这不是太荒唐了吗？正当她掉转车头，打算干脆回家的时候，“小蓝！”一声充满惊讶的呼唤使她抬起眼来，啊，是刘大姐！新娘子下厂劳动的时候，跟刘大姐处得也挺不错，今天，她特地来参加婚礼，刘大姐对蓝伊梅出现在这么个地方，又惊又怨——从范铁雁上午打给她的电话里，她得知范铁雁和蓝伊梅晚七点要在中山公园水榭会面，现在快七点了，蓝伊梅却愁眉苦脸地在这儿，这是怎么回事哇？刘大姐自然赶紧拦住蓝伊梅一个劲地询问，蓝伊梅满腹怨气地挣脱了刘大姐，赌气推车冲进了出版社……

谁知刘大姐穷追不舍，到了婚礼场上，她偏凑到蓝伊梅身边坐下，单刀直入地说：“我猜着了你干吗这样，你准是打听出来了，铁雁是个教体育的，你怪我跟铁雁事先没跟你说清楚对不？其实这不是铁雁的主意，要怪，你就单怪我一个……”蓝伊梅还在气头上，理也不理，欠身从桌上抓了一把瓜子，管自嗑着、嗑着……

真是巧中还有更巧事，范铁雁突然出现在婚礼上，并且出现了那般热烈的一幕，刘大姐为这一幕暗暗叫好，蓝伊梅呢，她手中的瓜子不知不觉地全从指缝中漏了下去，这一幕在她心中激起了新的情绪、新的内心冲突、新的考虑与新的希望……

刘大姐环顾了一下四周，人们的注意力都集中在新郎和新娘身上，没有人关心她和蓝伊梅在干什么，这正是个做工作的好时机，得“趁热打铁”啊！她想了想，便凑拢蓝伊梅耳边说：“说实话，开头我对体育老师这一行也不理解。有一天，我去看望范师母，只见铁雁坐在个小板凳上，膝盖上垫着块旧帆布，正用锥子、大针和麻线，在补破了的足球哩。我问他：‘你这个体育老师还管干这个吗？’他笑笑说：‘嗯。我还领着五年级学生，用稻草代替棕绒做成了垫子，还用废旧鞍马改造成了新“山羊”哩……多一样体育用品，就多一群学生锻炼啊！’这事给我留下了很深的印象。听说他还没有朋友，我就想：这么好的一个小伙子，我得帮他的忙啊！为这事，今年夏天我没少去他们家，每次总是他母亲在家，他呢？就是为了培训小足球队，住到学校去了。你看，别人暑假休息，他暑假倒比开学时候更忙！有天我到学校去找他，只见为了训练出足球新秀，他让那些个‘左边锋’、‘右边锋’一个个地冲上去射门，自己当守门员，扑跌滚跃，简直成了个泥人儿，可见了我还是笑，露出一嘴整齐的白牙，两眼里一股子自豪的劲儿……小蓝呀，体育老师这个职业确实平凡而不大被一般人重视，可是在我们国家里，闪光的应该不是职业本身，而是从事这个职业的人那种为祖国繁荣富强的献身精神！你想，铁雁那么爱工作，爱学生，爱学校，结婚之后，他一定会实心实意地爱妻子、爱孩子、爱家庭！要是因为跟他兴趣合不拢，不跟他好，那咱们另说，要是明明跟他兴趣爱好相近，又敬重他的为人，可就是嫌他的职业，我看哪，轻说也是舍本求末，毕竟你要找的是一颗美丽的心，而不是一个听着让人觉得‘高级’的职业啊！”说到这儿，刘大姐拍拍蓝伊梅的肩膀，斜睨着她，观察和分析着她面部表情的细微变化：只见蓝伊梅顺下眼皮，睫毛微微颤动着……这当口，又有两个新的客人进得屋来，其中一个身如矫燕的小姑娘没等范铁雁发现她，便欢叫着抓住了他的胳膊，摇晃着，甩银铃般的嗓音说："范老师，您在这儿！多好呀多好呀……"

不待刘大姐提醒，蓝伊梅也就认出，这小姑娘是如今新起的体操明星之一，真没想到在这个婚礼上能见到她，更没想到她竟会对范铁雁那么热情。

蓝伊梅看到人们纷纷涌过去同体操明星打招呼，并一迭声地祝贺她在最近一次国际邀请赛中获得了平衡木冠军，那幸福的小姑娘双颊就像盛开的玫瑰花，她朗声对大家说："这不光要谢谢我们体操队的教练和同伴们，而且，头一个得谢谢范老师——六年前，我才三年级的时候，头一回上平衡木，害怕得就像有只小白兔在胸脯里乱扑腾，是范老师扶着我，从平衡木这头走到那头的……到了四年级，我对体操产生了兴趣，范老师在放学以后，就组织我们五六个爱好体操的男女同学练习。记得有一回范老师指导我练高低杠，我一个动作没做好，从杠子上掉了下来，范老师为了保护我，把手腕子戳了。当时我还小，不懂事，也没注意范老师的情况，跳起来握住杠子接着练，还叫范老师保护，范老师就咬着牙，一次次伸出手来接我下杠。后来我们一块去食堂吃饭，我才发现范老师的右手腕子肿得老粗，连碗都端不起来了……范老师，您还记得这件事吗？”

蓝伊梅听到这儿，不由得低下了头，周围人们欢喧声仿佛一下子全消失了。静，静得就像夕阳笼罩中的水榭……这是她屏息冥想的瞬间，下午她在校园墙豁外所看见的那个场面，犹如银幕上的慢动作分解镜头，生动地回到了她的心间，而这一组镜头，又衔接着想象中的范铁雁坐在小板凳上补球、为小足球队把守球门……啊，原来体育老师那平凡的工作里，蕴藏着那么多的光和热，那么多的诗与歌……

欢喧的声浪又回到蓝伊梅的耳朵里时，她抬头一看，人们已经围拢到屋角的画案旁——这原是一个别致的婚礼，它的节目包括新郎和来宾中的画家当场作画；因为范铁雁说还有事必得先走，新郎和几个画家便决定当场合作一幅水墨画，赠给他留作纪念。不一会儿那幅写意画已经完成：幽谷兰草丛中，一弯溪水从中流过。新郎在画上的题句是："深谷小溪默默流，送我浪花赴大河。"新娘把画捧送范铁雁时，激情迸扬地解释说："您的父亲，您，还有无数的小学、中学老师，就像这深谷中无人知晓的溪流，默默地工作着，把我们这些浪花，推送到生活的大海、大洋当中……我们来到了广阔的世界，可我们永远、永远也不能忘记源头，忘记教我们认头一个字、算头一道题、唱头一首歌、做头一节体操的那些伟大的启蒙者！”

人们觉得鼓掌和欢呼已经不能传达出内心的感情了，反而变得肃穆起来。这是多么优美、多么意外的一次婚礼啊，主人和来宾的心灵都飞扬起来，向着那崇高、温馨、道义的境界……

范铁雁手里轻握着那卷成一卷的宝贵的国画，行进在秋夜静谧的街头。忽然他发觉身后有半高跟敲击路砖的急促声响，转身一看，是蓝伊梅追了上来。他觉得又意外又不意外，一刹那愣住了。

“如果今天你觉得太晚了，那么，明天我们到水榭去怎么样？”一双似经过圣水洗涤的清澈的眼睛，盯住他，充满了爱慕和期待。

范铁雁庄重地点了点头。

1980 年 1 月

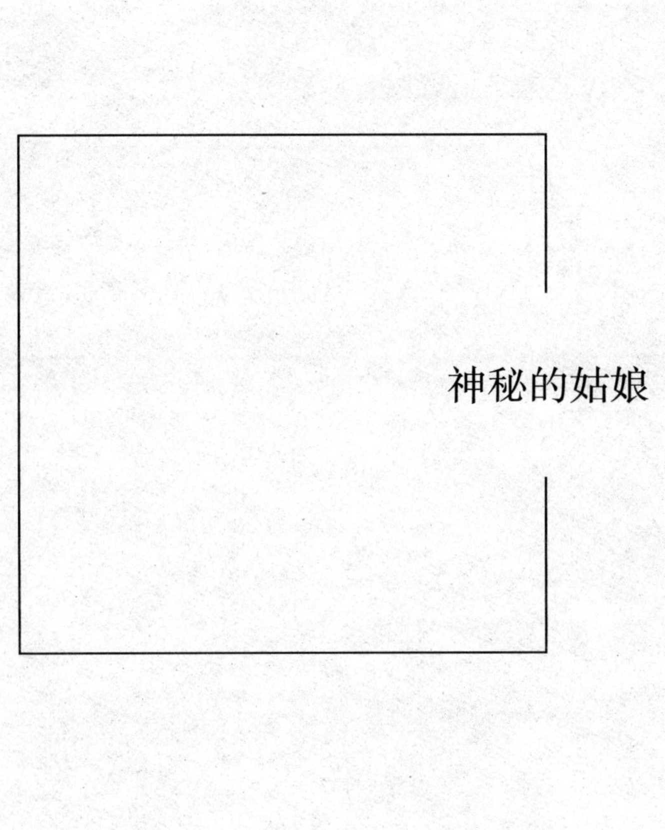

神秘的姑娘

一

M 城颇有权威的文艺批评家诸葛岩，坐在书桌前的旧圈椅上，正酝酿着一篇重要的批评文章。从他背后望去，他那被一圈灰白头发包围的秃头顶，活像一座威严的活火山，而他烟斗中冒出的越来越浓的团团白烟，正预示着他的思路已接近爆发性突破。

正当他提笔要在稿纸上写下想好的题目时，背后响起了吧嗒吧嗒的脚步声，于是"活火山"旋转了一百八十度，诸葛岩两只下陷的小眼睛里闪出愠怒的光，盯定了穿拖鞋的儿子诸葛朴。不等爸爸发问，他便请求："给我两毛钱。"诸葛岩皱起眉头："要两毛钱干什么？"

"看电影！学校组织的，墨西哥彩色电影《叶塞妮娅》哩！"

诸葛岩紧握烟斗，摇着头说："不像话！你们学校居然组织中学生看这种电影！就不怕起副作用吗！？"

这声音把隔壁的老婆引了出来，她已经穿戴好了，正要出去，见诸葛岩又来这一套，便替儿子辩解说："什么了不起的副作用！看看墨西哥人怎么生活，长长见识有什么不好？我身上正巧全是大票子，所以让小朴找你要；你有就给，没有就拉倒——我带他一块出去，到街上破开就是啦。"

诸葛岩勉强掏出来两毛钱，给了儿子。儿子一溜烟地跑到隔壁换鞋去了。这时诸葛岩便郑重其事地对老婆说："你哪里知道，我最近考虑了好久，感觉这个问题要是再不大声疾呼，引起重视，采取措施，那我们的青少年就会被这些外国电影的副作用腐蚀，出现越来越多的不良倾向。比如《叶塞妮娅》这种片子，十足的人性论；更有什么《冷酷的心》之流，黄色的嘛，怎么好让青少年看呢？”

老婆单刀直入地反驳他说：“算了算了，你那么能抵制副作用，在干校的时候怎么还干出丑事来？那时候光看样板戏，没有《冷酷的心》，你还不是该黄就黄！”

诸葛岩的舌头顿时像短了半截，一张脸迅速地变成了猪肝色。一九七一年他和老婆分作两处下干校时，由于苦闷及其他复杂的因素，他同连队里的胖姑娘有过那么一段黏黏糊糊的暧昧史，后来为此遭到了批判，并向老婆多次表示过忏悔。

老婆领着儿子开门走了，临近出门，她还甩下一句话给诸葛岩：“我看让孩子有点人性论也不坏，总比不通人性的强！”

门“砰”的一声响，这响声带来一种副作用，竟使诸葛岩脑子里的思路乱了好一阵，他足足又吸了两锅烟丝，才把那弄乱的思路又整理清晰。

二

诸葛岩用苍劲的笔触写下了《不可低估“人性论”的侵蚀》这个题目后，稍微托腮凝神思考了一会儿，便一泻十行地写起了正文来，不知不觉地就过了一个多钟头。

有人敲门。开头敲得比较轻，他沉浸在文思之中，竟未听见，后来敲得比较重，才把他惊醒过来。他很不甘心地搁下笔，叹了口气，走过去开了门——如同一根轻盈的羽毛，飘进来一个窈窕的陌生姑娘，让他吃了一惊。

“诸葛岩同志，我是从报社那打听到您的地址的——我是一个读者。”姑娘把手里的一卷报纸展开，拍了两下，自我介绍着。那几张报纸上载有诸葛岩最近的评论文字，它们同即将问世的《不可低估“人性论”的侵蚀》一样，都是针对文艺与青少年的关系问题而发的议论。

自己的文章能引动读者登门拜访，这是令诸葛岩颇为兴奋的，但细一打量这位拜访者，不禁满腹狐疑——她头上是化学冷烫过的披肩发；上身穿着黑白相间的花格呢窄腰西装上衣，下面穿着条咖啡色的略呈喇叭口的料子裤，脚上蹬着黄黑相间的半高跟皮鞋；肩上还挎着个深红底带白色图徽的大皮包。

“你是——找我的？”

“对，诸葛岩同志，我就是找您来的。”

“好，好，请坐吧，请坐吧。”

姑娘在书桌旁坐下了，把那沉甸甸的大皮包搁在椅腿边。她嗽嗽嗓子，用银铃般声调说：“诸葛岩同志，从您的眼光里我看出来了——您觉得我身上的‘副作用’太多了是不是？”

诸葛岩点头：“是呀，你是受了某外国电影影响吧？”

姑娘妩媚地微笑着：“我是个建筑工人，电焊工，我在工区里是个先进生产者哩。我工作的时候戴工作帽，穿工作服，完全不是这个模样；可是今大我休息，休息的时候，我按自己的爱好打扮自己一下，又有什么不好呢？”

诸葛岩不屑同她讨论这个问题：“我在那篇《从喇叭裤谈起》里，已经把穿衣问题上的防腐蚀问题谈透彻了。你找我，究竟有什么事呀？”

姑娘彬彬有礼地说：“我想找您请教一个问题：究竟有没有人性这个东西？”

诸葛岩装上一锅新的烟丝，点燃深深地吸了一口，心里非常愉快——他恰好正打算写篇谈防“人性论”腐蚀的文章嘛，回答这个问题，恰如鱼游春水，自得其乐——不过，他觉得在开讲之前，应当把对方的思想情况摸得更清楚一点，便问道：“你为什么要来提出这么个问题呀？”

姑娘眨眨眼睛，摇着头发笑了：“不为什么。研究问题呗！您告诉我吧，反动派，他们是不是也是人呢？”

诸葛岩斩钉截铁地回答说：“反动派既然反动，怎么能对他们发善心呢？是反动派就应当消灭嘛，怎么好让‘人性论’腐蚀了我们的斗志？”

“但是您告诉我反动派是不是也是人，您肯定地回答我呀！”

诸葛岩很不以然地在桌边磕着烟斗，摇着头说：“这样提出问题就不恰当……为什么要提出这样的问题呢？可见那些宣扬‘人性论’的东西，对你们的副作用不浅啦！”

“是吗？”姑娘的表情变得严肃起来，她大声地反驳说：“您注意到了来自右的方面的副作用，您大声疾呼要消除这种副作用，我一点也不打算反对——可是，我觉得您却忽略了另一方面的副作用，这种来自极左方面的副作用把我们这一代人坑苦了，也坑了你们成年人、老年人，可是你们不但从不提起，甚至还推波助澜——您就干过这样的事！”

诸葛岩莫名其妙。这是怎么回事？

姑娘站了起来，她简直完全变成了另一个人，脸上妩媚的微笑连影子也没有了，她把皮包提起来挎到肩上，宣布说：“我要让您回忆回忆，回忆回忆！”说完，她竟径直朝隔壁房间走去，“咔嗒”一声把门关上了。

诸葛岩先是目瞪口呆，继而气愤填膺——那里头是他和老婆的卧室，这姑娘想干什么？她是个精神病患者还是诈骗犯？他本能地从圈椅上蹦了起来，气急败坏地用双拳擂门，暴怒地叫：“你出来！我要到派出所报告去了！”

姑娘却从里屋从容地回答说：“您别着急，我只待十分钟就出来。您家的东西我不会动的，不信您一会儿检查好啦。”

诸葛岩陷入这般戏剧性的局面，倒还是平生第一遭。

三

二十来年前，有个叫巴人的作家，因为在报刊上发表了一些文章，讲到了关于人性的问题，受到了冰雹般的批判，从此堕入不幸的深渊，从撤职到开除出党，从下放到戴帽子劳改，据说最后竟成了个用绳子捆住自己在村路上狂跑的疯子，终于悲惨地死去。关于他我们不必多谈，因为说多了有副作用。

但是要把诸葛岩介绍清楚，我们又不得不谈到这个巴人，因为诸葛岩在报纸上发表的第一篇文章，就是批判巴人的，这篇文章引起了有关方面的重视，从此诸葛岩就从大学助教变成了专业批评家。有那么五六年的光景，诸葛岩在M城文坛的地位举足轻重，被他点名批判的作家计八名、出版物计十三种、演出节目计二十一台。他的事业非常顺利，生活也很幸福。他的妻子——大学里的一位资料管理员，有一天用极为尊重和谨慎的态度问他：“你这个批评家怎么总是在批，而不见你评呢？没见你写过一篇文章来肯定过一个作品哩！”他略事思考，便极潇洒地打了个榧子说：“这是历史赋予我的使命！”妻子当时莞尔一笑，对他的崇拜更增进了一层。

1965年11月12日那天，诸葛岩拿到了一张头天在上海出版的《文汇报》，发现上头有篇姚文元的文章《评新编历史剧〈海瑞罢官〉》，对于姚文元这以前他一直是引为同志的，这回这篇文章却令他心中不快，一是他觉得火药味未免太重了，有失文采；二是他觉得姚文元生拉硬扯，却并未击中要害。他以为《海瑞罢官》的要害是反历史主义，怎么能那么强调清官的作用，而无视人民群众是历史的主人呢？于是他耗时三个晚上，写成了一篇既批判《海瑞罢官》但也与姚文元商榷的文章，于1966年春天刊登在一家大报上。

诸葛岩万万没有想到，短暂的春天一过，炎夏到来，他的命运竟起了个一百八十度的转变——时局以转瞬即变的速度把他抛到了反革命的位置上！运动一起来，他成了对吴晗进行假批判的典型，被红卫兵剃光了头，挂上了铁板制成的“黑帮”牌，打入了牛棚。

这个时候，他才想起了已被他遗忘的巴人，原来被批判竟是这般的痛苦。当他几乎熬不下去的时候，军代表进驻了M城的文联，他在第三批落实政策时被解放了。当军代表允许他在大字报专栏上贴头一份大批判稿的时候，他激动得眼泪直在眼眶里打转转，可是提起笔，他才发现自己变成了一个根本不会写文章的人，他以往的批判锋芒，什么“商榷”呀，“警惕副作用”呀，“滑到了危险的轨道上”呀，如今看来都是些带有“费厄泼赖”气息的“假批判”语言，他费了九牛二虎之力，才总算学会了“最、最、最”的造句方式，以及“千钧霹雳开新宇，万里东风扫残云”一类的修辞手段。但也就在这个时候，他失去了老婆对他的全部崇拜。

1973年，他幸运地被吸收进了一个名叫“葛祺绶”的写作班子，在写作班子里他是最低贱的一员，但以“葛祺绶”名义发表的文章，一大半以上其实都是他执笔之作，这些文章全是评论样板戏的，当然字字句句段段篇篇都是谀颂之词。他的老婆对这些文章的评价颇为中肯：“只有四种人看，一是你们这些臭笔杆子，二是报纸的硬头皮编辑，三是工厂无可奈何的排字工人，四是那些整天太阳筋痛的校对员，再没有了。”对于这种评价，他不置一词，只是淡然一笑。

粉碎“四人帮”以后，诸葛岩确是欢欣鼓舞，他很快便“说清楚”了，当年那篇“假批判”的文章，使他获得了加倍的谅解，甚至还获得了几分尊敬。他的思想观点、风度气质迅速地恢复到了“文化大革命”前的状况。他极其自然地又成了一个忙于到处发现问题和消除副作用的批评家。他觉得该站出来大声疾呼的事情真是不少：杂志上出现的一些反映“四人帮”时期冤案的短篇小说，岂不是索尔仁尼琴式的“监狱文学”吗？一些以反官僚主义为主题的新话剧，岂不是在泛滥黄色和人性论吗？……

恰在这个时候，他遇上了这么个神秘的女读者。

四

正当诸葛岩惊惶失措、一筹莫展的当儿，里屋的门“砰”的一声打开了，令他吃惊得张开嘴巴合不上的，是出来的竟并非刚才的女郎，而是另一个人——这人如同一道晃眼的闪电，狰狞地兀立在他的面前，刹那间竟使他如被雷击，几乎失去了思考的能力。

这是怎样的一个人呢？穿着一身国防绿军服，戴着军帽，没有帽徽领章，左臂上却套着个足有一尺长的红绸袖章；眉眼横立，满脸怒容，右手握住一条宽大的铜头皮带，劈面就“嗖”地空抽了一下，威风凛凛，杀气腾腾，未等诸葛岩反应过来，先吆喝了一声：“哪条狗叫诸葛岩？自己爬过来！”

足足经过半分钟，诸葛岩才恢复了理智，并且终于认出来这位红卫兵战士也就是来访的那位姑娘——原来，她是躲到里屋里换装去了，这真是天大的玩笑、天大的玩笑！

诸葛岩把蜷缩的身子伸直，强作镇静地摆摆手说：“你胡闹个什么……怎么能这样！”

但是对方并不罢休，继续粗鲁地吆喝着：“哪条狗叫诸葛岩？爬过来！不许走！给我爬！”

诸葛岩这时恢复了进一步的意识——他蓦地悟出，十三年前冲到文联办公室来揪他的红卫兵，不是别人，恰是眼前的这位——怎么称呼好呢？叫姑娘还是叫夜叉？

虽然她已经增加了一倍的岁数，但她那冷酷的眼神，凶神恶煞的态度，以及那一手叉腰一手挥舞铜头皮带的身姿，都使诸葛岩生动地、痛楚地回忆起当年的那位首次降临于他命运转折之中的“小将”。他不寒而栗了。

“嗖嗖嗖嗖”,“小将”手中的皮带虽然只是在他眼前乱舞,却令他胆战心寒。尽管他明知如今已是另一种年月。

他费了老大力气才露出了一个维护尊严的笑容，指指刚才那姑娘坐过的椅子说：“坐吧坐吧，你这是干什么？”

姑娘总算从“角色”里脱出了一半来，她板着脸坐下，训斥说：“想起当年来了吧？当年你不是真的爬过来了吗？”

诸葛岩的脸在一天里第二回变成了猪肝色。

姑娘逼着他回忆当年他那最怕回忆起的一幕，那真是充满着副作用的一幕：他同另外几个“黑帮”被逼着爬到小将们脚下，由她们用铜头皮带乱抽了一顿，其中一个敢于反抗的还被强灌了痰盂水，险些被当场活活打死……

“你当年挨打的时候，是怎么想的？”姑娘声色俱厉地问，完全是当年的气概。

“怎么想？当年的确认为自己是搞了假批判，愿意认罪，可对你们那么个态度，很不理解。不要虐待俘虏嘛，实行革命的人道主义嘛……”

“哼！”姑娘讥讽地打断他说，“你也知道人道主义是好的了，这不是人性论吗？！你既然搞了假批判，就是黑帮，黑帮就是最凶恶的阶级敌人，阶级敌人就不是人嘛，什么俘虏不该虐待，俘虏他人还在，心就不死，就时时刻刻梦想复辟，对这种不是人的东西，我们就是不能手软，就是要斗倒、斗臭、斗瘦、斗烂，打翻在地，再踏上一万只脚！革命嘛，讲什么温良恭俭让？……”讲到这里，她霍地站了起来，双肘左右大幅度地摆动，唱起了“鬼见愁”歌：“拿起笔，做刀枪，刀山火海我敢闯！……谁要是不跟我们走，管叫他立刻见阎王！”最后是左脚前伸一跺，右手向前上方猛力推出。

诸葛岩想笑一笑，却怎么也笑不出来，脸上的肌肉仿佛被冻住了，他嗫嚅地说：“你看你看，这都是林彪、‘四人帮’把你们毒害的……”

姑娘重新坐下，大声反驳说：“当时王洪文还没出山呢，哪来的‘四人帮’？当然那伙坏蛋没少骗我们，他们的账咱们另算。可是你想到过吗：我们形成那么一种状态，你这样的人也负有责任！”

“我？”诸葛岩生气了，“我被你们打得皮开肉绽，我是受害者，我有什么责任？”

“怎么没有责任！”姑娘扬起嗓门说，“‘文化大革命’前几个月，你到我们中学作过报告，那时候我上初二，对你崇拜得五体投地。你在报纸上写的批判《早春二月》、《舞台姐妹》、《北国江南》的文章我全剪贴到了笔记本上，我可真是受益不浅——啊，肖涧秋是条五彩斑斓的大毒蛇，因为他搞资产阶级人道主义，公然给文嫂臭钱，这是麻痹劳动人民的反抗意识嘛！我懂了：应当发动文嫂去参加游击队！什么银花春花，反动反动，搞什么人性感化，说什么‘清清白白做人’，比国民党更可恨，因为她们披上了伪装！要撕掉她们的画皮，把她们批倒批臭！……也许你会说你的文章里没什么措辞，可它在我们中学生的心灵里，实际效果就是这样！还说你那回作的报告吧，你举了那么多例子，证明时时、处处、事事有阶级斗争，真把我吓呆了：喝汽水吃冰棍是贪图享乐的开始，读《安娜·卡列尼娜》是走上犯罪道路的开端……从那以后，我除了《人民日报》和《红旗》杂志，别的一概不读，我脑子里阶级斗争那根弦绷得别提有多紧。什么？姑妈送我一件毛线衣，这分明是腐蚀拉拢！什么？大舅给我一张《可尊敬的妓女》的电影票？大舅妈是个小业主出身，这就不是偶然的事情！……当我被熏陶成了这么一个人的时候，‘文化大革命’的风暴起来了，我和同伴们觉得满眼都是反动的东西，必须统统横扫！街口的红绿灯规则是谁定的？查一查后台！红灯居然表示禁止通过，红色是革命的象征，他们竟敢污辱革命！我忽然听说你是个搞假批判的人，这真把我气得差点咬碎了满嘴的牙，可见阶级斗争的复杂性、尖锐性、残酷性，你竟也是黑帮，而且是隐藏得更深、更久、更狡猾、更危险的黑帮，非把你千刀万剐不可！老子先给你点教训再说！你看，你帮助我把人性论的副作用消灭得干干净净，结果我拿这皮带揍你的时候，看见你浑身冒血趴在地下，连一点点心理上的恶感都没有，更不用说去想你也是个人，你这样是很疼的了……你想想看吧，如果我们那时哪怕还留着一点点所谓资产阶级人道主义、一点点人情味的‘副作用’，我们也许就不会那么干了！我还好，没有打死人，我的同伴小芳，改名叫大暴，她就亲手打死过一个人，她把那人捆在床栏杆上，慢慢地打，打累了就歇一会儿，整整打了三个钟头，一直把那人打得断了气。她很坦然，一点也不觉得有什么，因为那人既然是资本家，剥削者，那也就不是人，不必对他客气，打死了活该！”

诸葛岩在这一番表述面前埋下了头，他把没有装烟丝的烟斗紧紧地攥在了拳头里，攥得手心发痛。他承认自己被一种从未意识到的东西打动了。是呀，在把本来应当是温柔、富于同情心的姑娘们变成了这样一种暴徒的因素里，究竟有没有因为批判一种副作用而带来的更加可怕的副作用呢？

姑娘这时摘下了那顶国防绿帽子，原来塞在帽子下的卷发获得了解放，一下子弹到了她的耳边、肩头，这使她顿时改变了模样，这次诸葛岩望着她，觉得她是多么美丽，合情合理的美丽。姑娘的表情也随即变得温和起来，她用非常恳切的语调说：“如果因为过分地温情，到了战场上都不愿跟敌人拼命，那当然不好，批判那种副作用我们一点意见也没有；可是倘若你们经过了十多年的动乱，还认识不到我讲的这种副作用的危害，还在那里用批判一种副作用来培植这种副作用，那我们认为，在中国搞法西斯专政，就还有相当的社会基础！”

“你们？”诸葛岩抬起眼睛来，望着姑娘，有点吃惊。

“对，这不是我个人的意见，这是我们一群青年的意见——我们研究好了，才采取今天这个行动……”

姑娘脸上这时恢复了微笑，她又补充说：“您真该好好了解了解我们——一群在十多年动荡生活里滚过来的青年人。我从当年那个状态变成今天这个样子，比如说懂得了讲礼貌，跟年纪大的人谈话用‘您’，有好长的一个痛苦、艰难的过程呢，下回再来的时候，我讲给您听吧。今天我只想告诉您：我们不认为一切回复到1966年以前就算正常，我们要求中国朝前走！”

诸葛岩陷入了痛苦深入的沉思。待他被壁上的挂钟报时声惊醒时，姑娘连同她的深红底白图徽的皮包都不见了，一切真如同一场噩梦，唯有近旁空气中飘散的一股发油香，证实着刚才这里确实存在过那么一个神秘的姑娘。

1980 年 2 月

一个晚期癌症患者的自白

前记

我表妹是医院的护士。有天她来找我，交给我一卷写满了字的纸。她说:“是从一个因肝癌而死的患者的病床褥子下发现的。我看了一遍，决定拿来交给你。你设法给他发表吧——这正是死者本人的意思。”我无比惊讶。展读以后，不禁出了一身冷汗。现将原稿加以整理，公布出来，仅供读者参考。凡其观点古怪、行文有意含混之处，一任其存，未能稍加妄改，特此说明。题目系我所加；下面请读原文：

0

我要死了。“人之将死，其言也善”吗？不见得。但是我忽然觉得，这个世界上除了我自己，没有任何一个人能够准确地理解我。就是我，以往又何尝十分清醒地理解了自己呢？实在是自我知道癌细胞已经扩散以后，这才遍体清凉起来，开始一点一滴地把自己认识清楚。

昨晚良久未寐，吞服安眠酮五粒后，方昏昏入睡。结果做了一梦。这梦实在太不像梦了，因为丝毫也不迷离扑朔，而真实到可怕的地步。我梦见正开我的追悼会，前面挂着张马马虎虎匆忙放大的照片，显影时间不够，因此远远望去只是一团灰色。赵醒在那里念悼词，虽然低着个头，把谢得光可鉴人的秃顶展示给会场的人们，但他的声调既不悲切，眼眶里也绝无潮湿感；

到会的教职工虽然不算太少，但绝大多数纯粹是无动于衷，有几个更在那里搓鞋底、抠指甲，简直是有点幸灾乐祸。只有我的老婆在前面垂泪而立，那泪水当然绝非用浸过生姜汁或辣椒水的手帕揉出，但我深知其心，她不过是以为不流出一点眼泪，便会招来人们的非议而已。牵住她衣角的八岁的曼琴也在哭，我怎么称呼她好呢？女儿？其实她上小学后也就渐渐懂得，我们并非她的亲生爹娘，而是从小把她抱养过来的；现在她哭，是因为她感到害怕。这就是我的追悼会。几乎没有一个人爱我，没有一个人为世界上少了我这样一个人而惋惜。

我为什么招人们讨厌？人们对我的种种非议，就我直接听到、间接打探到的而言，无非是说我“左得出奇”、“善于钻营”、“专门整人”云云。其实这都是皮毛之见。“解铃还是系铃人”，我就要死了，我不想把自己的秘密带到棺材——不，带到火葬场去，我想坦率地把灵魂最深处的那个抽屉拉开，公之于众。说到底，我之所以整人，主要是由于……且看下列事实吧！

1

我永远记得那一天。开会前，放了一张唱片：“让我们荡起双桨，小船儿冲开波浪……”唱片放的次数太多了，沙沙的噪音经过扩大器扩大，格外刺耳。我坐在会场后面，抱着双臂，懒懒地望着前方的讲台。嗬，还给准备了盖碗茶，排场！唱片没放完便截止了，跟着是一片鼓掌声，陈茂生态度自若地坐到了讲台那里。他仅仅讲了三分钟，我就恨他恨得牙痒。

陈茂生是和我同一年分到中学里教政治课的。我们两人在学校里住同一间宿舍。在外人看来，或者从陈茂生那边看来，我们两个人可以说是亲密无间的同志和朋友，但是我的灵魂深处在呼喊：不！不能让陈茂生超过我去！

陈茂生不是一般地超过了我，而是极其明显地超过了我。别的例子我一概不举，仅举那天的报告会一例。学校里决定举办一次辅导阅读《卓娅和舒拉的故事》的活动，竟选中了他当报告人。我当班主任的那个班也在听报告之列，当然我只好坐在后面陪听。

我希望陈茂生上台后怯场，先咳嗽两声；我盼望学生中有人出怪声，引起个哄堂大笑。然而都没有。陈茂生头几句话就十分简洁、生动、抓人。会场上鸦雀无声。陈茂生讲到兴味浓处，会妩媚地一笑，我注意到班上的女学生们望着他，眼睛都直了。讲到后头，他竟挑逗得同学们一个个眼泪汪汪的，自己的眼里也闪着泪光。戏子！戏子！我在心里骂着。我注意到，他新理了发，煞白的衬衣，领子似乎熨过。平整、挺直；他妈的他的双眼皮为什么那么明显？他的那一口牙齿为什么那么整齐？

坐在我身前的一个男生扭回头，小声跟我请假——他要上厕所；我希望会场上出点纰漏，我故意不允许他去："听陈老师讲！"他的屁股在椅上扭呀扭呀，终于憋不住了，放大声音请求说："王老师，您让我去吧！"我看倘若不许真要尿裤子了，这才板着脸点了点头，他拔腿便跑，"乒！"绊倒了椅子，全场一惊，同学们纷纷回头看，我打心底往上翻涌着快意，但是却站起来，严厉地打着手势："注意听！注意听！"该死的陈茂生，他竟用两三句诗，一下子又把会场控制住了……

回到宿舍，陈茂生容光焕发地问我："今天我讲得怎么样？你们班上的同学有什么反应？"我就知道他憋不住得这么问我，我早给他准备好了回答："讲得呱呱叫。不过我们班上的女同学散会后既没议论卓娅，也没议论舒拉，尽议论你的翩翩风度了……哈，有的还歪着脑袋学你那独特的笑容！"说着我就给他学了一个，夸张得带有辣椒面的味道。陈茂生脸上掠过一丝不快，但他总算保持住了笑脸："是吗？真没想到！"哼，你没想到的事还多哩！

不知怎么他在本校报告成功的消息传到了校外，附近的学校一个接一个地请他去讲，最后连附近工厂和商店也把他请去给共青团员们讲卓娅和舒拉。我对此决定报之以超级轻蔑。常常是我已经洗好脚，正打算睡觉了，他才兴冲冲地回来，先顾不得洗涮，满脸通红地告诉我："没想到四五年级的小学生也能理解卓娅的读书笔记……"或者是"妇女商店的团支部决定搞一个关于卓娅的专题朗诵会……"我呢，拉长个黄瓜脸给他看，最后连"哼""哈"两声都懒得奉送。

但是后来生活里起了波澜。听说大学里搞鸣放，学生们设了自由论坛，挺有意思，陈茂生建议我俩星期日一定回母校看看。我的好奇心丝毫不比他弱，星期日我们一齐去了。大食堂门前的自由论坛最吸引人。记得那天主要是争论该不该使用苏联教材的问题。几个大学生满面油汗地相继登坛演讲，大意是苏联教材未必高明，我们何不采用英美教材云云。他们发言时激动得手舞足蹈，唾沫星子乱溅。陈茂生听得十分认真，其实我也何尝不入神？眼前的场面和听到的意见都是无比新鲜的，真比那种公式化概念化的电影有趣。陈茂生先是愤愤地对我说："苏联的教材有的也不能否定啊！当然，博采众国之长也是应当的。"我点头同意："就是嘛！"也不知怎么一来，陈茂生就登到坛上去了——其实那"坛"不过是一把普通的椅子——他以潇洒的风度，珠圆玉润的嗓音、严谨的逻辑发挥了一通自己的论点，下头又有掌声、又有嘘声、又有插话声，好出风头，我心里一阵阵醋意，几乎就要跟着蹦上去，同他比个高低了——而这时候开始钟响，论坛暂告休息，我们也就回来了。

没想到不久便发表了《这是为什么》的社论，反右斗争开始了，运动在我们学校开展了十多天，陈茂生若无其事，我也心安理得，但是，当我有一天发现他那关于卓娅和舒拉的演讲稿，被一个什么单位打印出来，当作学习材料时，我心中的妒火实在按捺不住了，我跑到党支部，不说揭发，只说"反映一点情况"："自由论坛既是右派向党进攻的工具，陈茂生跳上去发言，客观上是不是起着帮助右派进攻的作用？"

这以后，我亲眼目睹了陈茂生这朵鲜花的凋零。他那演讲稿先是被收回，后来竟也成了一种"右派言论材料"；他两个月里仿佛老了十岁，每天晚上咬牙写检查，躺下后久久地失眠，早晨醒来枕上总落下许多的头发……仍是那个会场，仍让他坐到前面，但不是请他作报告，而是勒令他检查交代。望着他倒霉的眉眼、佝偻的身姿，我心里说不出的痛快！活该！该！谁让你比我强？

奇怪的是陈茂生始终没有来求我给他作证——证明他并未发表过什么反党反社会主义的言论，虽然他仍然同我住一间宿舍。我看出来，他是认定我出卖了他，并且盼他早日毁灭，所以他在我面前变成了一条鱼，一条可怜的、没有眼睑的、干瞪眼的鱼。

陈茂生终于被清除出了教师队伍。他捆铺盖卷滚蛋的时候我不在宿舍。当我回到宿舍中时，他的床铺已经只剩下光板；我在他的床脚下发现了一只暗褐色的空药瓶。我一脚把那药瓶踢到对面墙上，使它碰个粉碎。我有一种生理上的快感！

2

我搬出了学校，因为我结婚了。我的婚姻史不值一忆，但是我要忆一忆我的恋恨史。对，不是恋爱史，而是恋恨史。你们往下看就明白。

因为历史教师人数少，所以政治和历史两科合并为一个教研组。我是反右斗争的积极分子，有功，所以我成了教研组长。我们组里忽然来了一位新的历史教师，是个女的，体格像个运动员，但说话总爱脸红。她来了三天我就恨上了她的丈夫，虽然我根本没跟她丈夫见过面。我恨那男人，因为他居然讨了这样一个老婆。我时时拿自己的老婆同这位新来的隋老师相比，时时痛切地感到自己老婆没有她可爱。时逢夏天，光她那露出的胳膊上的肘窝，就能使我醉倒。有一天我忽然听说她病倒在家，爱怜之意从我心中油然漾出。我下午没课，三点钟左右，我蹭出了学校，直奔她家。她家果然没有别的人，仅仅是她自己披着衣服接待了我。我详细询问她的病情，劝她再量一次体温，把医院给她的药片倒在手心上，仔细地看，并且劝她还是上床躺着，千万不要客气……她惊异地望着我，并且谛听着门外的什么声音，十分钟以后，我们便无话可说了，但我仍不愿走，我注意到墙上的结婚照片，我发现那丈夫下颏很尖，我发疯般地恨那尖下颏……我找些教课的事来说，但我教的和她教的又并不一样，因此也支撑不到多久；后来，我只好告辞，我同她握了手，出屋后我翻来覆去地衡量她的手在我的手里停留的时间，算长，还是算短，还是不长不短？当晚回到家，老婆当做一件大事般地告诉我："我又做了一盆醪糟。"我火冒三丈："这玩意儿吃了脸上起疙瘩，你给我倒了！"她同我吵闹，我心里只想着别人家里的那张结婚照片，我真想把那尖下颏揪下来！

但是不久隋老师就调走了，据说是因为上班太远，她自愿调到较近的学校去了。我很快便忘记了她，连同与她有关的尖下颏。

隋老师调走不久，我们政治、历史教研组对面的语文组，又来了新的女教师。她未免太年轻了，梳两根黑油油的大辫子，据说才十九岁，是师范专科的毕业生。头一两个月她未能引起我的特别注意。她的眉眼长得不俊，性情似乎也并不活泼。但是，有一天在传达室，报纸来了，我听见翻报纸的教师们议论说："嘿，看见吗？人家许薇玲的散文登出来了！""嗬，好几千字，能得不老少稿费吧？"我一听心里就往外喷酸水儿。什么，她竟能在报上登文章？我赶紧抻过张《北京日报》来看，可不，真是她写的。我想起头半年《北京日报》来学校组织过谈教学经验的稿件，我也交过一篇，但我们学校交上去的一篇也没发。没发就没发，大家都没发嘛，我也没往心里去。可是许薇玲的文章为什么就能发出来？她能高明到哪儿去？那散文我没读几行就扔到了一边，并且忍不住对身边的人说："我最看不起这号报屁股上的豆腐块了，好好教书不结了，写这些个干什么？"

但是许薇玲竟接二连三地在报纸上发表着散文。自打这个现象出现以后，她每在我眼前晃过，我总能发现出她的一条新缺点，比如说神态清高呀，眉宇间有骄傲情绪呀，穿的棉袄罩衫颜色不正呀，笑声太浪呀，等等。我家里订得有《北京日报》，每回那上头有她的散文，我就总是迁怒于别的文章，整个不看，常常是当晚便拿来包东西，我老婆好几回尖声提醒我："这是今天的！你别用，换张旧的！"我反而更使劲地把当天的报纸揉撕着，不这样我心里就像卡着根火柴棍儿。

几年过去，许薇玲的散文竟至于足够出一本小册子了，出版社来的编辑，找到党支部，说是要给她出个集子。这消息让我听到了，我忍无可忍，当晚便找到支部书记家，足足谈了两个钟头，我讲到反修防修要从杜绝修苗做起，许薇玲是棵什么样的苗子？不务正业、搞旁门左道，追求名利，既害自己，更害学生……我的呼吁起了作用，党支部建议出版社缓出集子，我注意观察许薇玲，她眼窝变深、嘴唇变薄、笑声减少了。但是有一天我在王府井大街上，看见她同一个穿皮夹克的青年兴致勃勃地走在一起，并且毫不避讳我，走过来打招呼，向我介绍说："王老师，这是小吴，我的朋友！"我同那小吴握了手，满面笑容地同他俩开玩笑："什么时候请我吃糖呀？要不要这就到百货大楼买点呀？"但刚一分手我便妒火中烧，好个许薇玲，集子虽未出成，美男子却已到手，她凭什么有这么好的运道？

不久那史无前例的运动就来了。风暴乍起，我也懵了。学校里刚出现红卫兵那几天，我忽然觉得每一个同事都可亲可近，包括许薇玲在内。记得中午在食堂吃饭，她恰与我同桌，她用勺子搅着饭，吃不进去，喃喃地说："怎么回事儿呀？"我深有同感地叹息着："是呀，这不乱套了吗？"但是又过了几天，当批判"三家村"的高潮席卷而来时，我意识到，目睹另一朵鲜花凋零的机会来临了。我找到红卫兵，他们用怀疑的目光打量我，我知道他们正准备贴关于我的大字报，我在政治课上"放过毒"，但是我愿意立功赎罪，我提醒他们"三家村"的走卒就在校园之内，他们一点就透，第二天，校园里就刷出了一米高的大标语："把'三家村'的黑走卒许薇玲揪出来示众！"在操场上召开了声势浩大的批斗会，许薇玲被剃了个阴阳头，架到了台上，红卫兵们让她跪下，拿大瓶的墨水从她头上浇下来……我在台下屏住气，闭上了眼，两腿直哆嗦，我怕红卫兵因为我"放过毒"，也对我如法炮制；但是直到散会也并未将我揪出，我还是革命群众，回到宿舍，想到许薇玲这朵花儿终于也碾落成泥，我又产生出一种异样的兴奋，我觉得这种兴奋感与红卫兵"破四旧"中砸毁那些大街上的霓虹灯、那些庙宇中的彩塑时的兴奋感，一定是相通的，因而我认为自己无妨去申请加入红卫兵；我去了，提出了自己的要求，"小将"们对我报之以哄笑，他们朝我扔出了一把又一把的粉笔头，我狼狈地逃回了自己的宿舍；我恨红卫兵，我恨一切比我强大的人……

3

我也住进了牛棚。这个内心的秘密我不说，敢打赌——一万年也不会有人猜得出：我在牛棚里的基本感情，既不是愤怒，也不是颓丧，而是更强烈的嫉妒——为什么冯尔定当了劳改队的队长？

我们被"小将"们押到了农村，交给当地贫下中农实行"群众专政"。"小将"们照例是并不与我们同劳动的，贫下中农也并无对我们实行"群专"的兴致，因此，一切权威反倒集中到了冯尔定这么个家伙身上。

冯尔定被揪出来的原因，主要是因为他解放前夕去过一次台湾，何用仔细分析，更不能听信他的狡辩之词，他当然非叛即特。我以为比之于我的资本家出身、政治课“放毒”以及“妄图混入红卫兵组织的政治扒手行为”，他要卑微得多，而“小将”们竟丧失了正常的判断力，指定他来当劳改队的队长。

我们有几天的劳改项目是掏粪、挑粪。冯尔定是个五十岁的胖子，一身囊肉，他挑着木头粪桶的那副喘吁吁的模样，真赛得过基督受难图。但是他是队长，焉敢懈怠？每回他总是掏个满桶，咬着牙，脚下绊蒜地煎熬着挑往晒粪池。不过冯尔定很会收买人心，就是别人挑多挑少他一概不管，除非明显偷懒，停止干活，他才四外望望，提醒你“干吧干吧”。这么干了两天，晚上回到我们住的破房子里，众牛鬼蛇神不免对他有了恭维感激之词。冯尔定听着这些谀辞，盘腿坐在炕上抽着大粗叶子烟，面上居然颇有得色。我能生动地回忆起他呼出的烟雾灌进我鼻子里的那股辣味，这种辣味使我对他非常仇恨，因为他虽然白天难受，晚上内心里却能取得一种慰藉。我当时内心里却缺少这样一种慰藉。不知为什么，我的罪名相比而言比众牛鬼蛇神都轻，而我在牛棚中的处境却比他们都惨——惨就惨在几乎没有一个人主动跟我交谈。

每天晚上临睡前我们照例要开个认罪会，这时候“小将”们纷纷来听，偶尔也能拉来几个贫下中农代表。认罪会的开法是每个“牛”先自述罪状，然后大家评论认罪态度是否合格；这两天里冯尔定的认罪词不过还是那么一套，但大家竟纷纷说他老实、诚恳，我望着他那副垂下眼睑的模样，心里只骂他奸猾，但是我也不愿戳穿他的伎俩，因为倘若第二天“小将”真来检查每个粪桶装粪的情况，对我也并无好处。“小将”逼我对冯尔定的认罪发言表态，我一本正经地说：“冯尔定的发言我认为不够老实，辜负了小将们对他的信任……”但是我的发言还不足以使“小将”们撤掉他的队长职务。

第三天，把冯尔定拉下马的机会竟从天而降——一阵风，把一角破报纸吹到了他的粪桶中，我素来眼尖，立即看出那角报纸有好大一幅领袖头像；当时我和他正并排撂下粪桶，在运粪的中途歇肩。恰巧两个“小将”从我们身旁走过，我先咳嗽了一声，引起了他们的注意，然后便一个劲地给他们使眼色，两个“小将”先是莫名其妙，紧接着便循着我的眼色去看冯尔定的粪桶，他们立即便看出了那“现行反革命”的罪行，于是便喝问起冯尔定来，冯尔定一开头怎么也没明白究竟发生了什么事，所以虽然无意顶撞，也不免反问了若干句话——最后他终于搞清楚发生了什么事，便一再解释说：“实在是没注意——肯定是刚才一阵风吹进来的！”两个“小将”自然转而问我，究竟是不是一阵风吹进去的，我赌咒发誓地说：“没看见风有那么大的本事……”“小将”们便不再细细盘问，立即把冯尔定扭送到了场院，召开了批斗大会，批斗他的“现行反革命罪行”，我心想一不做，二不休，便站上前去，声嘶力竭地揭发他平时就有用带领袖像的报纸卷叶子烟的罪行，同时用推测的语气说：“那准是他兜里掏出来，故意扔进去的……”

冯尔定这下垮了台，当晚“小将”们宣布了我任队长职务，我心中充满了狂喜与满足。奇怪，对冯尔定的坠落，我竟比对陈茂生和许薇玲的沉沦更为解恨。

4

我是个共产党员。这个事实今天想来连我自己也哑然失笑。我是反右斗争胜利结束时入党的。有时候共产党会发展我这样的人入党，并且同时会将陈茂生、许薇玲推至“反党”的死角，这的确很值得真正的共产党人仔细研究：为什么？怎么办？反正我也是快死了，我说实话——我入党的目的就是为了证明自己比非党员强。

一九七〇年，我在整党中恢复了组织生活，并且由于种种因素，成了学校革委会的副主任，但是不久就进驻了工宣队，工宣队长兼上了革委会的主任。那位工宣队长名叫白春富，是个十足的活宝。我恨他，因为他处处不如我，却反而当了一把手。他原是一九五八年老高中落选的初中毕业生，是那个年月里最让人瞧不起的次等货。他在煤厂当过一段临时工，每天坐在树墩子上劈劈柴，后来总算混进了国营工厂，在厂里是个有名的痞子。史无前例的运动一起来，他成了造反派头头，派驻工宣队的潮流一到，他大摇大摆地来到了当年没能考上的重点中学，坐上了相当于校长的交椅。他内心的那种满足感与报复欲，大概唯有我能最充分地理解。

白春富最爱向全校师生或全校教职工训话。每回上台，老是他在前头走，我在他左右侧跟着。他梳着个油亮的大背头，时值初冬，总爱在小棉袄外头披着个短大衣，一上台他便两肘朝后一摆，两肩随之一耸，于是那短大衣便飞落下来——回回总是恰落于我的臂弯之中。每次当这一刹那，我就有一种当场把他打杀的欲望在胸中蠢动，但是他若回头对我一瞥，保管可以看见我脸上挂着一副谦和热情的笑容。

白春富的笑柄很快就凑足了一打。比如，他在宽严大会上威风凛凛地吼道："我们的政策很明确，就是'坦白从宽，抗拒从严'这六个大字！"又比如他深入同学中"做深入细致的思想工作"，示范性地进行"谈心"时，会问出这种问题："啊，你哥哥是汽车司机，你们俩是他大还是你大呀？"庆祝建军节的大会上他亲自领呼口号，"没有一个人民的军队，便没有人民的一切！"这个口号，他总爱拆开了领呼，并且常常撇掉下句，人们犹豫着不敢跟呼，他便吹胡子瞪眼，责问人们是什么感情？！于是会场上便时时发出"没有一个人民的军队！"这样的齐呼声……

我和白春富的明争暗斗很快便白热化了。在这场冲突中，我欣喜地发现，群众的同情与偏向往往都落到我这一方。我既然无法从政治上与白春富抗衡（他是无产阶级，我毕竟得算接受再教育的一员），便千方百计从生活问题上入手去将他的军。

一个大雪纷纷的夜晚，我得知白春富跑到一位单身女教师宿舍中"做思想工作"，便蹑手蹑脚地走到宿舍的窗外，蹲下来偷听他们在屋内的谈话；寒气冻得我耳朵发麻、双腿变僵，但是我却充满了狂喜——因为我听到了他们在打情骂俏；我利用工宣队内部矛盾，找来了同白春富对立的两个队员，一齐闯进了那间宿舍，惊开了手拉手正待入港的一对宝贝。嘿，这一仗打得真漂亮！"四人帮"倒台后，我得以当上党支部副书记兼副校长，这场"路线斗争"的功绩是一大缘由。

我的生活和事业（如果我有事业的话）都变得顺利起来。但是我仍然时时苦闷、仇恨、愤慨。因为世界上竟还有那么多比我强的人和事。我不放过任何把别人成功和幸福毁掉的机会。举一个小例子：前面提到的那个许薇玲，历经沧桑，仍然活着，还是教她的语文；她从各方面来说都不是我的对手了，很难刺激起我的反应；但是去年元旦前我在她办公桌上发现了一册挂历，大约是她的什么熟人送给她的，印制得很精美，每月都是一幅名画家的佳作；这就足以使我生出宋太祖灭南唐之意，我来回翻着，嘴里啧啧赞好，手指头狠命搓折；许薇玲一再地说："你轻点，别给我弄坏了。"我却偏当没听见这话，到头来我还是给那挂历留下了几个黑指纹印，心里才舒坦一点。当我现在浑身的淋巴结里都流窜着癌细胞时，我才敢于坦白出这样的内心隐秘。我怎么会是这样的一个人？什么理论能对我加以科学解释？

记得我头一回来医院门诊，检查完我的肝功能时，意外地在医院走廊里遇见了一个人。她顺下眼皮，打算从我身边一声不响地走过，我却大声把她叫住了："隋逸文老师！"她只好停步，脸上浮出一个浅浅的笑容："啊，王思衍老师，您也来看病？"我望着她，许多年前在她家中的那一幕回到了我的心中，我细细地把她打量，发现她明显地出老了，眼角挂纹，腮帮微垂，非常憔悴。我在这样一个失去了魅力和竞争力的女人面前，熄灭了一切欲念，我陪她坐在候诊室等待叫号，温和地询问她的近况，为她那尖下颏的丈夫不幸去世而深深地叹息，完了还帮她排队划价、付款、取药、送她到车站上车；她同我分手时，眼里竟恢复了活泼的光泽，在一句话上竟至还笑出了声来……我顺着修剪得颇为美观的林荫道往家走，听着马路上自行车的铃声和汽车的笛音，不知为什么涌出了一股子忏悔的感情……但是当我迈进家门，当老婆向我絮絮地报道各色消息，提及："当年给你们打成右派的那个陈茂生，听说已经平反改正，又回北京了……"我那医院邂逅中形成的情绪顿时便烟消云散，我想到陈茂生不管受了怎样的折磨，毕竟永远会比我小一岁，而且他聪明过人的特点肯定并未消失，我的胸膈便膨胀起来，借口老婆炸出的肉酱太咸，我大大地发了一通火！

我啊我啊，我就是这样的一个人！

5

我所嫉恨并且拉下来、打下去的人，他们又都钻出来、站上去了。而我所新嫉恨的人，却拉不下来也打不下去。去年区教育局派来个赵醒，他当校长，我算保留了个第二副校长的职务。赵醒原是某重点中学的副校长，老资格，又是个内行，生活作风上也无懈可击，我对他只有退避三舍。但是在某些问题上，我毫不客气地同他斗法。学校里有个青年教师小聂，提出来要报考科学院的研究生，他支持，我就反对。不要相信我公开说出的理由，我反对是因为我怕小聂真的考上了，那他不是就比我更高级了吗？已经高级并远离我而存在的我可以不管，在我身边的想要拔尖，那我非掐尖不可，这已经成了我的一种本能。

但是上面有精神，这类事不能阻挠。那小聂不但报了名，而且在初选中入了线。有一天，赵醒去区里开会，传达室送来了科学院的公函，我拿过来一看，是通知小聂按期去进行口试。我略微想了想，便重新用“骑马钉”把信封封好，然后，把那封信塞到了赵醒那张办公桌和墙壁之间的缝隙中，使那信恰巧被夹住而不至掉落地上。赵醒参加的那个会要进行一周，他基本上不来学校，所以学校里的一应大事均由我掌握。果不出我所料，两天后，小聂找我来了，他一脸傻气，两只眼睛闪着最令我不耐的聪慧之光，进得办公室便问我：“老王，科学院给我寄的口试通知书来了吗？”我故作沉吟地说：“我没见着啊。你这事一直是老赵在经手，他接着没有我不知道。”小聂有点沉不住气，一张脸汗津津的惊奇地说：“我去问了人家招生办公室，说口试有我，通知书寄给咱们学校了；我也往区里给老赵打了电话，他说他没见着通知，让我问您……”我侧过身去，拿起报架子上的报纸，冷冰冰地说：“我这儿没见着什么通知。”说完便看报纸，只听一声门响，小聂沉重而急促的脚步声渐远，于是我嘘出一口气来，不知为什么，忽然想沏上一杯酽酽的茉莉花茶，细细地坐下品品。

三天后，小聂又找我来了，他说：“我又去了招生办，人家让我明天上午去口试，我那三节化学课，您看是不是给调调？”我摇着头，正色对他说：“那怎儿成！没见着正式的通知，我不能准你的假。”他急了，逼近我说：“您不信您打个电话去问问，要不，我今天下午就让他们补个通知来，成不成？”我做出忙于审阅卫生室送上的一打表格的样子，不耐烦地说：“我对任何后门都不感兴趣。”这句并不对题但又隐含着某种深意的话，使小聂顿时变了脸色，他咬咬嘴唇，摔门走了。

第二天小聂旷工半日，我有意到有他的课而改为自习的班上转了转，以诱导式的提问，搜集了不少同学对他教课的意见。

下个星期一，赵醒开完了会，来办公室上班，他一擦桌子，那封通知书就从夹缝中落到了地上，他看后埋怨我怎么不把这信收好并及时转给小聂，我淡淡地说：“怕是传达室老头送来时我也不在，学生帮助大扫除时，把放在桌上的信不小心弄到那缝里去了。”赵醒便也不再怀疑。他找到小聂，询问口试情况，据小聂说因心神不定，回答得很不理想。

然而科学院竟还在考虑录取这位小聂。他们招生办来了个人了解情况，赵醒那天恰巧又不在，我主动接待了这位同志，先以平淡的口吻，介绍了小聂思想作风以及教课方面的种种“缺点和不足”，然后又以极恳挚的语气说：“如今中学师资奇缺，希望你们多多支持我们中学！只有保证好基础教育的质量，才能发展尖端科学啊！”这似是而非却又颇有感染力的话语，竟使那位科学院招生办的女同志为之微微颔首。

据说是经过一番“比较平衡”，小聂终于落选。赵醒告知我这个消息时，不住地为之惋惜，我严肃地对他说：“你可不能对他流露出这种情绪，他的教学态度本来就有待改进，我们要进一步加强对他的教育……”赵醒只好点头。当天下班时，恰遇小聂灰溜溜地推车走出校门，望着他的背影，我觉得夕阳是那般的艳丽，晚风是那般的骀荡。

回家的路上，我拐进“翠华楼”要了一份“芙蓉鸡片”，买了二两“白干”，仿佛是在庆贺我的什么喜事似的……

6

躺在病床上，望着灰色的天花板，我不禁滋生出这样一些想法：自我参加工作以来，多少番政治斗争的风雨冲刷过我啊：“反右”、“反右倾”、“四清”，然后是“史无前例”的“大革命”，这场“革命”的风暴不可谓不烈。其间又有着“横扫一切”、“斗走资派”、“夺权风暴”、“清理阶级队伍”、“一打双反”、“深挖‘五·一六’”、“批林批孔”、“评法批儒”、“反击右倾翻案风”等等密密麻麻的互为重叠的斗争阶段，至于嵌于其中的无数次“整团”、“整党”，就更难以数计了。可是斗来斗去，整来整去，斗得对不对、整得该不该的是非姑且不论，却从未真正斗到、整到我内心中的这个“原始冲动”上来。而且冷静一想，在某些斗争阶段上，我的这种“原始冲动”，甚至还得以膨胀，并为我挣得意外的收获。粉碎“四人帮”以后，我同一些人一样，把自己的一切过错往“‘四人帮’流毒”上一推，依然故我，轻松自在。直到现在病入膏肓，我才似乎有点醒悟。有的人病到垂危，愿献身于医学科学事业，立下遗嘱，将自己逝后的身体，送给医院解剖研究；我这肝癌据说属最常见的典型病例，尸体似无多大的解剖研究价值，但我愿留下这份粗陋而特殊的“X 光片”，献出自己毫无遮掩的灵魂，供解剖以作研究，只是不知接收者该是哪一个“有关部门”矣。

代邮

望下列同志读完此文后，将反应寄广东人民出版社转我：

赵醒　陈茂生　隋逸文　许薇玲　冯尔定　白春富　聂子明

1980 年 7 月

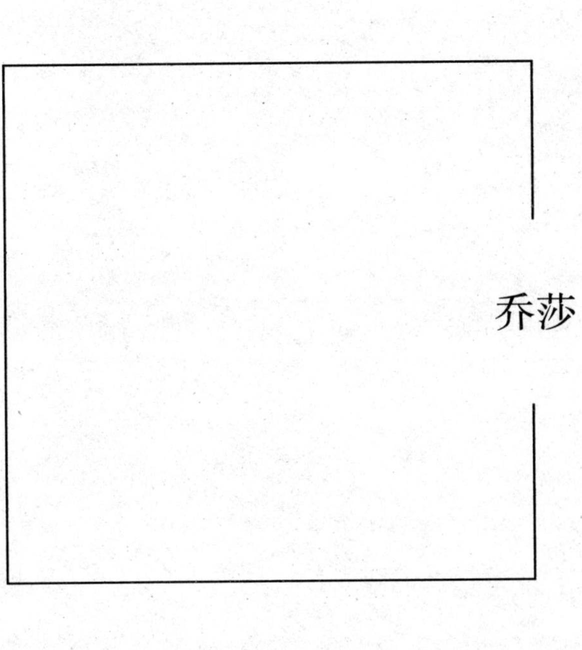

乔莎

1

长椅不属于我。因为我还没有“她”。

我倚在湖栏上，眯起眼，望着湖边闪烁的波光。那波光好似显而又逝、逝而又显的精灵，我下意识地要把它们数清：“一、二、三、四……”然而它们不断地交换着位置，衍化着，我数不清，一辈子数不清，那些在我心中涌动着的朦胧的意念。同这神秘的波光一样，也是永远数不清的。

忽然，在闪动的波光映衬下，出现了一只小船。它进入我视野的同时，也就闯进了我的心房。至今，我闭上眼，仍能栩栩如生地恢复出那傍晚的画面。不，不仅是画面，而且有声，那波波的浪拍船帮的声音，那确确实实是犹如银铃般的笑声……

划船的是个绝妙的姑娘。她两只细白的小手娇柔地握住桨柄，两条并着伸得直直的腿裹在深褐色的喇叭裤里，仰着明眸皓齿的小脸，爽朗地望着我，笑着。

我对她报之以微笑。对任何一种美丽、幽雅的事物，难道不应当都这样对待么？

“是你的吧？”她用下巴颏指着。在湖栏内侧的水泥岸沿上，失落着一本打开的书。

啊，那书是什么时候从我手里掉下去的？我弯下腰，要拾取那本书，而她却已经从船上站起身来，把书拿到手了。船因此大幅度地颠簸着。她快活地尖叫起来，这时一只船桨落到了水中，并且立即漂走了。她仰起头，娇嗔地对我嚷着:“都是你都是你……书我没收了!”

我翻过栏杆，望着漂走的船桨，正犹豫着，只听她命令说:“快帮帮我呀!”于是，我跳进了船中，小船仿佛就要散成碎片了。一阵猛烈的颠簸，她的两只小手不由得握住了我的左右胳膊，这时我才发现她把一头油黑的秀发扎成了一条“马尾巴”，那“马尾巴”随着小船的颠簸甩动着。

当我们终于在船上坐稳当、并且我设法将那漂走的桨弄回来以后，我们才平息了各自的喘息。我坐在划桨的位置上，她坐在船尾，抱着膝盖，夕阳在她的身后，给她俊俏的身姿勾了一道暗红的边，她头上飘逸出的发丝，全成了近乎透明的蜂蜜色，这时我才意识到她上身那件柠檬黄的膨体纱毛衣，与周围景色是那么协调。

我那本书放在我俩之间的横隔木上,任晚风吹动着书页。那是一本乔治·桑的《安吉堡的磨工》，对它我是百读不厌。

“你是中文系的还是西语系的?”她问我。

“你怎么见得我是大学生?”我缓缓地拨动着船桨，把船儿划进垂到湖面的一笼柳枝中。

“这书上盖着你们学校图书馆的戳儿呀!”她得意地微笑着。她眼睛真尖，在刚才的混乱之中，她竟能看清书上的印章。

“这是我跟别人借的。”我告诉她，“我是个待业青年。”

“得了吧。”她那鲜红小巧的两片嘴唇生动地开合着，“谁也甭想蒙我，我会相面。”

她真行。我只好“从实招来”:“我是物理系的。你以为学物理的就不爱看小说吗?”

“我不那么认为。”她笑得多甜，多美，她的神情多么舒展迷人。“你才会瞎以为呢!你准以为我们学舞蹈的根本不知道谁是爱因斯坦。可是我就翻过他的《狭义相对论》，$E=MC^2$，对吗?”

原来她是学舞蹈的。是呀，她怎么会是学别的呢?看，她那修长的双腿，她那袅娜的腰肢，她那富于表情而毫不显得做作的面容，她那纤纤素指和秀美灵活的脖颈，显然都是为奥杰塔，为吉赛尔，为葛蓓利亚……而存在的。我望着她，她在夕阳中融化了，随后她的身影飘飞在湖面上，浑身闪着乳白和柠檬黄之间的那么一种颜色。她头上别着闪着珠光的花环，身上是《天鹅湖》中的天鹅裙。她不时跃起，在空中变化着优美的造型，又不时落下，用足尖点着湖水，逗起梦一般神秘的涟漪……

“你想什么呢？”她的声音惊破了我的幻觉，我的视网膜上重新出现了她，她那毛线衣的高圈领里织有金线，使人联想到莲花瓣上的纹路，她真美。她评论我说：“你这人真爱冥思默想！”

冥思默想！我笑了。我喜欢她用这样的词汇形容我。

当交船上岸，并排坐到浓荫下的长椅上时，我已经成了她的哥哥。而她，成了我可爱的妹妹。

“我一个人在北京上学，连个亲戚也没有。”她望着自己那伸出去的、两只互相逗弄着的脚尖，真情地说，“在练习厅里练功，从大镜子里看见我自己的影子，我就对自己说：那是我的姐姐，练习完了，她就会从镜子里走出来，跟我一块儿玩，给我温暖……可是她总也走不出来。现在多好呀，有了你……哥哥！”说到这儿，她扬起脸来，一双清澈的大眼睛望定了我，又是恳求又是命令地说：“你可别欺侮我啊！”

“我会保护你的。”我说，“以后你放假，就到我家里来。我家住在三门大街。新分的一个单元。我爸爸的骨灰盒去年移到了八宝山，你明白了吧？我妈妈现在搞外事工作，她人很温和，她会喜欢你的。我姑妈也在上海。你家住在什么地方？”

“梵王渡路，侬晓得哦？”她操着上海音告诉我，随即又恢复普通话，补充说：“解放后改名字了，叫万航渡路。上海翻译外国电影的影片厂就在我家那条街上。来北京以前，我常去那儿看外国电影。”

“真的吗？”

“不信你问我大姨好啦！”

“你大姨？”

“对。她叫李梓，你听说过吗？”

“当然，她给好多电影配过音。她的声音真好听！”

“是吗？可是你哪知道，她跟我妈妈吵嘴的时候，那个声音才叫难听呢！”

“吵嘴，为什么吵嘴呢？”

“还不是为了我。妈妈要给我买钢琴，她反对。”

“为什么反对呢？”

“她说我朝舞蹈方面发展，有录音机就够了。她总嫌我妈妈大手大脚，乱花钱。”

“你妈妈……她也是搞艺术的吗？”

“你这个人，查户口吗？”她笑吟吟地望着我，一点也不生气，“反正我得暂时保密。”

我们久久地在公园里漫步。有一只蝴蝶，长得并不好看，麻灰色的翅膀上有几个杏黄的圆斑，它不知怎地忽然出现在我们面前，她伸手去抓，没有抓住。但那蝴蝶也真是怪，它总不远走高飞，而是挑逗般地在前方飞动着，有时定在空中扑腾翅膀，有时甚至飞转来又升上去，于是她便活泼地追捕着这只狡狯的蝴蝶，一会儿蹑手蹑脚，一会儿优美地弹跳起来，啊，那真是一套完整的舞步。但是转过一座假山，蝴蝶终于没有了踪影。她微微喘息着，用纤纤素指理着鬓边汗湿的头发，扬起柳叶般的双眉，苦笑着说：“瞧，又扑空了！”

不知为什么，她这苦笑竟使我格外动心。

夕阳收敛了余晖，整个公园顿时变得黝暗起来。我这才意识到了时间的流逝。

“呀，得去上晚自习了。”我对她说，“我还从没迟到过呢。你们也有晚自习吗？”

“当然。”她满不在乎地说：“我可是经常迟到。晚自习用来复习文化课。其实我们将来主要靠练功房里的成绩吃饭。文化课能及格就行了。”

“对于一个舞蹈演员来说，文化修养也很重要啊。比如乌兰诺娃……”我随口说着。

“哥哥，你训我了！”她截断我的话说，“你跟欧阳竹一样，净爱训人！”

“谁是欧阳竹？”

“就是跟我一块从上海来的……去年舞校从上海考区一共只招了我们两个

人。她跟我可不一样，她老是那么正经八百的样儿……”

“我也是正经八百的样儿吗？”

“有点。”

这时候我们已经走到了公园门口。

我这才想起来问她：“妹妹，你叫什么名字啊？”

“我叫乔莎。你能猜出这两个字吗？”

“《乔老爷上轿》的‘乔’……”

“干吗那么俗？‘乔治·桑’的‘乔’！”

“‘莎士比亚’的‘莎’，对吗？”

“对。哥哥，你呢？”

“我叫宗晓钟。你当然猜不出是哪三个字，干脆我告诉给你：‘祖宗’的‘宗’，对不起，这姓很俗；‘东方欲晓的‘晓’，‘闹钟’的‘钟’……”

“晓钟哥哥！我真高兴，认识了你！”

“我也一样。可是……我们，以后怎么办呢？”

“把你家的地址给我吧，我会去找你的。”

“你下星期日就来吧。早点来。一早就来。你当然爱听音乐，我有好多录音带，我自己还做了音箱，听起来特别过瘾……”我把地址写给了她，“你不会不来的，是不？”

“我肯定去。”

出了公园，我送她上了公共汽车，望着渐远的车身，我心中有了一种充实感。

我没有去上晚自习。我又买票回到了我们坐过的那条长椅附近。长椅上坐着一对比我年龄要大得多的恋人。

我觉得那长椅应属于我。因为我已经有了“她”。

2

那天一早就下小雨。还有风，风把雨丝扯断，把雨点摔到我们六层楼的玻璃窗上。我想乔莎不一定会来了。可她要不来，我就定不下心看书。看不下《量子力学》，也看不下《安吉堡的磨工》。她来了，我就能定下心看书吗？想到这个问题，我望着玻璃窗上自己淡淡的面影，微笑了。

我走拢窗前，甚而打开窗子，朝下望。一阵风灌进来，把我桌上的书吹得噗噗响，把零星的雨点甩到我的脸上。楼下人行道上浮游着彩色的斑点，那是打伞或穿雨衣的人，间或也有拐进楼门的，但我无从判断他们里头有没有乔莎。我想乔莎一定是打伞的，不知道为什么我觉得她应当打一把淡绿色的折叠伞。为什么这样的伞一直不来呢？

一直到这样的念头占了上风，我才关上窗子，回到桌边，想：下午天会晴的，她自然是天晴了才会来。看不下书，我就演算习题。习题真是个奇妙的东西，它使你变得冷静，从抽象走向抽象，你就忘记了声音、色彩和感情。

敲门的声音使我惊跳起来，我几乎是冲过去把门打开了。果然是乔莎！

我不记得当时是怎么把她让进屋里的。直到她坐到沙发上，手中捧定我递给她的一杯杏仁麦乳精时，我才注意到她服饰上的变化，她穿着一身暗金色的灯芯绒衣裤，敞开的西装领里，露出墨黑的开司米毛衣，这回的毛衣是无领的，把她的面庞和脖颈衬托得格外雪白。她带来的伞撑开晾在门厅里，那不是折叠的，也不是淡绿的，而是一把小巧的橘红色的南式纸伞。我开始觉得淡绿色是不相宜的，在这雨天，唯有暖色才能给人带来乐趣。

“你怎么才来？”我对她说，“我妈妈一直等到九点。她九点半要参加会见日本的一个什么代表团，中午的宴会还要作陪，我把一切都告诉了她，她说愿意见见你。”

“我也愿意见妈妈。哥哥，家里别的人，我都乐意见。”

“别的人没有了。我爸爸要活着多好！我姐姐比我早一年考上大学，她考到西安去了，放暑假才回来。我们家就这么简单。”

乔莎小口小口喝着杏仁麦乳精，转动着眼珠，打量着我的屋子。我把录音机接上音箱，放美国作曲家乔治·格什温的《蓝色狂想曲》给她听。

我们俩真像一对亲兄妹，真的！我骑在椅子上，把胳膊叠放在椅背，就那么望着她，径直望着她那双大而黑、清而亮的眼睛，跟她自自然然地聊了起来，从音乐聊到文学，从乔治·桑聊到海明威，从最近的文学期刊聊到旅游杂志，从我们听到的难以证实的国外见闻聊到确实见过的难以接受的现实阴暗面……

说到兴浓处，我滔滔不绝地议论着：“我们是幸运的。在祖国的这片大地上，我们算生活在上层的。我们有知识，有教养，并且，我们的前途有保障……”

“上层？”乔莎仿佛是瞪了我一眼，然后迅速地垂下了眼帘，久久地没有抬起。

“啊，你别生气。我的意思，不是说我们自以为了不起，高人一等，恰恰相反，我们应当永远记住，还有那么多、那么多的同代人，他们的物质生活也好，精神生活也好，都还是那么样的欠缺……我们应当为他们做点什么，即便现在还做不成，今后能做的时候一定要做！”乔莎猛地抬起了眼睛，啊，她在怎样地望着我啊，那双眼睛仿佛是晴阳下的泉眼，涌荡着金色的波环。她感动地说：“晓钟哥哥，你的心真好、真好！”

我们不能总是坐着谈话。我请她参观我的藏书，我有两个新的玻璃书橱，橱里巧妙地排列着我心爱的文学书和专业书，并配置着一些雅致的工艺品：一座贝多芬的石膏像、一只造型奇特的白瓷天鹅、两个泥塑的傣族少女、一只妈妈从罗马尼亚带回来的玻璃猫、一盒京剧脸谱……她仔细地欣赏着这一切，最后，她对两三本文学书爱不释手，娇羞地问我：“哥哥，借给我看看好吗？”

“妹妹看哥哥的书，还用得着说借吗？”

她把那三本书捧在胸前，甜甜地笑了。

然后她顺便翻检我的录音带，仔细地看我夹在盒盖里的小纸片，那些纸片上开列着曲目。

我为其中仅有的两盒俗气的流行曲磁带害臊了。人家古典芭蕾舞专业的学员，享受的是什么样的音乐教育啊！

“没有你需要的吧？也许，这盒小泽征尔指挥的贝多芬‘第五’……”

“我拿去听听吧。录的质量好吗？我那台 9930 低音感很强。”

“就是李梓阿姨也不反对你妈妈给你买的那台吗？”

“当然。”

"你应当让李梓阿姨给你录一段外国电影里的台词……"

"那当然。不过，她老了……为什么不让我们年轻的来干呢？"

"你也想进入电影界吗？"

"想？我已经进入了！"

"已经进入了？！"

"当然。我本来想马上告诉你，因为还没有正式开机器。你知道北影正在筹拍《孔雀公主》吗？"

"《孔雀公主》？知道知道！"

"你知道谁演公主、谁演王子吗？"

"嗯……"

"李秀明演公主。唐国强演王子。"

"你呢？"

"当然是配角。名字暂时对你保密。上个月导演来我们班上挑演员，看上了我和欧阳竹，我们去试了镜头。大前天来通知了，不要欧阳竹，要我……"

"当然应该要你。"

"为什么？你又没见过欧阳竹。"

"她太古板。"

"对了。人家不要古板的。前天我正式到了摄制组。十来天以后就开机器，先拍摄影棚里的戏，然后出外景……"

"嗬，我妹妹上银幕了，真了不起！"

"是了不起吗？"

"当然。"

"哥哥，你说我能演好吗？"

"怎么不能？你准能演好！"

她把书和录音带都搁到了一个小巧的淡褐色的手提包里。然后，坚决地告辞。

"外头还在下雨。你在我这儿吃面吧。我会做怪味面。"

"不。我还有事。我要去副导演家里。"

“你什么时候再来？”

“下星期日。”

“如果你不来呢？”

“如果我不能来，我就事先给你写信。”

“如果你不来，我就去找你。”

“别。我们是不准交男朋友的。学校里准会议论纷纷，说不定欧阳竹就要召集团支部会，训我。要是班主任知道，那就更不得了。”

“天哪！这种日子你还要熬多久？”

“三年。一千天。”

“对了，你去拍电影，学校就管不着你了。我去北影找你。”

“学校跟北影讲好了，没我的戏，我还回学校。我们的练功是一天也不能停的。所以，很难说我什么时候在学校，什么时候在电影厂。”

“你会累坏的。”

“不。”乔莎脸上又出现了一个迷人的苦笑，我只怕闲坏了，不怕累坏了。我忆起了上回在公园里，她没逮着蝴蝶时的那个苦笑。两个苦笑在我脑海里重叠到一起，变得酒一般令人陶醉。

她走了。我等着下个星期日。

3

听到敲门声，我就冲过去，“嗖”一下打开了门。

门外站着个老太婆。我气冲冲地认出她是住在同一层上的邻居，仿佛还是个什么治保委员。

“这是你的信吧？”

我接了过来。说了声“谢谢”，便“砰”地撞上门，站在门背后，迫不及待地拆开了那封“寄自舞蹈学校”的信。

信是这样写的：

晓钟哥哥：

我星期日不能去找你了，因为我接到了妈妈的一封来信，妈妈不许我随便跟不认识的人来往。我想，至少得等到妈妈的下封信来了以后，我才能够再去找你。当然，我已经给妈妈寄去了一封长信，告诉她你是多么有修养、多么正派、多么好的一个哥哥。我想，她再来信时，一定会同意我跟你继续来往的。

祝你

快活！

妹妹乔莎

让她妈妈见鬼去吧！我咬住嘴唇，一口气冲下了楼。我没坐电梯，我是用前脚掌跑下楼的。我冲进了放公用电话的服务站，扑向了电话簿，很快便查到了我要打的电话，并且立即接通了。

“我找乔莎。”

“谁？”

“乔莎。”

“乔莎是谁？”

“你们那儿的学生。学古典芭蕾舞的。”

（“嘿，找乔莎的。你们班上有叫乔莎的吗？”

“谁？让我来接。”）

“我找乔莎。”

“乔莎？你哪儿的？”

“我是她哥哥。我有急事找她。”

“谁？”

“乔莎呀！乔莎在不在？”

“乔莎？……我们班没有叫乔莎的啊！”

“怎么没有？她是学古典芭蕾舞的。”

“古典芭蕾舞？我就是学这个的。我们这个专业没有叫乔莎的。”

“怎么没有？她是从上海考来的。去年他们上海一共来了两个，一个她，一个欧阳竹。”

“怎么回事？没有叫乔莎的，没有叫欧阳竹的。”

“她们是从上海来的。”

“我就是从上海考来的。我们才不止两个呢。我们里头没有叫这两个名字的。”

“你是几年级的？她们是一年级的，一年级还没上完……”

“现在只有一个年级，没有你要找的人。”

（“怎么回事？她们是学古典芭蕾舞的，三年制的专业……”

“三年制？我们是六年制啊，只有六年制，没有三年制……”）

（“怎么回事，甭跟他啰唆了！”

“他要找什么乔莎，咱们这儿没有什么乔莎。”

“找乔其纱请他去百货大楼……”）

“喂，我们这儿没有乔莎……”

对方把电话撂下了。

我不相信。我不能相信。这不可能。

我给北影打电话。我向总机要《孔雀公主》摄制组。这个摄制组果然没有休息。

“喂，我找乔莎。”

“您找谁？”

“乔莎。乔莎。乔莎。”

“您是哪儿？”

“我是你们摄制组演员的哥哥。我找乔莎。她是我妹妹。”

“乔莎？我们这儿没有乔莎。”

“没有乔莎？有的。她是学古典芭蕾舞的，你们请去配戏的。”

“我们这儿没有芭蕾舞演员。”

“请您问问。乔莎。她有个姨叫李梓，是上海电影译制厂的，李梓，李梓您总知道吧？”

“李梓跟我们没关系啊。你究竟找谁？”

“乔莎！！！”

“对不起，没这个人。”

我想把电话机砸烂。这不可能！我不能相信！不愿相信！不忍相信！

我一口气跑上六楼。我不坐电梯，我等不及。我开了门就扑向我的床铺。我把脸埋到枕头里。我把那封来信捏成一团。

待我稍微冷静一点以后，我就把那封信拍平，仔细地加以研究。

我忽然发现，邮戳上有“24 支”的字样。我想起来，我的一个中学同学，现在就在 24 邮政支局工作。“24 支”在西北城一带。那儿根本没有什么舞蹈学校。

妈妈照例不在家。我怔怔地坐着，满脑子是乔莎的各种印象。乔莎的“马尾巴”晃动着，她在对我笑。乔莎的纤纤素指翻动着《安吉堡的磨工》，她抬起一双秀媚的眼睛，望着我。乔莎打着橘红色的油纸小伞，在蒙蒙细雨中走着。乔莎在花径中扑蝴蝶，蝴蝶飞走了，她微微喘息着，苦笑，对我说：“瞧，又扑空了！”……

我听见有人敲门。准又是那个老太婆。门本来并没有关拢。来人已自己走来了。

“晓钟哥哥！”

我“腾”地站了起来。

的的确确，是乔莎。

“哥哥，你收到我昨天发的信了吗？”

“收到了。我正生气呢！”

“别生气，哥哥。我这不是来了吗！”

“既然打算来，干吗还写那样的信？”

“就不许我们有思想斗争吗？”

她满脸娇憨，我的心几乎要软下来了。

我们各自坐到了一个星期以前的位置上。我审视着她。她又穿上了我们头一次见面时的衣着。我发现她的右颊上有小米粒大的一块红肿，这又使得我觉出她的面部轮廓并不那么和谐。

“哥哥，你怎么了？”

“我有点不舒服。真的。一早我就头痛。现在更厉害了。”

“你为什么不吃止痛片呢？”

“吃了。吃了也不顶用。”

“下次，我给你带点保管顶用的。”

“你能从哪儿弄到那么灵的药呢？从舞蹈学校的医务室吗？”

“我……”

“或者，从《孔雀公主》的摄制组吧？”

“当然……”

“可是，我刚才打电话问过了，无论是舞蹈学校还是《孔雀公主》摄制组，都没有一个名叫乔莎的人。”

我目不转睛地望着她，同时估计着她会做出的反应。她会蹦起来吗？她会大声争辩？或者，她将仰头大笑？……

乔莎微微别过脸去，两眼闪闪地望着屋角的什么东西，静静地，足有一分钟没有说话。她显得很疲惫，仿佛演员刚刚回到后台。

这令我很惊异。更令我惊异的，是她终于慢慢地转过脸来，坦然地望着我，请求说：“哥哥，让我洗个脸，好吗？”

我不能拒绝。我把她带到厨房，指给她脸盆、香皂和毛巾，并且给她往脸盆里倒了热水。

她捋起毛线衣袖口，低下头，很仔细地洗了脸。洗完，她又请求说：“哥哥，有香脂吗？我想擦一点。”

我把妈妈平时用的一点化妆品指给她，她把两种香脂各挑出一点，在手心上揉匀，然后，张开双手，可怜巴巴地请求说：“有大点的镜子吗？”

我不想带她到妈妈的屋子里去，只有那里头才有带大镜子的立柜。我摇摇头，于是，她温驯地对着厨房水池上方的一面小圆镜子，非常细致地往脸上擦着香脂。我这才懂得，妇女为了美化自己，要付出那么多的心血。

回到我的房间，她坐到我坐过的那把椅子上，也像我那么反方向骑坐着。把两只手伸到脑后，解开了系住“马尾巴”的带小球球的环扣，换上从衣兜里掏出的一个橡皮筋，然后把“马尾巴”盘了起来。这样，从侧面望过去，就构成了一种新的倩影。

她把我弄得莫名其妙。我猜不透她在想些什么。

我在沙发上坐下来。我们交换了以往的位置。

我问她：“你的家真的在上海吗？”

她淡淡地说：“不。就在北京。”

“在北京西北城吧？”

她眉毛微微一扬：“不错。在新街口。”

她说了胡同的名字。

“那么，李梓呢？”

“我从电视上见过她。”

沉默。

我似乎不应当问得太多。毕竟她无须对我承担什么义务。是我主动把她邀请来的。

“你不该这样。”我想起了那个并不存在的欧阳竹，不知为什么，我觉得这个并不存在的人仿佛就在我们旁边站着，而且我不能不随她的口吻来说话，“这是欺骗，是不道德的。”

她很平静。她站了起来。

“我该走了。原谅我吧，哥哥。”

我说不出话来。她还叫我“哥哥”！

4

在那条胡同中段，有几栋简易楼。

我打听出来了，她就住在那儿的简易楼里。

我是跟24支局的老同学打听的。我们一块在房山县插过队，我们的友谊是在土炕上用窝窝头凝结的。虽然我们好久没遇上，可还是一见如故。我把一切都告诉了他，他一拍大腿，肯定地说："什么乔莎！那丫头叫李月梅，她爸爸大概在外地一个什么勘测队工作，每月往家里写信，都使一样的印着单位名称的信封。我前一阵子管送信，常到她家楼前去，每回总是她出来接，板着个脸，接过信就扭身进楼。……"

真希望他说得不准。可是我一走到楼前，跟遇上的头一个胖大嫂打听李月梅，她便立刻指给了我："她住那儿。"

那儿是二楼的东边。这楼真是名副其实的简易。赤裸裸的红砖墙，夹在墙中的没有扶手的楼梯，窄窄的楼道，矮矮的天花板，以及照例砸得稀烂的公用窗的窗玻璃，配以厨房和厕所的混合气息，使我产生了许多的感慨。这是多么简易的事：盖简易楼，让人们简易地生活。最好再训练出一种简易的思维，简易的感情，不过，那我就不会闯到这个地方来了。我之所以来，究竟是出于好奇，出于思想，出于对奇迹的期望，还是出于怜悯，出于捉弄，出于对不寻常经历的渴求，连我自己也说不清。

我敲门。

屋里响起一个嘶哑的声音："谁呀？"

门并没有关紧。我走了进去。我一眼便看到一位不算十分老的妇女，躺在床上，倚着高高的一摞枕头，满脸憔悴，惊疑地望着我。

"你是干什么来的？"

"我……我找姓李的……"

"啊，你是局里来的吧？"那妇女忽然满脸纹路都抖动起来，指着床前的一把椅子说，"坐，坐吧。你们早该来了。原来不是说上星期日来吗？我等呀，等呀，你们就是不来，我让月梅跟我一块等，死丫头她等到十点就又跑出去了……"

"我想跟您解释一下……"

"解释什么？有什么好解释的？"她激动起来，喉咙里咻咻地喘，拿起枕边的一叠用铁夹子夹住的信，晃动着，怨愤地说，"他每月来信，都说队里领导跟他打招呼了，只要这边调令一去，那边立刻就放。可是半年过去了，怎么样呢？你们局里连个屁也没放！”

我明白了一点。我看见她下肢是瘫痪的，这可怜的人！而且我判断出她就是李月梅的母亲，因为尽管她是这样地潦倒，而李月梅是那般的妩媚，她们俩人在轮廓、神韵上却有着那么多的相同之处。

正当我要把事情向她挑明的时候，门“砰”地被撞开了，进来了一个衣着邋遢的姑娘，她脸上的皮肤显得粗糙，头发蓬松，一手提着半网兜切面，一手托着半碗黄酱。

一对望，我们两个就都僵住了。

现在我确信世界上并没有乔莎，那不过是一个被表演得很好的角色而已。

李月梅把网兜和酱碗往饭桌上重重地一撂，瞪着眼问我：“你跑这儿来干什么？”

我答不出。那瘫痪的母亲用拳头连连捶着床帮，呼哧呼哧地喘着，表示着她的愤怒。可是李月梅看也没看她，就把我拉进了里间屋。

那实际是半间屋。有一张单人床，一个破旧的床头柜，一张破旧的两屉桌，一只木凳，此外就几乎什么也没有了。我仔细一望，就看出在固定于两墙之间的铁丝上，挂着三个衣裳架，衣架上是我所熟悉的两件毛线衣和一件灯芯绒上装。两双显然是上街时才穿的鞋，一双半高跟的皮凉鞋，一双灰色的细工布鞋，掸刷得干干净净，摆放在衣架之下。我在她床前的桌上看见了我那三本小说，还有那盘等待着放到三洋牌 9930 收录机里转动的录音带。

见我的目光仍在屋中搜录着，她便爆发般地把床褥子一掀——“看吧！”——床褥子下面压着那条灯芯绒的喇叭口裤；又弯腰把床头柜狠命地打开——“瞧呀！”——那里头搁着那个淡褐色的考究的手提包；然后，她又转身猛地朝屋角一指——“看呀！”——那儿靠着我看见过的那把红油纸伞。

我痛心地闭上了眼睛。待我再睁开时，她已坐到床上，双手撑着床铺，望着屋角，撇着嘴，一副满不在乎的神气。

“这不好，听我说，这不好……”我站在她面前，喃喃地说。

她的神态和语言都恢复了她的本色，她瞟了我一眼，耸耸肩，恶狠狠地说：“有他妈什么不好？我爹调不回来，我妈瘫着，我待业，要我怎么个好法？！”

“人总得有志气，得能够经受住生活的磨炼……你可以自学……”

“谁不自学？！”她跳起来，拉开两屉桌的抽屉，掏出里面的书本，扔到床铺上。我看出里面有英语广播讲座的课本，有《青年自学丛书》中的几种，有一些写了字的本册……她捂住脸，仿佛在哭泣：“太难了！我学不会！没人辅导！没人帮忙！没人要我！学了有什么用？！……”

“可无论如何你也不该跑到社会上骗人……”

她把捂住脸的手挪开，脸上闪着泪光，圆睁着眼睛反问我：“我骗你什么了？！嗯？！”

“我不是说你骗了钱财，我是说，你不该装成你不是的那种人……”

“依你说，我该当一辈子什么人？凭什么我就不能当你不许我当的那种人？……”她紧攥着双拳，眉毛和嘴唇都痛苦地扭动着。

“一个人，总要懂得自爱……”我尽可能用柔和的口气，去打动她的心。

她猛地跳了起来，拼足全身气力反驳我说：“自爱？哼，我倒是自己爱自己。可是谁爱我呢？你自己说过你算是‘上层’的,你只爱跟你同一层的小姐乔莎，你发现我不过是简易楼里的李月梅，你就眼睛不是眼睛鼻子不是鼻子！别恶心我了，你跑到这儿来调查我，抖我的老底儿，伤我的自尊心，你缺大德了！你还配来训我！”

她一下子冲到桌前，把桌上的书和录音带擂到我手里，脸上的肌肉抖动着，厉声地指着门外，对我嚷：“滚！你给我滚！我没有请你来！你出去！”

我不记得自己是怎么跑出那简易楼的，留在我耳畔的，是李月梅的哭骂声和她母亲尖厉的呻吟声……

5

湖里的波光，竟还是那般粼粼。湖畔的长椅，竟时常虚席以待。可是那波光和长椅都不属于我了，因为我失去了乔莎。

大考结束了。我考得不错。暑假已经开始。我天天跑到公园来划船。

我把船划到湖心，然后，仰靠在船尾上，把双手枕在脑后，望着天上缓缓变化的云朵，冥思默想——对，冥思默想。

有时候，天上的云朵裂开了口子，玫瑰色和金色的光束从口子里射出，使湖上到处跳动着活泼的光斑。沐浴在这样的光氛里，我的心就变得非常宽容，非常温柔。

这时候，我的信念就格外坚定：我原谅一切应当原谅的，我为一切与我有关的虚伪和庸俗而自责，我要为改变一切应当改变的而努力。

1980 年 6 月 9 日
写于北京垂杨柳

蜜供

在我们厂里，只有两个姑娘住单身宿舍，一个是我，一个是“鲁智深。”

什么？“鲁智深”？！别大惊小怪的，我已经说了，这个“鲁智深”是个姑娘。她名字叫卢枕云，比我大四岁，已经二十八了。她姓卢而并不姓鲁，却得了个“鲁智深”的外号，这是为什么呀？一开头，大伙这么叫她，不过是因为她长得丰满壮实，粗眉大眼，而且嗓门大、心眼宽，爱在是非混乱的情况下站出来讲公道话，后来，发生了那档子轰动全厂的“醉打山门”事件以后，她这“鲁智深”的外号就叫得更响了。

怎么个“醉打山门”？这就先得把我俩住的那间宿舍说说。

我俩住的那间宿舍，在厂办公楼的二楼尽东头。这是特殊照顾。因为厂里只有我们两个姑娘住宿，厂领导为了保证我们的安全，没让我们到宿舍楼去住，他们以为办公楼日夜都有人值班，保险。其实也不见得。

我们宿舍里，有一张上下铺的床，还有一张单独的床。因为原来是三个人在一块住。后来跟我们同屋的蓉蓉“出阁”搬走了，才剩下我们两个。三个人住的时候，“鲁智深”单睡，我睡上下铺的上铺。搬走了一个人以后，“鲁智深”就用命令的口吻对我说：

“嘿，小玲子，咱俩换着睡！”

我没明白她的意思，就说：“你别动，我搬到下铺睡不就结啦！”

她甩着嗓门笑了：“我早憋着篡你那个位啦！”

我说：“睡上铺有什么好？爬上爬下的，烦死了！”她已经在动手卷铺盖：“烦得死你，烦不死我！快，咱们来个各得其所！”

我说："行啦，要不，我搬下铺，你到上铺，你那张床还给总务科，这屋子还宽裕点儿！"

她冲我一扬下巴颏："去你的！我翻个身咔啦咔啦响半天，你乐意在下头听打雷呀？少废话，换！"

我就跟她换了。

换了两天，我才知道她为什么喜欢睡上铺。她有嗜好，就是看书。她这人最爱斜躺着看书，我多次提醒她：打上小学老师就告诫我们，不要躺着看书，这样毁眼睛。可她总是满不在乎地说："我从来就是这么个姿势，哪回查视力也没下过1.5，没事儿！"不过，睡上铺，离灯近，晚上看书确实比睡在她原来的地方强多了。她还做了个样式挺特别的纸壳灯罩，我一宣布睡觉，她便伸手把那纸壳灯罩安上，于是灯光只射向她那上铺的前半截，对我没妨碍，这样就省得我俩互相迁就。你看，她性子挺鲁，心眼倒细。

她看书有几个让人纳闷的特点，这里也顺便说说。一是她爱看书却几乎从不买书，她的书都是打各处借来的。二是她看书几乎从不记笔记，但聊起来却能引经据典，不但记忆力惊人，而且经常有融会贯通、举一反三的见解。三是她看书很杂，却从不随潮流赶时髦。比如有一阵厂里提倡读政治理论书籍，她却偏大厚本大厚本地读什么《子夜》、《约翰·克利斯朵夫》；如今厂里的青年人盛行读外国小说了，她却又常捧着马列主义经典著作津津有味地躺在那儿读，有一天我就看见她正读马克思的《〈黑格尔法哲学批判〉导言》，一边读竟然还一边呵呵地笑出声来。能这么读马列吗？真怪！

呀，说走题了。还是说"醉打山门"。那是今年夏天的事儿。那天热得不行。我俩都是中班，下了中班洗完澡回到宿舍，还是浑身冒汗，心里冒火。我俩把门反扣上，爽性就穿个马甲、裤衩，在屋里活动。没过多会儿，她就爬到上铺，看起书来了，我记得她看的是本《外国企业管理资料集》。我呢，坐在我俩合用的书桌前，一条一条地列计划。什么计划？得交代一下我的身份？我是厂团委的宣传委员，我列的是第三季度的工作计划。正列到第三条，她招呼我了：

"小玲子呀，劳驾，给我把茶沏上吧！"

她无论多热的天，都要喝滚烫的热茶。

我给她沏好了茶，递给她，她大大咧咧地对我笑笑，接过茶，把茶杯搁到她特制的固定在床架上的一个铁圈里，她那茶杯原是个果酱瓶，肚粗底小，搁到铁圈里恰好被箍住掉不下来。她就看一会儿书，欠起身来喝一口热茶。

不记得过了多长时间，我列完了计划，觉着燥热难耐，便拿脸盆到外间打来一盆凉水，别好门，脱下马甲，擦洗起来。

正擦洗着，忽然，只听见她一声怒骂："臭流氓！"同时便是泼水声和一个男人的"哎哟"声，紧跟着是从椅子上摔倒的声音和逃跑的声音。我惊讶地抬起头，只见她坐在床上，摇着头发，纵声大笑起来……

有关的情况就不多说了。第二天，那个蹬着椅子从我们宿舍门上的气窗朝里偷看的家伙，被保卫科给叫去了，他半边脸上全是热茶烫出的燎泡，真叫活该！

这就是"醉打山门"事件。"鲁智深"的外号叫得更响了。这倒让我觉着心里过意不去。团员们来宿舍慰问我和赞扬她时，我劝他们说："别'鲁智深''鲁智深'地乱叫，多扎耳朵！"

可她并不怎么在乎："没什么！鲁智深是正面人物！不过，我可是超龄团员了，你们都比我小，赶明儿都管我叫'鲁姐'吧！"

大家都赞成，顿时就"鲁姐！""鲁姐！"嚷成了一片。

她仰脖呵呵大笑，挺得意的。

我们俩就这么住了小一年，没闹过什么别扭，可也算不上很知心。我不大理解她。有一回问她："鲁姐，你怎么不申请入党哪？"她似乎想也没想，就嘎嘣脆地回答我说："再等等。"我好言相劝："你都二十八了，下够不着团，上够不着党，不怕人家说你落后吗？"她还是嘎嘣地回答我说："不怕。我才不落后呢。我等着十二大召开，看党章修改得怎么样。"嗬，她竟敢这么讲话！我再不跟她提这事儿了。她真够落后的，可她这落后跟一般人的落后也不一样。我真是常常闹不清她究竟是怎么回事儿。

上星期，我们车间头年退休的谭师傅病危住院了。他得的是因肺气肿而引起的肺心病，呼吸困难，幻视幻听。医院大夫跟家属和厂子方面明说：难以治愈，只能采取保守疗法，控制住发展。

当然啦，厂办公室、工会、我们车间，都派人去医院看望了他。我是代表车间去的。谭师傅瘦掉了半个人儿，脸上的每一处骨棱子都露了出来，眼睛像是掉进了坑里的两个螺丝帽；他不能平躺，只能斜倚着，嘿罗嘿罗喘得好痛苦；鼻孔里插着墙式氧气吸入器的管子，可嘴唇还是因为缺氧而变得发蓝；他一阵清醒一阵糊涂，清醒的时候就没完没了地念叨老八百辈子的事儿，还仿佛胃口特别好似的，又想吃这个又想吃那个，糊涂起来可就认不准人。

谭师傅老伴早去世了，他两个女儿都嫁到了外地，身边就那么个儿子。早就听说儿子儿媳待他不太好，可是我在医院看到的情况，大面上也还过得去，儿子儿媳给他买去了一斤苹果，也说了些个安慰的话。

反正有公费医疗和劳保制度保着，谭师傅的事儿，很快地大家也就都撂到一边了。

可是，前天下了早班，我回到宿舍，写了两个钟头的壁报稿子，也不见鲁姐回来。约莫到了下午四五点钟，她重手重脚地进了屋，到屋便大声粗气地抱怨说："累死我了！骑车跑了半个城，愣没买着蜜供！"

我莫名其妙地问："什么？什么东西值当你跑半个城去买？"

她大模大样地往我的床上一躺，抄起我枕边的《中国青年》杂志就当扇子扇，解释说："蜜供！蜜供都不懂，就是一种点心，长条的，金黄的，硬梆脆的，外壳包着糖浆的……"

"点心？"我很惊讶。因为我知道鲁姐是从来不吃零食的，她怎么会冒着"秋老虎"的炎威，骑车跑遍半个北京城，去买那么一种说到底也并不怎么神奇的点心呢？

"你买蜜供，给谁吃啊？"我问她。

她还那么躺着，顺势把两只鞋都甩到了床下，一边央告我："好小玲子，劳大驾了，给我沏杯热茶吧！"一边拍着胸口，平息自己的喘息。

我就给她沏茶。她这才进一步解释说："买给谭师傅吃啊。我又去看了他，他今儿个情况出奇地好，喘得不那么凶了，脸上又有了血色。他跟我念叨，想吃蜜供，想吃得不行。他解放后翻了身，头一回领上工资，就买了一斤蜜供吃。

他说那滋味美得不行。现在他什么都不想，就想吃蜜供。他说：鲁丫头呀，我就指望着你啦。我跟儿子、媳妇说，他们不理我这个碴儿。我跟厂里来看我的头头脑脑、车间代表说，他们光是劝我：好好养病吧，听大夫的话，医院的伙食不错，蜜供那玩意儿硬邦邦的，吃了怕没好处……反正也是不理我的碴儿。哎呀，我活不了几天啦。今儿个好点儿，这叫作'回光返照'，你当我心里不明白吗？我就这么点要求：吃一斤蜜供！你们怎么就不能应许我这么个心愿呀？……"

我把热茶放到床头柜上，笑着说："嗨！这老爷子也是，吃一斤蜜供，这算哪门子心愿？你也真会凑热闹，就那么认真……"

鲁姐"霍"地坐了起来，气鼓鼓地看着我，把我沏好的茶一推说："你少废话！还是什么宣传委员呢！你们成天喊的是什么口号？'从我做起！从现在做起！'可事到临头，你怎么不做呀？"

"嗨，那是指对'四化'做贡献，"我耸耸肩膀说，"你干吗扯到买蜜供上……"

"你呀！"鲁姐冲我斜斜眼，再不跟我争论了。

我也就回到桌前，继续写我的壁报搞。

可是，不一会我耳畔就响起了乒乒乓乓的声音，扭头一看，鲁姐把煤油炉搬到了窗前，擦着，并且又从床底下拉出了煤油瓶，搁到了窗台上。我不由问："你这是——？"

她把头发一甩，望定我说："有一个人，他把一辈子的血汗都浇到了咱们脚下的这块土地上，他就要死了，他想吃一斤蜜供，咱们活着的人，有什么权利不理睬他的要求？！咱们要'四化'，要共产主义，说到头，为的是个什么呀？"说到这时，她眼里汪着泪水。

我实在不理解，蜜供和共产主义有什么关系？我正纳闷呢，鲁姐已经一阵风地出去了。

我把壁报搞写完时，鲁姐提着草兜回来了，她瞟了我一眼，便粗声粗气地说："你瞧着办吧。要是懒得管，就请你先出去活动活动！要愿意跟我一块做蜜供，你就给我打下手！"

这话让我挺不高兴，可我也不便跟她闹僵了，就点点头说："行呀行呀，你说吧，要我干什么呀？”

她从草兜里取出十来个鸡蛋、一瓶蜂蜜、一瓶议价花生油、一搪瓷钵子富强粉、一斤白糖、一小瓶香精、一个崭新的漏勺。想了想，她就命令我说：“去，去图书室，借本《糕点制作法》来！”

我说：“图书室能有那号书？”

她“扑哧”一声笑了，从衣兜里掏出自行车钥匙来，扔给我，几乎是嚷着说：“那你就到新华书店给我买去！”

我还从来没到书店买过这号书呢。我最瞧不起那些买什么《服装剪裁法》、《新式家具》、《大众菜谱》的人了！我捏着她那带玻璃丝虾米的车钥匙，直犹豫。她见我这样，便顿了下脚，一把从我手中抢回钥匙，转身就走，刚出了门，又“砰”地把门推开，探进头来命令我说：“你把鸡蛋全打到饭盒里，调匀了，不许落上灰！”也没等我答应下来，便“砰”地带上了门，只听咚咚咚一阵脚步响，人走了。

你说她这人有多怪？可我还真拗不过她，她人不在，威慑力量却丝毫不减。我叹了口气，乖乖地洗干净她平时打饭的大饭盒，调起了鸡蛋。

正调着，有人敲门，一听就知道是谁来了。我招呼说：“进来吧！”他就进来了。细高个儿，小白脸，戴副秀郎架眼镜，比鲁姐可水灵多了，而且比她还小一岁，可他居然是鲁姐的对象。他们两个是在一块插队的时候好上的。他那个工厂离我们工厂不远。他是个钳工，手特巧，说起来好笑，鲁姐冬天身上穿的毛衣，竟是他给织的。他俩已经决定年底结婚。

他叫陈克，我跟他熟了，就管他叫“大K”。他刚进门，我就对他说：“来得正好。大K，快帮着做蜜供吧！”

“做蜜供？”他用手指头托托眼镜架，侧着耳朵，仿佛没听清我的话。

我就用不以为然的口吻，把鲁姐的主意跟他说了一遍。听完了，他点点头，似乎已经心领神会，立刻卷起袖子，到脸盆那儿洗手，对我说：“你调好了吗？我这就拿鸡蛋和油来和面。”

你看，爱情的力量就有这么大。鲁姐明明是心血来潮，可大K竟不以为怪。过了一会儿鲁姐回来了，看见大K挓挲着手在那儿和面，也并不以为奇，仿佛他就应该是那么个姿势似的。鲁姐宣布说："书店里没有跟蜜供沾边的书。我去卖点心的地方跟老售货打听了，知道了蜜供大概的做法。我问为什么如今蜜供缺货？他说许是食品厂嫌这玩意太费油，赚头小。咱们甭管那个，来，把这瓶油全豁上！"

他俩兴致勃勃地做了起来。还你一句我一句地哼起了一首歌。那歌词是首宋词。宋词我也读过一点，什么苏东坡、陆游、辛弃疾，也都知道。可他们唱的那首词是个叫什么贺方回的人写的，这就稀奇了。鲁姐一度把那词粘到过床头，是大 K 的书法，我凑过去读过，净是难认的字，因为没见过哪篇文章分析过这首词，所以我也闹不清那情调是健康还是不健康。曲呢，据说是在农村插队时，"四人帮"把世道搅和得最混乱那阵，鲁姐跟大 K，还有他们共同的一个什么朋友，三个人一块谱出来的。他们把这首词从那时候一直哼到现在，究竟对头不对头，我也弄不清。反正他们唱出的词儿调儿，听着总有点不保险的感觉：

少年侠气，
交结五都雄，
肝胆洞，
毛发耸。
立谈中，
死生同，
一诺千金重！
……

鲁姐看我有点坐也不是站也不是，帮忙么不大积极，不帮忙么又有点抹不开面子，就停住哼歌，一巴掌拍到我脊梁上，说："行啦行啦，小玲子你玩去吧，到时候给你留几口蜜供尝尝好啦！"

我顺水推舟地说："好吧，我去看看壁报出得怎么样了。"

鲁姐呵呵笑着说："甭假门假事了。团委会锁着门，你们壁报组的那伙子全在打排球呢。你呀，就蹓蹓马路去吧！”

我脸发烧了。大K忽然招呼我说：“小玲子，快来，把我兜里的票拿去！”

他两手都是面，欠着身子，等我去拿。我有点下不了手，鲁姐就用两根手指把他胸兜里的两张电影票夹出来，递给了我。

原来，大K本是找鲁姐一块去看电影的，是部新片子，这票挺不好弄的呢。

我拿着票，出楼找人一块去看电影。我心里升起一种异样的感觉。我忽而觉得自己是离开了一桩荒唐事，忽而又觉得自己离开了鲁姐他们才是荒唐。我头一回对自己失去了自信。

看完电影回到宿舍，鲁姐不在，整个屋子里弥漫着一股蜜供的气息。在我的床头柜上，在我平时打菜的小碗里，搁着一团金色的蜜供。我忍不住掰下一条尝了尝，嗯，味道还真不错。

我洗漱完了，打算赶紧睡觉，因为第二天又是早班。可是我看看表，九点五分了，怎么鲁姐还没回来？

我躺在床上，可睡不着。我预感到不祥。到十点五分的时候，我爬起来，穿好衣服，跑到值班室去打电话。电话打到医院，转了两个弯才叫来鲁姐，我听见她用一种我不习惯的声调对我说：“小玲子吗？谢谢你来电话。你还算有良心。跟你说吧，谭师傅快不行了……”我一边听着她的声音，一边猜：难道她哭了吗？谭师傅跟她的关系没有多深啊，她怎么会这么动感情呢？……我一霎时不知道该跟她说什么，我不由自主地问：“都谁在呢？”

“我和大K。”她回答我，“大K给谭师傅儿子去了电话，他说来，可一个多钟头了还没到……”

“鲁姐，这也是没办法的事……”我劝她说，“交给大夫、护士吧。你明天也是早班，快回来休息吧。”

她没有回答我，而且，把电话挂上了。

我回到宿舍，不知道为什么心里非常不安。我抱拢双臂，在门窗之间来回走动着。

有一种意识，渐渐渗入了我的心灵，就是我应当重新认识和评价鲁姐。

我待不下去了。我跑出了工厂，朝医院跑去。毕竟入秋了，白天的热气已经散尽，夜风扑到肌肤上，使人感受到微微的寒气。一些小片的黄叶从人行道树上飘下来，落到我的肩头。我穿过空落落的街道，跑到了医院里。

一进走廊，我就知道事情已经结束。

正把谭师傅的尸体推往太平间。他整个被白单子罩住，煞白的被单无情地勾出了他瘦骨嶙峋的体型。在他的头边，搁着一只我所熟悉的搪瓷钵，钵里是金黄油亮的蜜供。

谭师傅的儿子在推床一侧，呜咽着。另一侧是鲁姐和大 K，我仔细观察他们，他们脸上没有泪光，他们的神情与其说是悲戚，不如说是肃穆。

我迎了上去。鲁姐握住了我的手。她凑拢我耳朵边，压低声说："他的痛苦总算得到了抵偿。他吃了三口我们带来的蜜供，他长眠过去的时候，脸上还带着微笑。"这时大 K 试图把被单稍稍掀开一点，让我看看谭师傅的遗容，却被推推床的护士制止住了……

我和鲁姐在医院门口同谭师傅的儿子和大 K 分了手。我们俩默默无言地走回了工厂。一路上，我心头涌动着无数的话语，可总说不出口。

回到宿舍，我想提个头，跟鲁姐往深里谈谈。但她却忙着洗漱。洗漱完了，她爬到上铺，仿佛累得散了架，摆成了"大"字，吁出一口气说："小玲子，劳大驾，给我沏杯热茶。完了你让我睡。咱们明天再谈，好吗？"

瞧，瞒不过鲁姐！她准是从我眼神里看出来，我急着想跟她谈谈。

我知道，鲁姐是喝了热茶也照样睡得着觉的人。我认认真真地给她沏了茶，恭恭敬敬地递了上去。

鲁姐在上铺俯身接茶。她微笑地望着我。她的眼睛好大好黑好深好亮。

1980 年 6 月写于垂杨柳

银河

1

她又在那家照相馆的橱窗前站住了。

年轻的姑娘在照相馆的橱窗前流连，可以说是一桩理所当然的事。匆匆过往的行人也好，在她身旁指点橱窗里照片的看客也好，并没有一个人发现她的异常之处。

其实她已经不算年轻，而且应当称为少妇了。照相馆的大玻璃橱窗反照出她的倩影：身材是颀长的，齐肩的烫发是浓黑的，白皙的瓜子脸，水葡萄般的一双大眼睛；她穿着入时的淡褐色宽条灯芯绒外套，那外套剪裁成短大衣款式，灯芯绒上的条纹取横式走向，使她原本略嫌瘦削的腰身显得丰腴适度，外套下露出劳动布窄裤腿，脚上穿着考究的灰色半高跟布鞋。仔细看上她两三眼的人，都会产生这样的想法：她的模样儿，实在不比橱窗里陈列的那些照片上的姑娘们差，何不请她也拍上一张，放大陈列其中呢？

她叫骆蔚兰，是春风电视机厂的插件工。几天以前，她到这条街上颇有名气的紫罗兰理发店烫完发，路过这家照相馆时，发现了那张令她吃惊的照片。她对谁都没说起这件事。但是连续两天夜里，噩梦袭击了她，当她从噩梦中惊醒以后，便再也不能入睡。她靠在高高的枕头上，透过窗帘的缝隙，望着两三颗闪着寒光的星星，心里涌动着复杂而朦胧的思绪。她几次下决心推醒甜梦正酣的丈夫，把这件事告诉他，然而终于克制住了。她从没有也不想对他隐瞒什么，她暂时没有说，只是出于一种自尊。那心灵深处装着耻辱与悔恨的抽屉，是不能轻易再拉开的啊!

那照相馆的橱窗里，最引人注目的是几幅著名演员的大照片，驻足观看的过客们，眼光几乎全都集中在那几位明星的面影上，并伴之以指点和议论。骆蔚兰对他们却简直视而不见。她痴痴地注视不已的，是橱窗右下角的一张黑白照片。照片上是一位年逾花甲的老伯，摄影师把他那花白的鬓发、匀称的面纹、端庄的神态、坚毅的眼神表达得恰到好处。整幅照片用高调处理，给人一种清爽怡静的强烈印象。

“是他，就是他……可怎么会是他呢？”

骆蔚兰用牙尖咬着右手握住的手绢，不停地寻思着。

终于，她下定了决心，以坚实的步伐走向了照相馆大门，推门而进。她进去以后，那两扇玻璃门还大幅度地交错摆动着。

2

“你取照片？”

“不，我想……跟你打听个事儿。”

“打听个事儿？什么事儿”

“我想跟你打听一个人……”

“一个人？什么人？”

“你们外头摆着他的照片儿。就是那橱窗里头，紧南头最底下的那个老头……他是谁”

“是谁？你问这个干什么？”

“我想知道。我以前认识他。后来一直没见着……你们知道他现在在哪儿吗？”

“你跟他是什么关系？”

“什么关系？反正有那么一点关系……”

“有一点儿关系？是你亲戚？”

“算亲戚吧。告诉我他叫什么，现在在哪儿？……”

"咦，怪了。是你亲戚，你怎么连名字都不知道？你是哪个单位的？"

"你管我是哪个单位的呢！我不过来问问，那照片上的老头……"

"你问他干什么？"

"你这是什么态度？"

"就这态度！"

"你们那'服务公约'上怎么写的？还'为人民服务'呢！"

"你一个人能代表人民吗？就不为你服这个务！"

"……"

"靠边点儿，别妨碍人家取照片儿……"

"……"

"你怎么回事儿？不取照片儿，玩去！"

"你别对我这样。男同志不该对女同志这样。要学会尊重妇女！"

"没学过。"

"嘿，咱们别这么俗里吧唧地没结没完行不？咱们是一代人，你应该懂得我。"

"你这人太个别！"

"咱们这一代，有几个不个别的？想用一个模子把咱们扣成一个模样儿，那算是难办了。"

"这话还差不多。"

"看来咱俩也许一般大。你也是'六八届'的吧？"

"我是'六九届'的。"

"你们比我们更倒霉，等于没上中学。"

"那可不是。'天天读'了几个月，就给打发到兵团去了！"

"你去的哪个兵团？黑龙江？内蒙？"

"黑龙江，兴凯湖边上。那儿原是个劳改农场。我们就住在原来劳改犯住的屋子里……"

"那你运气比我还强。我是内蒙兵团的。你们那儿再赖的连队也能打出粮食。我们那个连可好，年年收不回种子。呆了九年我才转回来。不过，也不后悔。我学会了骑马，见了世面。”

“我在那儿待了八年半,可不,开了眼。你等等,人家要取照片……给！……你到底是怎么回事儿？你打听那老头干什么？”

“是我亲爹。”

“别胡扯！”

“几句话跟你说不清。你告诉我吧！”

“我们这儿有个规矩，要代顾客保密。尤其是搁到橱窗展览的大照片，那些人的情况我们不能讲出去……”

“讲出去有什么了不起？”

“有那么一些个臭流氓，看上人家模样儿俊，打听出地址就去犯贱，能不防着点吗？”

“防我干什么？我打听的又不是那些个‘大美人’，我只打听那个老头儿……”

“也要防人找着他谋财害命……别瞪眼，我不是说你有这号歹心。再等等。……给，您的照片……亏得这工夫取照片的不多，要不，我这么跟你说话算违反工作守则，这月的奖金就得拉吹……你打听他究竟为个什么？”

“保证是出于好意。我想知道这是怎么回事——他怎么还活着？”

“这叫什么话！他身体棒着呢！每天清早在美术馆前头的空场上练剑……你干吗咒人家死？”

“他真活着？我没法子相信……”

“怎么回事？”

“得了，谢谢你了！我走了。”

“嘿，你别走呀。你这算怎么回事呀？”

“没事。以后照相，我专来你们这儿。咱们还能再聊。”

“这人……咳，瞧我，‘保密保密’，到底没保住密！指不定她哪天清早就会跑美术馆去……”

3

红的。红的。红的。大块的红。小块的红。厚重的红。薄而透明的红。光面塑料的红。布纹塑料的红。涌动的红。旋转的红。渍溅的红。涡状的红。红得发紫、发黑的红……

眼睛。眼睛。眼睛。疑惑的眼睛。愤怒的眼睛。恐惧的眼睛。哀求的眼睛。绝望的眼睛。麻木的眼睛。充血的眼睛。死亡的眼睛。死而有灵的眼睛……

声音。声音。声音。狂欢的声音。躁乱的声音。呼啸的声音。嚎叫的声音。笑声加哭声。雷声。海涛声。从极远处传来而渐强，以至响彻穹宇的婴儿的哭声……

骆蔚兰浑身冷汗，陡然惊醒，她再也忍不住，扑过去紧挨着丈夫，用拳头捶打着他那躺卧时显得格外粗壮的胳膊。

丈夫只醒了一半。他迷迷糊糊地搂过骆蔚兰，含含糊糊地说："别怕，别怕，别这样。"

骆蔚兰紧偎在丈夫胸前，嘤嘤地哭了。泪水打湿了丈夫的背心，他这才彻底醒了过来。他用手掌轻拍着妻子的脊背，提醒她说："别伤了身子！不光是你……别犯糊涂，梦都是假的，假的，把它忘了吧……"

骆蔚兰仰起头，她只能看出丈夫那双闪光的眼睛。她便对着那双眼睛说："我瞒了你好几天。我夜夜做梦梦见他……" 于是她把照相馆橱窗里那照片的事告诉了丈夫。

丈夫伸手拉开床头柜上的台灯，点燃一支烟，叼着，劝解着："那不会是他。你别胡思乱想。过去的就让它过去好了。不要让阴影总随着自己。咱们现在不是挺美满吗？你爸爸出国考察去了。我爸爸不仅官复原职，而且官升一级，妈妈又调到妇联主持外事工作。我刚明确了技术员职称，你的工作也还顺心。想想街上饭馆里还有伸手讨饭的人。多少我们这样的小两口，连间放双人床的宿舍也没捞着……我们何必自寻烦恼呢？睡吧，睡吧！"

"我想去美术馆前头看看。"

“傻媳妇,你听我话,别去。忘记这些事吧。就像我忘记那些个糟心事一样。”

“我是想忘记，可忘不了啊……”

“忘记吧，忘记吧，睡吧，睡吧。什么也别想了，睡吧……”

丈夫扔掉烟蒂，熄了台灯，很快便又发出了均匀的鼾声。

骆蔚兰把头枕回自己的枕头上，照例望着窗帘未遮拢处，隐约可见灰紫色的天幕上，闪着三两颗昏黄的星星。她尽量什么也不想，但实际上在想一切，而这一切又重叠混杂为一片，终于等于什么也没有想。

她就这样，望着那星星，直到天明。

4

“同志，我想……想跟您谈谈……”

“啊，要跟我谈谈！你影响了我练剑。我练到一半，扭身瞧见了你一双眼睛，再回过身去，这双眼睛还印在我脑子上……姑娘，你眼神有点古怪！你坐在这长椅上有半个多钟头了吧？你总望着我，总是那么个眼神，你让我纳闷啊！我到这儿练了一年多的剑，天天麻麻亮就来，遇上这样的事可还是头一遭！”

“同志，我是春风电视机厂的，今天上中班，上午休息，所以……”

“电视机厂？电视机，好东西啊！你上午休息，所以来这儿坐坐？你为什么不活动活动呢？也许，你是想跟我学舞剑吧？”

“不。我只是想跟您谈谈……”

“谈谈？跟我谈谈？你要跟我谈什么呢？”

“您别这么看着我！为什么像我这样的青年妇女，就不能在外头跟男同志谈谈呢？您坐下！对，坐在我旁边。我想找您谈谈，有好几天了……”

“好几天了？我可是今天才见着你……”

“我一会儿再解释。先请您告诉我，您是不是住在鸦嘴胡同21号？”

“鸦嘴胡同21号？！不，我不住在那儿……”

“从前也不住那儿？”

“从前？我从前也不住在那儿。”

“啊，这就对了。我是认错人了。对不起，我打搅您了……”

“现在我倒要打搅打搅你了，姑娘，鸦嘴胡同21号跟你有什么关系？”

“有那么一点关系……”

“一点关系？你认识住在里头的人？哪一家？”

“对，我认识住在里头的人，有那么一家……”

“姓什么？”

“不知道。别这么盘问我。别。”

“你真怪，姑娘！说来也巧，我也认识鸦嘴胡同21号里的人……”

“您认识？您认识？……”

“不错，我认识。我认识的那家姓张，你也认识姓张的吗？”

“不知道。我说不出，不过，您说说看，那姓张的长什么模样儿？”

“模样儿像我，比我年轻。”

“模样儿像您？比您年轻？”

“对。你见过这么一个人？在哪儿？什么时候？”

“我见过！见过！啊，我要是没见过他就好了！”

“姑娘，他委屈你了吗？这小子，他一定是瞒着我干了缺德的事……你怎么连他姓什么也没弄清楚？你们这些糊涂的年轻姑娘啊！”

“我糊涂，我恨我自己，可这能怪我吧？”

“别激动，姑娘。你该信得过我。我给你做主。你跟他是怎么回事？什么时候，在哪见着的？”

“我没法一下子说清楚。自从他死了以后——”

“死了以后？！姑娘，他怎么会死呢？他活得好好的……”

“他没死？啊，他没死！我听说有过这样的事：在火葬场里，打开冰屉，想把死人拿去烧掉，结果，那死人叹了口气，活过来了……”

“确实发生过这类的事。一般都是煤气中毒引起的，开头以为是死了，结果在冰屉里那么一冰，倒起了解毒的作用，慢慢又活过来了……不过这跟你打听的人有什么关系？他从来没有中过煤毒，更没有睡过火葬场的冰屉……”

“这就怪了。我亲眼看见火葬场来车把他拉走的！”

“你亲眼看见？在哪儿看见？”

“在鸦嘴胡同21号呀！”

“什么时候？难道……我们半个月没见面，他就出了事儿？”

“半个月？您半个月以前还见着过他？”

“当然。你最后一次见到他是什么时候？”

“……对不起。我明白了，您跟我说的不是一个人！您说的这位姓张的同志，他现在多大？”

“二十九岁。”

“啊！不是他，不是他，我跟您打听的不是他啊……”

“姑娘，你为什么站起来？坐下坐下。不是他，我们也可以聊聊。”

“聊什么？没什么可聊的了……”

“你坐下。你神情很怪。你让我纳闷。你怎么了？好，你坐下。听我说，住在鸦嘴胡同21号的张春萌，他是我的侄儿。你到底认不认识他？瞧你的神情，我总觉得你还是认识他的！”

“不认识，真的不认识！”

“就算真的不认识，你也还可以坐在这儿，跟我再聊一会儿。刚才你让我坐下来跟你谈谈，我不就痛痛快快地答应你了吗？”

“……”

“我这侄儿很荒唐。他置了个电梳子，头发烫得比你鬈儿还多。没早没晚地总戴着他那三十块钱买来的‘蛤蟆镜’。他还置了个录音机，得工夫就听那些国外进来的‘流行曲’……他还常把一些个奇装异服的姑娘带回家里，跳舞，打扑克……”

“这当然不好。他这人看来有点低级趣味。不过，只要他把工作干好，这也算不了多大的问题。”

“问题就在于他没把工作干好。他是个钳工，按说钳工最能练出手艺来了，可他干了这么好几年，净惹老师傅生气，什么手艺也没练好，整天‘汤泡饭’……”

“他就不怕得不着奖金吗？”

“他不在乎奖金。父母落实政策以后，补了一大笔钱。他觉得那钱都该由着他花。”

“让他去花他那些个钱好了……这跟我有什么关系呢？”

“也许有点关系。”

“也许？”

“我还不能断定。”

“您为什么这么说？”

“我先要问你一个问题：你今天是偶然来到这儿，还是存心找到这儿的？”

“我在照相馆的橱窗里看见了您的照片，照相馆的人告诉我，您每天清晨到这儿来练剑，所以我就来了……”

“明白了。你是把另一个，和我弄混了。”

“看起来是这么一回事。”

“但是，你没白来一趟。你总算找到了一个线索。你知道鸦嘴胡同 21 号里住着个张春萌。”

“他跟我没有关系。”

“我先不作结论。不过，我想继续把他的情况，向你介绍一下……”

“我不感兴趣。张春萌这样的人我身边有的是，他浅薄他的，又不碍着我，我管他的事干吗？”

“他浅薄？我倒不这么看。他是我侄儿，我对他了解得比较深。他内心里其实也有很多复杂的想法。他以前并不是这样的，上小学的时候，他当过少先队中队长呢！他过十四岁生日的时候，我给他带去了一个大蛋糕，他气得小脸儿喷火。他说他要学习雷锋叔叔，艰苦朴素，说我是用资产阶级思想腐蚀他，非要我把大蛋糕拿走，说是该送给他一个绣着五星的针线包才对……后来我还真依了他。可是他现在变成了这样！”

“这有什么稀奇？这种变化不用您讲给我听。我知道的比您多！”

“可你猜想得到，现在他那西服内兜里，总揣着把锋利的折刀吗？”

“……这也没有什么，不过是摆摆谱儿，拔拔份儿……”

“哪是什么摆谱、拔份儿，当然更不是为着削苹果，也不是为着自卫，而是为了……用他自己的话说：‘报仇！’”

“报仇？！”

“对。这是一件让我悬心的事。我劝过他，骂过他，威胁过他——说要报告公安局，可他还是时时把那折刀搁在胸前的内兜里……”

“他的仇人的谁？”

“是谁？我说出来，你可要镇定……”

“为什么？……”

“因为，我感觉到，他要杀的，很可能，就是——你！”

“啊！”

5

热。

被车轮碾烂的、发散着刺鼻气味的柏油路面。流汗的大字报。树上的高音喇叭。许多张长着粉刺的脸。一尺长的红袖章。宽皮带上的铜扣环。金晃晃的铜扣环。

嗖嗖嗖！嗖嗖嗖嗖！

“拿起笔，做刀枪！刀山火海我敢闯！谁要不是跟我们走，管叫他去见阎王！杀！！！”

眼睛。迷惑与惊惧的眼神。

“我不是……”

“你他妈的少废话！”

嗖嗖嗖！嗖嗖嗖嗖！

血。殷红的血。

“他妈的！黑帮还流红水儿！打着红旗反红旗！”

仙人掌上开出一朵花。墨黑的花。那花从远处推至眼前。一片漆黑。

“别想了，蔚兰。别想了。”

“我不能。……当时我怎么就跟着跑进鸦嘴胡同 21 号了呢？”

“没人会来调查这个。你真是！”

“对了，那时候只要有人带个头，我们就跟着跑。我只记得领着我们去的是高二的倪敏。她说那家伙上午竟敢对抄家的小将顽抗。这就够了。我还需要什么说明和动员呢？我连他名字也没打听，或者是当倪敏说他的名字，我并没有记，还用得着记什么名字呢？他跟彭真、吴晗是一伙的，他炮制毒草，他是黑帮，这就够了……”

“行了行了。忘了这些事吧。现在提倡忘记这些事。睡吧，睡吧。”

“你睡你的。我不能。不能。”

“你们不要……这样！”

“你他妈老实点！

眼睛。震惊的眼神。

嗖嗖嗖！嗖嗖嗖嗖！

哐啷啷啷。砸玻璃的声音。脚踩在玻璃碴上的声音。

汗的气息。血的气息。糨糊的气息。对，的的确确，还有槐花的气息。诸种气息混合在一起形成的气息。

“不要……这样……哎哟！！哎哟！！！”

“让你他妈的反党！反社会主义！反毛泽东思想！”

眼睛。哀求的眼神。

“停停，停停……松开我吧……我要……死了……”

“你死有余辜！”

嗖嗖嗖！嗖嗖嗖嗖！

眼睛。愤怒的眼神。仇恨的眼神。绝望的眼神。没有了眼神。

“你他妈的甭装蒜！”

累。燥热。汗把绿军装粘在了背上。旁边战友嘴里喷出的秽气。

眼睛。仿佛就要弹跳出来的眼睛。

仙人掌上的花。焦油般黑。

“你怎么回事？你捂住脸哭什么？”

“我心里难过”

“用不着这样。那时候死人的不止你一个。幼稚，狂热，人民和时代都原谅了的。你何必折磨自己？”

我心里难过，还不在打死了他，而是我一直弄不懂，我为什么会打死他？后来倪敏她们走了，为什么走了？好像说是又有个什么地方要去，那里有个黑帮还在逍遥法外，总之我没有听清，或许听清了没有去记。我记那个干什么呢？这个还没收拾好！我留下来对付！他妈的，狗黑帮！我饶得了你才怪！……”

“蔚兰，你不要这样！这样回忆下去没有必要，要朝前看，我们生活的路，在前头，前头！”

“我知道，知道。路在前头。可我是怎么走过来的！我弄不懂，我为什么一个人留在那间屋子里，把捆他的绳子收紧，不住地抽打他？我为什么会一直留在那儿，把他打得断了气？”

“因为你传染上了一种大疯狂。你以为那就是最最革命的表现。”

“不！你不懂，不懂。我不是为了表现自己最最革命。不是！我是忘我的。为了打他，我宁愿累死。你懂吗？我准备着他挣脱绳索，扑过来掐住我，我打不过他，我就牺牲。”

“因为你愚昧。你成了被一种邪恶力量驱使的机器人。”

“胡说。机器人是没有感情的，而我有着最强烈最丰富的感情。”

“强烈，而且还丰富？”

“非常强烈，我充满了对黑帮的仇恨。机器人是不会有这种强烈甚至是颤动的感情的。而且，这并不是一种简单的、浅薄的感情。我想起了小时候的事。在干部子弟学校里的事。有一回分煮豌豆，食堂的阿姨用木勺给我们往搪瓷碗里盛，她分得很匀、很匀，稍微瞧出不大匀，她就用那木勺调配……我一直觉得我们干部子弟是一个大家庭里的兄弟姐妹，我们的爸爸妈妈是这个大家庭里共同的长辈，我们这个大家庭里每个人都应当忠于我们的领袖，没有他就没有我们，就没有搪瓷碗里那些豌豆，以及许许多多其他的东西……可是，一下子，我们这个大家庭里出了奸贼，有了‘针插不进，水泼不进’的‘独立王国’，出了‘三家村’，真他妈的反叛！我心里头跳动着无数颗滚烫的豌豆，我容不得这些个叛徒、奸贼！我高唱‘鬼见愁’歌，我不但要誓与这些叛徒、奸贼血战，我还要同那些‘黑崽子’们斗争！……就这样，你懂吗？我每挥一次皮带，都带出我一腔的仇恨与沸腾的思绪，我不是机器人！”

“回想当年，林彪、江青他们为了夺权，的确拼命煽动造反，可我记得他们也并没有公开号召人们把黑帮往死里打啊。”

“你尊重事实。我爱你，主要就爱这一条。让我们永远尊重事实吧！解释可以多种多样，结论可以暂时不作，但是事实必须尊重。我讨厌那些不尊重事实的说法。那年八月的这种武斗现象究竟是怎么出现的？不要简单地归结为某某人的挑动。林彪在他的讲话里没少重复‘要文斗，不要武斗’。江青也没有提倡过打人，更没有提倡过打死人，‘文攻武卫’这个话是后来才讲的，那时候她还没讲。这都是事实。别抹煞这些个事实。可是，怪，大规模的人身侮辱，打死人，逼人自杀，许多残酷的事，却在那时候大量地出现，并且一直持续了很久……”

“林彪、江青他们表面上也说‘要文斗，不要武斗’，但他们对这种武斗现象其实是纵容的，他们应当承担罪责。党中央不是已经决定要公开审判他们吗？你就别再想了吧。难道你主张不算他们的账，倒算你这样的人的账？”

“我恨死了林彪，江青他们。他们的账当然要算。可是我不能不往深里想，为什么他们那么一煽动、一纵容，像我这样的干部子弟就首先疯狂起来？我们为什么那么容易受蒙蔽？为什么那么不管不顾地冲到第一线？难道不应当承认，在运动起来之前，我们已经具备了某种容易被他们挑动的素质吗？……”

“算了算了。蔚兰，你这么思考下去，是很危险的……”

“任何时候，严肃的思考也不应当为思考者带来危险，相反，不思考才是危险的……”

“不要空谈，蔚兰。张志新的思考难道不严肃、不深刻、不正确吗？可思考给她带来的是杀身之祸！”

“在中国，这种杀害思考者的事难道还会再出现吗？难道还能允许再出现吗？杀害思考者，就是杀死民族本身！”

“蔚兰，你成哲学家了……这思考多让你痛苦啊，看你额上的皱纹、脸上的泪痕！”

“是痛苦，可也幸福……”

蝉鸣。蝉鸣。蝉鸣。

哭声。哭声。哭声。

一张变了形的男孩子的脸。

“狗崽子！你他妈的老实点！”

“你不打，把你丫头养的也捆起来，一块揍！”

皮带。铜头皮带。皮带上的铜头。闪闪发光的铜头。

下垂的皮带。挥舞的皮带。落下的铜头。

“啊！啊哟——！”

太阳穴痛。只不过是因为累了。喊得太多太久。

一双倒过来的眼睛。呆滞的眼神。

“死有余辜！”

“死了就死了，不许哭！再哭就他妈的把你们也捆起来！”

电话盘。“我他妈的要火葬场！死了个黑帮！你们他妈的快点儿来！”

电话盘。旋转。旋转。旋转。转成一朵仙人掌上的黑花。分泌着黏液的黑花。

“奇怪，要不是今天他提起来，我简直不记得那个张春萌了……”

“谁提起了谁？”

“就是早上我在美术馆前头见着的那个老头。他跟我打死的那个作家，是孪生兄弟。他原来是个画画的，没他兄弟有名。”

“他提起了谁？你想起了谁？”

“他提起了那作家的儿子，叫张春萌的。跟我差不多大。他提起来，我才想起，打到一半，打得那作家半死不活的时候，他从学校回来了。他进了屋，一见那个情景，浑身哆嗦……其实我也记不大清他还有什么表现，是哭是叫，我根本就没注意。我命令他同狗老子划清界限，他好像木在那儿，不知道该怎么个划法。我就把皮带递给他，命令他用皮带揍他的亲爹……”

“天哪！你打哪儿学来的这种惨无人道的办法？”

“我说不清。真的说不清。我的兽性是怎么涌现出来的？谁也没有具体地教给过我。可是我在那种情况下，自然而然地就那么干了……”

“这真可怕。张春萌为什么依着你呢？那是他亲爹啊！”

“我连自己都弄不懂，怎么弄得懂他？他比我个子高，力气一定比我大。当时屋里只有我一个戴红袖章的，倪敏她们都走了嘛……可是他到底还是没有反抗，挥起皮带，打了他的父亲！当然，他犹豫，他不时紧闭着眼睛，当皮带的铜头落到他父亲身上时，他甚至被吓得蹦了起来，因为他父亲用那么一种没法形容的眼神望着他……可是他毕竟打了不止一下……”

“他心上的创伤一定比你还深！”

“不错。也许，就从那天起，他彻底地垮掉了。现在他成了同那以前截然相反的人。可是他也还有感情，有思想，并想有所作为——他怀里永远揣着一把折刀，他要找着我，并且把我杀了……”

“天哪，这是真的吗？”

“真的。这是绝对的真实！”

“蔚兰，你折磨自己还不够，你还要来折磨我……啊！停止吧，停止吧！不能再这么胡思乱想下去了！”

“怎么是胡思乱想呢？一切都很有条理……后来那作家的老婆回来了，她一进屋就晕了过去，醒来后便哭得死去活来……倪敏她们不知为什么又来了，大家一顿吆喝，她不敢哭了……我们叫来了的火葬场的车，于是，那作家很快就烧成灰了，现在我才知道他的名字。原来我在兵团时爱得不得了的那本旧书，就是他写的。我打死了他，可他的书救活了我——我在1975年最苦闷的时候起过自杀的念头，是那本书，书里的人物，人物说的话，让我打消了那样的念头……这不是很滑稽吗？啊！”

“不要这么激动，蔚兰。这一切都已经成为往事。我们太渺小了。要把发生过的一切都弄懂，我们实在无能为力。”

“当然。我并不幻想立即弄懂一切一切。可是我总得弄懂我自己啊！我为什么会把他打死？为什么？为什么？”

“谁能答出这个为什么呢？”

“我！我还是能够的！你不要反驳我……我想明白了，我打他的时候，并不懂得什么叫死：我恨他，所以打他，并不知道打到什么程度就会致死；发现他死了，我的恨还没有消，所以我并没有什么害怕或恶心之类的感觉。其实当时我自己死掉，我也不会有多大的痛苦。死仿佛是件无所谓的事。今天他死，明天我死，死了就死了。”

“我不明白……”

“有什么不明白的？我们从小就受到那么一种教育。无论是革命英雄的死，还是叛徒的死，都被讲得很轻松，很简单。我们的电影现在不是还在这么拍吗？一阵枪响，战场上的敌人就龇牙咧嘴地倒下了，死得真容易、真好玩。现在小学生们还是跟我们那时候一个样，玩打仗，‘嘟嘟嘟嘟’，快快活活地学着电影里的那些‘鬼子’、‘狗子’歪扭着倒下……”

“其实，每一个倒下的人，都包含着一部完整的悲剧……”

“我爱你，就爱的是你这种思想的闪光！”

“这是闪光的思想吗？也许会有人以为，我到了战场，不敢向敌人开枪呢。我会开的。但是，正因为我懂得双方的每一个士兵都是一条生命，这生命并不都是依自己的意愿才来到我面前和我拼命的，所以，我才更感到我有责任为消灭那种驱使他们来侵略、抢掠我们的祖国和人民的邪恶力量而进行战斗。我会打死那扑向我要我命的士兵，可是一旦他成为俘虏，我就会立即丢弃打死他的想法，我甚至还会怜悯他，爱他！”

“可是懂得这一点的人，不是太少了吗？现在还有那么一些愚蠢的宣传，让人们轻生爱死，把生命看成毫无乐趣的东西，把死亡看成简直是无所谓的那么一回事儿……我当年就是在这么一种潜意识支配下，把那作家打死的！”

不是鸦嘴胡同21号，而是自己的家。

大敞的屋门。屋门上的玻璃裂着大缝子，如僵住的闪电。乒乒乓乓的声音。什么东西“咕冬”倒下的声音。

怎么回事？

冲进去。

“妈！”

妈妈的眼睛。他的眼睛怎么移到了妈妈的眉下？惊恐的眼神。恳求的眼神。绝望的眼神。

“你们这是干什么？！我爸是红小鬼出身！”

“什么他妈的红小鬼！走资派！”

“你们混蛋！”

“你才混蛋！”

冲过去。

妈妈拽住了自己，妈妈的胳膊怎么变得如此有力？

“蔚兰，他们是造反派！”

是啊，“中央文革”支持“三司”，他们是“三司”的造反派！

同妈妈紧紧地抱在了一起，脸贴脸。痛哭。流在一起的泪水。流进了嘴角。苦。

搪瓷碗被掷到了地下，凉豌豆满地蹦着……

妈妈仰卧在床上。散乱的头发。眼睛。僵住的痛苦的眼神。滚到墙脚的“敌敌畏”药瓶。

“妈呀！”

豌豆为什么盛到了黑瓷碗里？

仙人掌上的黑花，怒放着，仿佛是一张讽刺的笑脸。

“你怎么又想起你妈妈来了？”

“她死得跟那作家一样地惨。我永远忘不了那天她对我的一拽一搂，和她眼泪蹭到我脸上的感觉。她那一声喊叫‘他们是造反派！’够我思考一辈子的。因为‘中央文革’支持‘造反派’，所以我们都得服从，尽管这‘造反派’甚至是要让我们死……啊，妈妈！可怜的妈妈！”

“你这么思考下去，还得了吗？夜很深了，思考，也需要有劳有逸……”

“好的。你先睡吧，让我再想一会儿，一小会儿……”

6

骆蔚兰走拢窗前，拉开了窗帘，推开了玻璃窗。

窗外是墨蓝色的夜。夜空中撒满星斗，一条银河微斜地在夜气中颤动着，闪烁着。银河啊，你是无数的问题，你也是无数的答案。从问题到答案，必须经过怎样的途径？在这途径上，人类必须体验怎样的痛苦，怎样的怅惘，怎样的磨难，怎样的觉醒，怎样的欢欣，怎样的彻悟……

丈夫终于睡过去了，这一次他鼻息很轻，不时磨牙、翻身，偶尔还喃喃地呓语着。他是在梦中思考吧？那是一种痛苦的、混乱的、无望的思考，骆蔚兰尝过那味道……

让人们在清醒中思考吧！面对着一天繁星，任夜风拂动着鬓发，让滋润的夏夜的气息拥抱着自己，可以想得很深，很远……

树枝在微风中摇曳，盆花在幽暗中吐香，蟋蟀在角落里颤吟，蝙蝠在夜空中舞动。骆蔚兰双臂交叠在胸前，倚着窗框，望着那深远而博大的星空、那神秘而具体的银河，静静地思考着。

她想象自己，敲着鸦嘴胡同21号的门。开门的是张春萌。她和他坐在屋里，就是那间他们挥舞过皮带的屋子，他们谈着。她同他一起思考。用不着忏悔，也用不着报复。如果共产主义不是为了使人性更趋美好，那我们为什么要信仰它？不能教条，也不必“修正”。事实。事实。事实。然后是深深的思考。他解开了上衣的衣扣，伸手从内兜里取出了那把折刀，把那闪着寒光的锋刃，展示给她。她接过来，感谢他赠予的这贵重的纪念品，这锋利的刀刃，应当对准的是那些调动、释放兽性的东西。“人应当更像人。”从我们这一代开始！……

忽然，有一种力量，在骆蔚兰身体里蠕动着。她把双手搁到了腹部，她感受到了那刚刚进行到一百多天的细胞分裂。一个胚胎，一个新的生命，正在这个曾经亲手戕害过一个有很高价值生命的母体内孕育着。获得性真的不能遗传吗？人类在几千年文明史中艰苦修炼出的美好的人性，就不能通过遗传基因传递给下一代吗？就算是这样吧，骆蔚兰，这变得格外理智而富于人性的年轻母亲，决定为自己的下一代，准备一种比自己当年身受的要正常而美好的熏陶。她的儿子也许将遇到真正的敌人而必须与之格斗，但他将不会去凌辱、消灭一个俘虏。这将成为整个民族更文明更健全的一种标志。

银河系在旋转。太阳系在运动。地球湿漉漉地徐徐调换着向阳的一面。在中国，在即将迎来曙光的北京城，在一处僻静的小院，在一间小屋的窗边，一个女子仰望着缓缓移动的银河，深深地思考着，思考着……

1980 年 5 月写于北京
1980 年 7 月改定于沈阳

月亮对着月亮

1

我在什么地方？说出来你别瞪眼——在破庙里。

别瞎猜，我可不是和尚。不跟你绕弯子了，直说吧，我是在我们厂的库房里值班。

我们这个厂子是由破庙改造成的。这库房据说原是庙里的什么“须弥殿”，你瞧那几根柱子，透着古色古香。

是呀，我们厂的厂房够寒碜的，可我们的产品就高贵了。凡是世界上最讲究最豪华的屋子里，大概都少不了这玩意儿，那就是——地毯。

我今年二十二岁，分到这么个厂子当洗涤工，转眼就四年了。我那活儿又累又枯燥。不过，下班出了厂门，一瞅见那么多待业青年在卖大碗茶，炸麻花，咱也就知足。

说实话，我还没谈上恋爱，那滋味儿留着以后再尝，反正我年岁确实也还小。我的生活乐趣是交朋友。友谊啊友谊，你们懂得这玩意儿吗？那滋味儿咱好有一比，比作回民饭馆里的一样名菜：“它似蜜”！

眼下是春节，正该找朋友们痛玩一场。咳，厂里非排我大年初一到这库房里值班不可。得从这早上七点钟，值到晚上七点钟！值班表一排出来，我就满厂子转悠，求爷爷告奶奶地请人家替我一回，你想正赶上这么个节骨眼儿，谁肯替换我呀？

算我倒霉。我带上袖珍半导体，一大叠《大众电影》，坐到这儿值班来了。

厂子里除了传达室和党支部办公室还有人值班，大概就没有别的人了。我们这三个值班的各据一方，连隔窗对望的机会也没有，真闷得慌！厂子里静悄悄，可厂外的街巷不时传来噼噼啪啪的爆竹声，搔得我心里好痒痒。

看看表，才七点四十。我怎么就跟在这儿待了一个世纪似的！时间这东西真古怪，人的心情能使它快如火箭，也能使它慢如蜗牛，乃至于凝固不动。

俗话说“每逢佳节倍思亲”，我可并不思念我家里的人。来值班以前爸爸妈妈还在唠叨我：“心里要用到厂里的正事上，别总跟那些三朋四友闲逛荡……”教中学的姐姐也凑热闹，居然威胁我说：“你那个‘大拇哥’究竟是啥样的人？有工夫我们得仔细了解一下！”唉，我是“每逢佳节倍思朋”，而最令我自豪的朋友就是‘大拇哥’。让他们了解去吧……

2

回想起结识“大拇哥”的经过来，真像吃烤鸭子似的有滋有味。

那是头年秋天。那天刮着风沙，我竖起皮夹克的领子，手里举着三毛钱，站在某个礼堂的门外，不顾沙子灌进嘴里，顽强地向每一个迎面而来的人询问着：“您有富余的票吗？您票有多的吗？……”

礼堂里要演“内部参考片”。什么名儿不清楚，反正“内部参考片”总比“外部片”神。咱没门路，又实在想看，只好用这法子来弄票了。

谁理咱们呀！我把手里的三毛钱换成五毛钱，又换成了一块钱，最后举起来高声地嚷：“我买退票！我买退票！”还是白搭。

正当我陷入绝望中的时候，突然，一张红喷喷的脸晃到了我的眼前，咦，这不是中学时候的同学“小驹子”吗？

“你有票退？”我喜出望外地往他手里塞钱。

“小驹子”把我的手推开，咧开大嘴岔一乐，问我说：“你小子想看呀？怎么着，还在地毯厂当毯匠吗？”

我一个劲点头，只问他要票。

“要看电影还不容易，来来来，我给你介绍个朋友——”“小驹子”把我手一拉，领我来到一个细高个面前。他看上去比我们顶多大个三四岁，戴着副变色“蛤蟆镜”，那上头还保留着外国字的商标。只见他右手不住地往嘴里扔瓜子儿。嘿，他可真有本事——他能在嘴里完成嗑瓜子全过程，舌头尖不停地出瓜子壳儿来！

“你小子叫谭景风？咱们交个朋友，乐意吧？”他笑吟吟地说，“他们都管我叫‘大拇哥’。”

“他就是这个！”“小驹子”竖起大拇指，兴奋地对我说:“他什么‘内参片’的票都能弄来！”

果然，“大拇哥”把左拳一松，只见有五六张票夹在他的食指与中指之间。他抽出了一张递给了我:“你先进去吧，我们再等几个哥儿们。”

我高兴得闭住了气。我一边连说“谢谢”一边把钱递过去，让“小驹子”一巴掌险些打落到了地上:“去去去！散了场，你还在这儿等着我们就行！”

我入场了。十排三号，乖乖，多好的位子！而且，令我先是大吃一惊而后无比自豪的是，我瞧见了著名的大导演谢添，就是会表演“变脸”的那个鼎鼎大名的谢添……谢添的位子在哪儿呢？哟，二十三排边上，挨着通向厕所的太平门！

瞧，我能让谢添陪着我参考“内部电影”！电影稀里糊涂地就演完了，亮灯后，我见谢添直揉脖子，我是满脑瓜莫名其妙。我拿眼一扫，哟，“大拇哥”他们位子更好：七排当中！

不能不佩服“大拇哥”呀。跟他认识了没有两个月，我就从他那儿得到了不少方便，尝到了不少甜头。就拿过新年来说吧，澡塘子一大早前厅里就挤满了人，洗澡得排队等候，可“大拇哥”能带着我和“小驹子”穿过排队的人群，大摇大摆地在开业前走进门里去——原来澡塘子里的服务员“萝卜须子”也是他的朋友。“萝卜须子”让我们哥儿们几个在刚换得水的池塘里痛痛快快地洗了头轮澡,还不收我们的洗澡票。当我们斜倚到位置最好的卧榻上打扑克牌时，又有“大拇哥”在食品店里的朋友“阿臭”带来了一提包杂拌糖，我们每人分到一斤。我打开纸包一看，不禁目瞪口呆了：几乎全是三块四一斤的高级糖和裹着全银纸的巧克力。怎么一斤才收我们一块八毛钱呢？细一问，敢情是这么回事:“阿臭”他们店里的杂拌糖，是由他们售货员头一天按比例用两三种高价糖和四五种中等、低等价糖混合配成。“阿臭”利用工作的方便，先用两三种高价糖配成几斤，留给我们这伙哥儿们，其余的再加以混杂，用以第二天卖给顾客,这样最后回收的糖钱,并不会出现亏损。我们出了澡塘子又直奔菜市场，大棚里买鱼的队真称得上是“九曲回肠”。我们照例不用排队，“大拇哥’把我们领到菜市场侧门。运鱼的冷冻车来了,从车上扔下了冻成一方一方的大黄鱼。菜市场里管把冻鱼方子运进棚里的“二拐子”也是“大拇哥”的朋友。他二话没说，扔了一方给“大拇哥”。“大拇哥”给了他二十斤的钱，便把冻鱼方子夹到自行车的后座上，然后我们笑骂着骑车来到“小驹子”家。在他家把那冻鱼方子劈分了——其实足有三十斤。不过不要紧，“二拐子”他们收进了的款子也不会亏损。他们只要给二三十个排队买鱼的顾客每人少称上一两，也就把差额找补上了——大年过节的，买上鱼就是美事，有几个顾客真到“公平秤”那儿验分量去?我把糖和鱼拿回家去，只说是排队买的，妈妈爸爸姐姐哪想得到这里头有“猫腻”？还直夸我比以前勤谨，有耐心。

先头，我还当“大拇哥”是个干部子弟呢，后来从“小驹子”那儿问出来:不是。“大拇哥”的父母也就是一般的职员,“大拇哥”本身工作的厂子也平常，他无非是个普通工人。

我对“大拇哥”可算是服了。有回我们都随“大拇哥”去参加一个文艺团体的舞会,因为女伴不够,“大拇哥”就带着我跳慢四步,一边旋转着一边对我说:“美滋滋吧？跟我交朋友有香的吃。记着我的话吧:有朋友走遍天下！可得注意，别交那没用的朋友！”

轻柔的乐声飘荡在耳畔，变幻的彩色灯光使我目眩神驰。我觉得从“大拇哥”那里听到一条深刻的人生真理。

3

正当我斜倚在值班的床铺上，一边听着收音机里的舞曲，一边想念着“大拇哥”、“小驹子”他们的时候，忽然有人叫我。

隔窗一望，原来是同厂的片剪工韩玉朴。他跟我同岁，阔脑门，大眼睛，头发天然带鬈儿，长得挺帅。他这人人缘挺好，好说话。一见是他，我就蹦起来去开门，欢天喜地地说："救星来了！你快帮我值这一天的班吧，明天你要我怎么报答都成！"

他哼着歌进了屋，眉开眼笑，用《送你一枝玫瑰花》的调子唱着说："帮你值班，不用报答……"

我欢呼着抓住他胳膊，简直不知道用什么语言来赞美和感谢他。

谁想他把我的手推掉，又用《花儿为什么这样红》的调子唱着说："今天我实在替不了你，替不了你呀……"

我后退一步，气得不行，把手一摔说："你干吗跟我开心？那你干什么来了？"

他这才解释说："今天我得跟长海研究个新的地毯纹样，要参考《文物》杂志。可我把去年《文物》杂志的合订本锁在那里头了……"说着一指屋里靠墙的小柜，便走过去用钥匙开锁。

他们片剪工序就在这库房的空当里进行，所以这儿也就算是他们那个班组的车间。他们每人都有一个装自己工具衣物的小柜，钥匙由自己掌握。

韩玉朴取出《文物》杂志合订本，锁好小柜，哼着歌就要出屋。我挽留他说："你替不了我，陪我杀一盘象棋再走也行呀。传达室于老头那儿就有棋，我去取还不行？"

他笑着指指屋外说："长海等着我呢，我们刚一块看完《泪痕》，这就要去他家研究新纹样……"

我朝门外一看，可不是，他那个好朋友侯长海立在门外等着他呢。侯长海个子又瘦又小，真是名副其实的猴儿！这还不说，他还架着一只拐，据说他小时候得过小儿麻痹症，捡回了命落下了残。侯长海见我看他，便对我微笑着点头，我只是冲他撇撇嘴。

没法了，我只好放走了韩玉朴，眼见着他和侯长海哼着《心中的玫瑰》，亲亲热热地走了。

我仰面朝铺上一倒，长叹了一声。同时心里涌出了这样的想法：真古怪，韩玉朴干吗要交侯长海这么个没用的朋友呢？

侯长海真是那种横着拧竖着绞也滴不出油水儿的角色。他爸是个扫街的清洁工人，他妈是个街道工厂的辅助工，他本人分到装订厂专管检查成品盖戳儿。我原先以为，大概因为韩玉朴是个书迷，所以他才找了这么个朋友，好从侯长海那儿弄点子并没有毛病的“处理书”。后来我在新华书店遇上他俩花钱买《莎士比亚戏剧故事集》，还听侯长海拍着书皮儿说：“这书是我们那儿装订的。”才知道他俩是一对呆鸟。

当然啦，我知道他俩是邻居，打小就认识。上小学的时候，侯长海的腿架拐也走不动，上学校时韩玉朴常背着他来来去去。可这么多年过去啦，大伙儿都进入了社会，以韩玉朴的条件，交上比“大拇哥”更神通广大的朋友也不难呀，可他业余时间里，总还是跟侯长海腻在一块儿，你说这不亏得慌嘛？

有一回，我跟“大拇哥”、“小驹子”他们从一家甲级餐馆出来，那一顿我们起码扫荡了十多样菜，可才花了五块钱——服务员“大锁眼”是“大拇哥”的朋友，“大拇哥”帮“大锁眼”弄到过香港流行曲的录音带，所以“大锁眼”采取一种从规章制度上解释得通的计价方法，便宜了我们这么一顿，还给我们提供了本来专供外宾使用的雅座。那天的五块钱是我付的，花五块钱就能让哥儿们打着饱嗝儿剔牙，喷着酒气儿逗贫嘴开心，也算是够值当的了！

正当我们嘻嘻哈哈地从餐馆出来要上车（不是公共汽车，是“大拇哥”的司机朋友开来的“小面包”）的时候，我一眼瞧见韩玉朴和侯长海。他们俩各背一个写生的画夹，兴致勃勃地边聊边走呢。我就横过去拦住他们说：“嘿！往哪儿溜达呢？”

韩玉朴扶住我的肩膀说：“瞧你醉的。我们要去看出土文物展览，打算临摹一点古代器物上的花纹。”

真是稀奇古怪的爱好！我扬起眉毛扮了个鬼脸，讽刺他们说：“你们这是‘古典式’的友谊，早该成文物啦！瞧我们，讲究现代派的味儿——用友情使自己生活得更快乐！”

韩玉朴微微一笑说：“酒肉之交古已有之，算不上现代派。我倒觉得我和长海的业余生活挺有现代化的味道。不过咱们都别忙作结论吧，祝你得到真正的快乐！”说完冲侯长海把头一摆，侯长海朝我腼腆地一笑，俩人便继续走他们的路了，倒弄得我有点下不来台。

“大拇哥”他们早已坐上了“小面包”，“小驹子”他们一迭声地催我快上车。上了车，“大拇哥”问我：“二位是谁呀？”

我说了名字。“大拇哥”又问他俩的具体情况。听完侯长海的情况，“大拇哥”把头一摆说：“没戏！”听完韩玉朴的情况，他倒挺感兴趣：“他爸是果品公司的头头？认识认识他倒不错。说不定什么时候就有用。”

可是后来有一天中午在食堂吃饭，我跟韩玉朴说起“大拇哥”，建议他下班后跟我去看个“内参片”，顺便跟“大拇哥”见面聊聊，他却一点兴趣也没有，并且开口又是他那个侯长海：“我们俩约好了去图书馆，借《中国美术通史》看。”

他们俩不知被什么迷住了心窍，搞上了地毯纹样设计。我们这个地毯厂是个小厂，自己没有设计师，织毯子就用大厂子设计室提供的现成纹样。那些个纹样反正也能销出去，出不出新纹样并不影响我们厂完成任务。可是韩玉朴把他和侯长海设计出来的“螭龟卷草纹”地毯图样拿出来以后，厂领导挺重视，织毯车间的老师傅们也愿意试织。结果，织出来的样毯在同行业各厂中引起了震动，负责地毯出口的土产畜产进出口公司还把样毯拿去给外国商人看了，外国商人也是大惊小怪，一下订了上百张的货。可这又算得了什么呢？韩玉朴只得了三十块钱的奖金，侯长海只得了封我们厂写给他们厂的感谢信，如此而已！他们俩用韩玉朴那点奖金，坐首都汽车公司的旅游专车去清东陵玩了一趟，回来后侯长海说得好像多了不起似的。其实要跟我和“大拇哥”他们得到的快乐、见到的场面、收取的实惠比起来，可真是小菜一碟了！

可他俩研究地毯纹样的兴趣还不见衰减。瞧，这不接茬又研究上了，大过年的也不消停消停。

一阵清脆的爆竹声打断了我的思路，使我痛切地感觉到厂墙外就有活跃热烈的节日生活，我多么想投入进去，同“大拇哥”他们狂欢一番啊！可是看看表，停走了吧——怎么才八点二十？把表贴到耳朵上，坏小子，它就是那么慢慢悠悠地“滴答”着。

4

我翻了一气《大众电影》，也还是提不起兴致。难熬呀！

可是，到八点五十左右，奇迹出现了——你猜怎么回事儿？“大拇哥”找我来了！

他进了屋，先用舌头尖顶出一些个瓜子壳儿，然后便打个榧子，哈哈地笑着说：“你们传达室那老头儿真逗呢，盘问我个没完，我总算把他给唬住了——我说我是你舅舅，中国评剧院乐队的，赶明儿能送他《三看御妹》的票，他才把我放进来……”

我高兴之余，也不免有点惊讶——“大拇哥”背着老大一个大提琴盒！他这是打哪来，背这玩意干吗啊？

“大拇哥”把大提琴盒搁到一叠卷好的地毯上，端详着库房四面，一边用他特有的方式嗑着瓜子儿，一边问我：“你今儿个就跟这些个毯子做伴呀？”

我说：“可不是闷得慌！多亏你来看我。你陪我玩会儿吧，咱们是杀棋还是跳舞——收音机里这时候准有舞曲。”

“大拇哥”摆着头，他的注意力全集中到了四壁挂着的一些挂毯上——那是我们厂的一种重要产品：有波斯式的几何图案，有传统的“和合万蝠”、“岁寒三友”等图样，也有仿国画的花鸟山水，还有个别仿油画的现代题材挂毯……大的十多平方米，小的不足一平方米。“大拇哥”边看边赞叹：“不赖呀！够意思！”

我说：“别看我们厂是所破庙，这破庙里织出的毯子专登大雅之堂，纽约联合国大厦，巴黎总统府，东京都市政厅……全铺得挂得有哩！”

“大拇哥”看完一圈，走到我那值班床上坐下，掏出包进口的“三五”牌香烟，动作优雅地递给我一支。我抱歉地对他说：“我们这个地方不许吸烟，怕把地毯点着了。”他吹了声口哨，把香烟抛起来又接住，揣回兜里，倚到床上的被子摞上，双手交叉枕在脑后，两腿交叠，尖头皮鞋一晃一晃地对我说：“景风，我要借块挂毯，你小子可别含糊！”

我坐在床边上，搡搡他的腿说："开哪门子玩笑！坦白坦白你们今儿个撇开我打算怎么玩？"

"大拇哥"原来并不是开玩笑。他重复地说："借我一挂地毯，我准在你七点交班以前送回来。"

我愣了。这怎么行呢？我们厂的制度绝对不允许啊！再说万一被人发现了可怎么得了？我不愿让"大拇哥"觉得我太"教条"，就退一步说："借，你也运不出去呀，挂毯又不是一根针一杆笔，揣兜里就能带走。你抱着毯子卷往外走，传达室的于老头准截住你。"

"我干吗抱着毯子卷走？""大拇哥"坐起身来，指指大提琴盒说："卷起来搁那里头不就得啦！"

我过去掀开大提琴盒一看，原来里头是空的！敢情"大拇哥"带它来就是为了装挂毯啊！

撂下盒盖，我心里乱营了。

"大拇哥"拍着我肩膀说："你以为我会拐骗一块挂毯，拿走独吞了吗？放心，绝没那个意思。我只是要你小子帮我个小忙。"

我挠着头："咱哥儿们，别说帮小忙，帮大忙也是义不容辞的事儿，你要我个人的东西，任啥我也能给你，可这挂毯是公家的不是我私人的啊……"

"大拇哥"用手托托我下巴颏说："你先别发怵。咱们好商量。"

"小天鹅，你知道吧？上月舞会上跟你跳探戈的那主儿……"

我说："知道知道，'小子'早告诉我了，你们对上象了。她长得可真够天鹅的份儿啊，听说她家老头是个厂长哩，祝贺你啦！"

"大拇哥"推我一把说："别光说好听的！现在是你该拿出实际行动的时候啦！听着，今天下午她和她妈她姐姐要来相我。这三位女士全是金眼皮，喜欢个荣华富贵。所以，我已经从我们厂弄出一小桶汽油，说动'小驹子'他三叔借了我一套刚分得还没搬进去的房间，又靠'二拐子'和'大锁眼'给我准备了一桌酒席，'阿臭'、'萝卜须子'他们给我借了个四喇叭的三洋收录机和唐三彩瓷马摆设，加上我自己早就制备好的沙发、立柜、落地灯、活动式酒柜……配上拐几道弯弄来的花格子地席、蝶式吊灯、出口茅台酒和金鱼酒心巧克力，估计准能把他们唬住，席上就把事儿定下来，初五办事处一开门我跟‘小天鹅’就去登记……可是我那墙上还缺样挂的，这不轮着该你成全我的好事了吗？”

说完这番话，他就站起来，一边嗑瓜子儿一边绕看四壁挑选挂毯。他挑中了一块根据东山魁夷画意识出来的横式挂毯，指着说：“就借我这块吧，这色调正配我那全堂的布置——我搞的都是暖色！”

我犹豫不决，结结巴巴地对他说：“这……这样好吗？‘小天鹅’不是早晚也得知道……知道这好些东西……连房子全是借的吗？”

“大拇哥”转身望着我，满不在乎地说：“当然早晚她得知道。可登记完了她就是我的人了，我鼻子底下长的什么？不会慢慢跟她解释？她会相信我的能力的。今天我需要借的东西，只要我不断地走门子，一二年里我们就会全有的。别忘了她家老头是厂长，那厂子你和‘小驹子’他们不是都想转过去吗？人家比你们这集体所有制的福利高，有我这么个关系，今后你们到了那儿准能分上甜活！快把挂毯借给我吧，我可已经跟‘小天鹅’吹出去有挂毯了！……你小子不愿投资，光想中彩，那怎么成呢？”

对这么个局面，我可是一点思想准备也没有。我想起“大拇哥’早就对我说过的“至理名言”：“别交那没用的朋友！”过去我总以自己为本位来看待这句话。是哇，“大拇哥”这个朋友用处多大呀，没有他，我能看上那么多“内参片”吗？我能参加那么多的宴会和舞会，得到那么多便宜和乐子吗？可是，直到今天我才懂得，还应该以“大拇哥”他们为本位来看待这句话。他们跟我交朋友，也是为了图我的用处啊。我的用处体现在哪儿呢？显然，一块上餐馆开宴，撒出点钱去，那是够不上“有用的”……怪不得有时候“大拇哥”在闲聊中过细地问我们地毯厂的各种情况呢！前几天我就说起今天要值班的事，他把值班的地点、人数、环境……全打听到了。我当时没在意，现在才猛丁醒悟，他是早就计划好要用我了——是啊，“别交没用的朋友！”难道他给我那么多的甜头，单单是因为我能叫他声“大拇哥”吗？

我的心就像被两个球拍推来挡去的乒乓球，脑子里的念头就像“儿童运动场”里的转椅般旋转不停。答应“大拇哥”吧，又觉着实在不该犯纪律，拒绝“大拇哥”吧，又觉着实在欠他的情。唉，友谊啊友谊，这回你可不像“它似蜜”

了，你像没涝过的涩柿子般麻口哩！

“大拇哥”坐到床铺上，哔哔剥剥地嗑着瓜子儿，眼珠在变色“蛤蟆镜”后转悠着，耐心地等待我作出决定。

我低头用手指头抠着床单上的玫瑰图案，倒好像那都是些污垢似的。

“大拇哥”等得有点不耐烦了，他啐了几个瓜子皮儿到我脸上，“开导”我说：“瞧你这份窝囊相！友情为重嘛！你琢磨琢磨，‘朋友’的‘朋’字怎么写的？月亮对着月亮，互相借光嘛！如今要生活得幸福，快乐，不就得靠多交有用的朋友，多借光吗？你赶明儿用得着我‘大拇哥’的时候多着哩……咱们又不是犯法，咱们就是互相借借光嘛！”

他这么一说，我眼前仿佛真出现了个“朋友”的“朋”字，这“朋”字越胀越大，果然是两个下弦月互相对着……

可我还是下不了决心。我第一次感到了“借光”的苦味。“借光”真的永不犯法吗？借来借去，这不已经快要“过线”了吗？怎么是好？“大拇哥”见我皱着眉头不言语，便站起身看看表说：“是呀，你小子还嫩。就让你想想吧！我先到西单再办点事儿，提琴盒撂这儿，十一点我再来，到那时候你要还这么窝囊，咱们先把账算清，完了就谁也不认识谁！”

他走了。

我在库房里坐也不是，站也不是，走动着也难受。我时不时瞥一眼那大提琴盒，黑色的盒身让我联想起一团盘着的大蟒。

我不住地看表。时间啊，你为什么忽然又走得这么快？你这是跟我开的什么玩笑哟？怎么不知不觉就已经十点了？

5

谁的脚步声？难道是“大拇哥”提前回来了？

瞧清楚了来人，我的神经才松弛下来，那是韩玉朴。

他照例哼着歌，手里抱着沉甸甸的《文物》杂志合订本，见了我便笑嘻嘻地说：“解放你来啦！找你的‘大拇哥’他们‘蓬叉叉’去吧！”

见我满脸惊奇，他便解释说：“长海他们家来了亲戚，长海得跟他们聊聊玩玩，我们的设计工作暂停。我不愿意回家，乱哄哄的容不得我看书，所以来这儿顶你的班。咱们一举两得，你得了热闹，我得了清静。赶明儿轮到我值班也不用你再替我。怎么样，下巴颏该乐掉了吧？”

我可乐不出来。我斜眼望望一旁的大提琴盒，这就引起了韩玉朴的注意，他瞪着眼大笑起来：“哈哈……这是你变的魔术吗？怎么库房里添了这么个庞然大物？”

我怕他去揭盖儿看，忙拦到他身前说：“我的一个朋友，评剧院搞伴奏的，刚才路过这儿，说暂存一两个小时，等会儿他就来取走……”

韩玉朴点着头说：“原来如此，你放心走吧。你把他名字告诉我，等会儿他来了，我问清楚了让他背走就是。我给看着，丢不了！”

我当然并不离去。韩玉朴上下打量着我，到这会儿他才稍微感觉出我有点反常。

我忙掩饰地说：“还是等他来了我再走吧……你坐下呀，我一个人闷得慌，有你来聊会儿也真不错。”

韩玉朴从兜里掏出一张歌片来，兴致勃勃地说：“咱们一块学这首歌吧，旋律忒美！”

我把他拿歌片的手打到一边：“我可不是歌迷。你坐下，跟我聊会儿比什么都强。”

他和我都坐到了床铺上，我提起话茬说：“你是个大学问。你谈谈，朋友的‘朋’字究竟是什么意思？”

韩玉朴嘻嘻哈哈半正经半逗趣地讲解开了：“‘朋’字有好几种意思。一个意思是同一个老师教的弟子，引伸开就是相好的意思，古书上有这样的话：‘同门曰朋，同志曰友。’另一个意思是当‘比较’的‘比’用，比如有个成语叫‘硕大无朋’，就是大得没法子比的意思。古时候还有把‘朋’当量词用的。当时贝壳就是货币，五个贝壳叫‘一朋’。《诗经》里说‘锡我百朋’，那就是五百个贝壳，多阔气，够买一台高级‘三洋’录音机的了！另外，‘朋朋’还被用来形容风声……不好的意思是‘朋比’的‘朋’，《唐书》上说：‘趋利之人，常为朋比，同其私也。’你可别跟趋利小人一块儿‘朋比’去啊，哈哈……”

我知道他是无意，可这话直刺我心窝，我的脸色变得很难看。因为韩玉朴笑到半当间自己止住了，眨眼望着我，我就单刀直入地问他：“有个说法，‘朋’就是月亮对着月亮，就是为了互相借光，只有这样才能生活得幸福，生活得快乐！你说说，你同意这种说法吗？”

韩玉朴重复着“月亮对着月亮”那几句话，微笑了：“真新鲜！头回领教！月亮自己并不发光，要说借光，那是借的太阳光啊……”

“谁要你讲天文学！”我生气了，“你跟我直说吧，你跟长海泡在一块儿，究竟图个什么？”

真没想到，他脸红了，降低声音对我坦白说：“我们想编本《京式地毯图谱》，还想写本《中国地毯史》……你可别给我们往外乱说啊！”

咳，这对我来说算什么答案呀！我刨根寻底地问：“写这书又图个什么呢？稿费？出名？”

韩玉朴“扑哧”乐了，当胸杵了我一拳：“你净想好事儿！我们八字还没一撇呢！”

我还是不罢休：“你这个大月亮对着他那个小月亮，他净借你的光了，你不觉着亏得慌吗？我不懂，你们这号友谊究竟是怎么回事儿？”

韩玉朴不乐了，他的表情变得严肃起来。我想起了他在团支部里的职务：宣传委员。他是不是要摆出个团支部的架势，给我上政治课呀？我先给他打了“预防针”：“你甭给我来一套一套的理论，你给我说点心里头的真实想法！”

他倒又被我逗得微笑了。想了想，他诚诚恳恳地说：“我觉得，友谊，这也是一种高级的精神生活。它应当是高于人与人之间的物质关系的。我跟长海打小一块长大，我们谈得来，都爱好工艺美术，迷上了地毯设计……要比成月亮对着月亮，那我们就是两个人造月亮——同步卫星——我们愿意绕着地球母亲，一块钻研学问，一块发明创造、为祖国为人类作出贡献……我们在一块看展览、旅行、写生、看电影、看戏、弹琴唱歌、下棋练字、讨论问题、钻研学问……觉着特别幸福，特别快乐。跟你说吧，我们都起过誓，就是将来有了对象，成了家，我们也要一直好下去！当然啦，我们也吵过架……”

我忙追问:“你们也吵架?是你问他要什么他舍不得给你吗?”

韩玉朴把眉毛一扬:“我干吗问他要东西呢!是这么回事,那回我们一块去图书馆,我借的那本书有点开线,那里头有幅插图把我迷得简直丢不开手。我看呀摸呀,忍不住就想把它扯下来夹到我的笔记本里去。长海看出了我的心思,瞪了我几眼才把我止住。出了图书馆,他斥我说:‘多没教养,起那号念头!’你想我受得了吗?我就脱口而出地说:‘你文明,你是瘸腿博士!’他登时变了脸儿,嘎噔嘎噔点着木拐飞快地离开我,一个人去赶公共汽车了。我赌气站在那儿没动弹,看见他没人搀着,好费劲地才上了公共汽车,车窗里闪着他变了样的脸,我这才悔得不行……晚上,我到他家跟他认了错,承认自个儿修养不够。他拿本书遮住脸,变了嗓说:‘我也不该那么说你,说得太重了。……’我把他手里的书推开,他眼里转着泪花儿呢。你不是问什么是朋友吗?全部的答案我也说不出来,可我觉着,在一起能使自己变得更纯洁更高尚,这才叫真正的朋友……”

听了韩玉朴这番话,我心里涌出一股说不出来的复杂滋味,我又服气又不服气,又羡慕又嫉妒,又后悔又想挺住,又想再跟他深谈,又怕再往深想,又舍不得他离开又怕他留下……

终于,我粗鲁地对他说:“行了行了,你走吧!我不用你替,反正今天我认倒霉了,这个班,我就值到底吧!你请吧请吧!”

韩玉朴微微偏着头,眉头抖动着,默默地望着我,显然是在琢磨:这是怎么回事呀?

我不能让他留在库房琢磨我,再说,十一点眼看就要到了,万一“大拇哥”跟他碰上可就麻烦了。我站起来先拉后推,由命令而恳求地对他说:“你走吧你走吧,现在我想一个人清静清静!”

韩玉朴抱着他那《文物》合订本,依我的请求,哼着《友谊地久天长》的曲子走了。临走他亲切地对我说:“景风,我希望过完节后,能再跟你讨论关于友谊的问题。”我使劲地点头,真心实意地答应了他:“准的!我主动找你!”

韩玉朴的身影消失以后,我一看手表:十点三十二分,离“大拇哥”回来不到半小时了。我望望那大提琴盒,心头就像被人揪了一把。我双手插进裤兜,低着头来回地在大提琴盒面前疾走着。我感到自己正处在人生的一个三岔路口上，面前两个路口都立着月亮对着月亮的路牌：一条路上是“大拇哥”他们在对我招手，发散出烟酒茶饭的香味，回响着流行曲和笑声；另一条路上可以看到韩玉朴和侯长海携手同行的身影，他们前方是一座闪着光芒然而陡峭险峻的修养和事业之峰……

啊！请你们帮我来决定吧：该往哪边迈步？

快点回答我吧，现在还来得及！

1980 年 4 月写于垂杨柳

她有一头披肩发

他是在日光岩上遇到她的。

日光岩是鼓浪屿的最高处。站在日光岩上，既可以回望厦门半岛，也可以眺望大担、二担两个岛。

日光岩上有人出租望远镜，五分钟一角钱。为计算时间，出租者手里提一只闹钟，每隔五分钟响铃一次。

他想租，但望远镜正被别人占用着。

他本是随便地朝持望远镜者一瞥，但这一瞥，却使他怦然心动了。

那是一个年龄大概与他相仿的少女。腰身极为袅娜。厦门的姑娘们，据说是全国最善打扮的一群，从这一点来说，上海淮海路和广州海珠广场上的姑娘们,同她们一比也难免要逊色。这主要是因为厦门姑娘们不但穿的衣服料子好，多是港澳、国外带进来的，而且她们极善进行色调上的搭配，或浓如一片秋叶，或淡如一缕轻烟，或雅致之中忽以外露的尖领形成谐谑，或强烈对比之中却以一条腰带构成和谐……这位举着望远镜的姑娘，身上只穿了一件淡绿色的连衣裙，其余装饰一概舍去，却显得格外优美华贵，细加端详，就不难分析出，这主要是因为她有着一头黝黑浓密的披肩发，那不受发卡约束的长发，随着微风自然地掀动着，在阳光照射下泛着黑亮的波晕……

她久久地握着望远镜，并不变换角度，似乎是望着白鹭形的厦门岛那“鹭喙”的尖突——那儿能有什么神奇的事物，值得她这样地倾心呢？

她望着远处。他在近处望着她。周围的一些国外游客都没有注意到他们。唯独出租望远镜的人在毫无表情地望着他们。那也是一个姑娘，不过她许是厦门姑娘中的例外，长得既无特点，穿着也极为平常。

闹钟响了,五分钟到了。有着一头披肩发的少女不无遗憾地放下了望远镜。租望远镜的姑娘指指他，对那长发女郎说:“你给他吧！”

他却连连摆手:“我不租了，不租了！”

出租望远镜的姑娘莫名其妙。长发女郎无所谓地将望远镜递还给她，连瞥也没瞥他一眼，便朝下岩梯而去。

下岩梯很窄，下面有人正往上登，所以她不时要侧身躲让，而她那一头秀发，便在每一躲让中极为可爱地抖动着。

他望着她的身影。当她的身影消失在通向古避暑洞的拐弯处时，他便突然拔脚下岩，他在窄梯上笨手笨脚地碰撞着上岩的游客，使那些游客不由得发出怨愤的“啧啧”声。

他终于从窄梯上下到了宽阔的山路上，小跑着穿过阴凉的古避暑洞，用目光四处搜索着。

短短的一分钟里，他竟失却了她。

他感到无比沮丧。

他已经二十六岁，他需要一个稳定的“她”。他自身的条件是优越的，有许多个“她”主动找上门来，希望博得他的欢心。他妈妈甚至已经代他定下了一个“她”，是爸爸妈妈老战友的小女儿。他并不讨厌“她”，因为“她”很聪明，正上大学，攻读耳鼻喉科的医术，门当户对加上学有专长，过去又常在一起玩，互相都了解。按理说，应当可以肯定下来了吧，他却至今拒不表态，使他妈妈想起来便要心绞痛发作。爸爸、妈妈都极其严肃地追问过他：究竟哪点儿不满意？他被迫讲出了真话，结果挨了一顿臭骂。

可是，他有什么过错呢？

他来厦门出差。他希望在这里，能有一次关键性的奇遇。这是他在厦门的最后一天了，正当他濒于绝望时，竟出现了这么一位绿菊似的披发女郎。

他热爱古往今来所有的关于一见钟情的故事。他相信，科学界很快就会揭示出类似这样的秘密：原来，一见钟情是异性间生理感应场的某种强烈吸引。一切社会学的恶俗解释，以及一切冬烘式的感情分析，都统统滚到一边去吧！

他与这位披发女郎之间，显然，就存在着一种神秘莫测的交相感应的引力。

他不可能失去她，既然他们已经接触过。

他快步走到了人群开始稠密起来的日光寺，在俗称“一片瓦”的佛龛前，有一些或真或假的善男信女在弥散的香烟中向观音菩萨揖拜。他向那边瞥了一眼，欣慰地证实了那一群中并没有她。他走出日光寺的山门，朝山下走去。

他在山道上拐了一个弯。啊，他看见了她。她正袅袅婷婷、不紧不慢地朝下走着。她那淡绿的连衣裙的下摆悠悠然飘动着，细长的腿下，是一双穿着珠贝色高跟鞋的轻盈的脚。她右肩上挂着一个乳白色的人造革挂包，有着银色的金属封口，她趋着一双胳膊，用两只小手护着那挂包。而最令人眩目的，自然还是那一头微微掀动着的披肩长发。

他尾随着她。心跳急促起来。显然，不仅是下山太紧迫的缘故。

鼓浪屿的这座骆驼峰并不高，她很快便走到了山下。在山下的一丛三角梅下，她站住了，似乎在考虑继续朝哪边前进。这么说，她也是一个悠闲的游客，并没有什么紧急的事待办。太好了。

她站了几秒钟，便索性一歪身，在三角梅下的一条石凳上坐了下来，仰起头，两手轻轻抚弄着她那一头秀发。他看见这镜头，全身的血都化作酒了。

机会不可再失。他简直是鲁莽地冲了过去，突然闯入她的意识，站在她的面前，喘吁吁地说：“让我们，让我们认识一下吧！”

她被惊吓得一下子站了起来，本能地扭过了身去。

“对不起，真对不起你……”他赶忙道歉说，“你别怕，我不是坏人，我只不过，只不过想同您认识一下。”

少女回过头来，一张脸仍旧没有恢复血色，恨了他一眼。然而从一恨之中，她看出他的确是满脸憋得红紫，满眼愧悔与自责，两手在胸前互绞着，确乎不像一个流氓。她站在那儿没有动。血色渐渐回到了她的脸颊。她眼里消逝了恨意，开始漾着一种考察的波光。几秒钟后，她竟完全镇定了下来，用冷静的语调问他：“你是谁？你这是什么意思？”

他解释着。事后他竟不记得都解释了些什么。他只觉得她的脸颊不是一般意义上的美，甚而可以说，是不符合一般的美的要求的：眼睛虽大，颧骨似稍宽；鼻梁虽直，下颏似又稍尖；兼以鼻梁边有着些微雀斑，竟使得她具有一种不美之美，而这样一副面颊，被她的一头披肩发衬托着，便使得她恍若是从天而降的仙女了。

天哪，仙女竟向他微笑了！尽管那仅仅是浅浅的、淡淡的、不露齿的一个朦胧的微笑，然而，这就够了！

他认识了她。或者说，她接受了他的认识。

他们一同到海滨的菽庄花园去玩。在著名的四十四桥上，听海涛拍打着桥下的岩石，看海鸥在海面上蹁跹飞舞，他们越谈越投机。啊，相见恨晚！

自然，他们先谈这鼓浪屿的风景，继而谈电影，谈小说，谈诗……怎么这样巧呢？他们都不甚喜欢日光岩，而更喜欢这菽庄花园；都并不佩服陈冲，而赞赏刘晓庆；都讨厌巴尔扎克，而迷醉于雨果；都欣赏不来惠特曼的《草叶集》，而又都会背诵郎费罗的这些诗句：

> 平静些吧，优伤的心！且休要嗟怨；
> 乌云后面依然是阳光灿烂的春天；
> 你的命运是大众的共同的命运，
> 人人的生活里都会落下些无情的雨点……

他们走完四十四桥，在招凉亭小坐，便登上草子山，进入了补山园。在棕榈树的荫庇下，在白玉兰树的芳香中，他们逶迤而前，娓娓而谈，终于来到了著名的“十二洞天”。这是仿照苏州园林格局布置的一处假山，在有限的空间内，以巧妙的方法形成盘旋升降、七穿八达的一种无限的幽深丰富感。

他邀她一同去领略那迷宫似的假山。她在入口处却步了。

“不，”她忽然抬眼直视着他，微微退缩着，“不。”

“为什么？”他坦率地望着她，不理解她这突如其来的游移。

“我不要进这里头去，不。”她的脸颊蒙上了一层神秘的神色。

“你害怕吗？”他想了想，便转身说：“那好，我们就不逛这‘十二洞天’。你也许是累了。我们到那边坐坐，好吗？”

她点点头。于是，他们便折回去，在一株乌柏树的伞冠下，坐在那残破的石凳上。

他探究地望着她。她低着头，长发覆盖着她的脖颈，她的睫毛显得很长，两手紧捏着膝上的乳白色挂包，紧抿着嘴唇。

“你怎么？”他小心翼翼地问。

“我是头一回跟生人在一块玩。”她小声地说。

他不愿撒谎。他可不是头一回。但他宁愿这是头一回,并且,也是最后一回。

“我怕受骗。我更怕自己骗了别人……”

“你别这么说，”他真诚地向她剖白，“我可不是花花公子。我是很认真的。我都有点不敢相信，这么巧，我遇上了你……我明天就要回北方了，我建议，我们继续保持联系，我把我单位的地址，家庭的地址，都留给你……并且，我要告诉爸爸妈妈……”

“你弄明白我各方面的情况了吗？”她抬起头来。并不望着他，蹙眉凝注着对面山坡上的一丛巴茅草，问。

“当然，我们都还需要加深了解。不过，我……我喜欢你本人，这就够了。你能有什么把我吓退的其他情况呢？”

“有的……”

“有也不怕。”他信心百倍地说，“你要相信我，我是不受世俗的那一套约束的！”

“你知道我是做什么工作的吗？”

“做什么的都行。就是待业的，也没关系。”

“我是饭馆的服务员。真的。你刚才不是问，我在目光岩上用望远镜望什么地方吗？我就是用它找我们那家饭馆，我真把它找到了……”

“我不嫌你是饭馆服务员。真的。这有什么关系？再说，我们还可以想法子调换……如果你自己不愿意调换,我肯定无所谓。你和我都喜欢朗费罗的诗,这就够了。”

“我有海外关系……”

“那太好了。如今在一般小市民眼里，这是求之不得的好处呢！你怎么反而为这个担心？又不是四年前那种世道……”

“我姑妈在香港，摆摊卖沙茶面的。她可不是那种能给内地亲戚带什么录音机、电视机的阔太太……我问她要一样东西，她费了好大力气，还借了钱，去年才给我带回来……你知道那是什么东西吗？”

“咱们干吗说这些？我对她带什么东西给你没有丝毫的兴趣。咱们今后只需要她的祝福，那就够了，不需要她任何的礼品……”

“我身体不好……”

“那可以补养……”

“我得过病。插队的时候，我差点病死……”

“可你不是活过来了吗？你活着，而且你现在很美……”

“别说这样的话！你不知道，我……我有后遗……”

“我都不在乎！我跟你起誓，就算……就算跟你好了以后，我们没有孩子，我也不后悔！”

她仿佛吃了一惊，扭过头来望着他，大睁的眼里汪着泪水，脸颊绯红，咬着嘴唇，半晌没有说话。

“咱们再散散步好吗？为什么非说这些严肃得让人受不了的话？这些话，可以以后在信里再说。”他建议。

她默默地站了起来。

他们出了菽庄花园，就在海滩上慢悠悠地散步。那片海滩叫港仔后浴场，如今已是深秋，尽管岸上的树还是那么绿，花儿还在轮番开，浴场却已经没有了游泳的男女。夕阳西下了，海天相接处，飘着镶银边的紫红色的云。正在退潮，掀动的海浪滚成一条变幻不定的泡沫的曲线。晚风挟带着湿润的桂花的气息，沁人心脾。

她低着头，在沙滩前缓缓前行，任微风吹动着她浅绿的裙裾，以及她那秀美的黑发。

他同她并肩前进，不时侧目注视着她苗条的侧影，特别是那飘拂的黑发。他真想挽住她那莹洁的胳膊，抚摸她那柔软光润的长发！然而，他不敢。

终于，她站定了，偏过身来，眯着双眼，仿佛在透视他，耳语般地发问说：

“你到底为什么愿意跟我好？”

“因为，你是我理想中的姑娘。我敢说我以前梦见过的，就是你……”

“你别花言巧语。我知道，你只不过是图我……图我长得漂亮！”

“我当然爱你的容貌，可我更爱你的灵魂！”

“我们才认识几个钟头，我们怎么可能看清楚对方的灵魂呢？”

“当然。所以我们才需要通信。我们还要争取再见……”

她收拢双眉，眉尖耸动着。他不知道她为什么那么痛苦，那么犹豫。倘若她是一个根本拒绝浪漫色彩的爱情经历的姑娘，她又何必这么长久地同他单独在一起游逛？

“我该回厦门去了。你呢？”她叹了口气，冷漠地说。

“我就住在这儿的招待所里。”他对她说，“可是，我可以陪你到摆渡码头去。我希望，在那儿，你可以告诉我你的通信地址。”

在走出菽庄花园的时候，他已经把自己的通信地址告诉了她。他决定走到码头再为她写一遍，以免她忘记。

她不再说话，任他把自己送到摆渡码头。码头上人很多，尽兴畅游完毕的游客们，都急着坐渡船离开鼓浪屿，到厦门市去吃晚饭。

他和她找了一个离开人群的角落。那里有一大幅商业广告，大概是宣传日本 TDK 盒式录音带的。他和她都没有瞟那广告一眼，他们只是对望着。

“人家都说，”她缓缓地说，“你们这样的干部子弟，要么要门当户对的，要么就只图漂亮……”

“我不是那号‘衙内’，听我说……”

“先听我说，你们，要么门当户对，可不把妻子当回事，另外去找别的女人；要么只图漂亮，一时喜欢，可骨子里又看不起人家……”

他急了：“我怎么办？把胸膛撕开，掏出心来给你看吗？”

她竟微笑了，一个凄楚的、神秘的微笑。她对他说：“不用，很简单，我给你这个，我早准备好的，早准备着有一天遇上你这样的人，好让这样的人去慎重地决定……”

他看见她从那乳白的挂包里，取出一个密封的信封来。

他伸手去取。她拿信封的手本能地躲开了。望了码头一眼，这才一下子送到他的手中，并且郑重地嘱咐说："你必须等渡船走了一半，才能打开看！"

说完，她头也不回地朝码头跑去了。他看见她挤进了涌向渡船的人群，她的披肩长发，闪动着，闪动着……

他紧紧地捏着那只信封，痴痴地站在那里。渡船开动了，缓缓地离开码头，调头，朝对岸开去。

他想从渡船上显露的人头中找到她的那一头披肩长发，然而没找到。她为什么要躲起来？难道她不想远远地望着他，观察他看信的表情？

天色晦暗了。海水的腥味使他增强着怅然的情绪。

他恪守着她的命令，直至渡船明显地驶过海峡中部了，才小心翼翼地撕开了那封信。

只见信上写着：

我也许永远得不到幸福，因为我必须向你坦白：我在得伤寒病的时候，把头发全掉光了。你所看到的头发和睫毛，都是我姑妈好不容易从香港给我带回来的。你真的是你自己所说的那种人吗？如果是，我等着你的来信。我的地址是……

他没有看完。

路灯亮时，码头边有个买香蕉和福橘的老太婆看见，一个衣着讲究的小伙子，把一些纸片撕碎，并且掷进了海峡之中。

1980 年 11 月 26 日从鼓浪屿归来后写

洗澡

有两个人，在他们的经历中，洗澡都曾改变过他们的命运。

一

夕阳映红了杜祖荣的脸庞。他提着带盖儿的草编筐，悠闲地走出机关。

“哪儿去？”

“哦，去洗澡。”

他住在机关的单身宿舍里。机关里没有开设澡塘，每月发给工作人员若干张通用澡票，因此他外出洗澡便是顺理成章的事。

但是，几乎日日、月月、年年如此，他每晚必去澡塘。于是，开始有人侧目了。

“我们地处北方，又不是广东，难道还非得每天冲凉不可吗？”

这样的非议分量有限，可以置之不理。

“今天散会都九点了，他怎么还要去洗澡？”

然而澡塘那时普遍营业至晚十点半，因此他照去不误。似乎也不甚荒唐。

刮风去，下雨去，炎夏去，隆冬也去。有一天傍晚下暴雨，还夹杂着蚕豆般的雹子，但在传达室里躲雨的人们，看见他依旧斜撑把雨伞，提着那必定装有肥皂盒、毛巾、立体梳子的带盖草编筐，匆匆地出大门而去。此时的澡塘里究竟除他而外还有多少怪客？人们打着赌。最大胆的估计也没超过两巴掌的数目。

“我们要把，嗯！业余时间好好地，嗯！计划起来，嗯！不要浪费掉，嗯！比如说天天都去洗澡塘子，嗯！那就不大妥当了，嗯……”某次会上，领导同志讲了这样的话。

他低下头。后面的人看见他那白皙的、一尘不染的耳根渐渐地红了。

然而，夜幕初降时，他又提着那“洗澡必备”的草编筐出了门。

舆论对他渐渐严厉起来。

“哼！资产阶级生活作风！”

“身上散发着资产阶级的香风毒气！”

他身上的确散发着一种与众不同的气味。有的人说是柠檬香皂的气味（他只用这一种香皂）。有的人说是一股子澡塘特有的气息。有的人闻之掩鼻，说是蒸煮过度的浴巾的味道，令人气闷。

事态的进一步发展，是单位保卫干部赵戈英，郑重其事地把他这一“怪癖”内定为疑点，决定进行秘密调查：杜祖荣每晚必去洗澡塘，除洗澡外还干些什么？是否有与别人接头的任务？

赵戈英是个比杜祖荣年轻的小伙子。有一天，下着牛毛细雨，街道上泥泞不堪，几乎人人身上都不出汗，在那样一种天气里，确实只有最感必要的人才会去澡塘。赵戈英躲在传达室里，杜祖荣提着草编筐出门以后，停了约两分钟，他才踅出门，不远不近地跟着杜祖荣，逶迤而前。令赵戈英吃惊而又欣喜的是杜祖荣并不是到附近的“广泉浴池”去洗澡，而是不惜坐几站电车，进入“清漪园”去入浴。为何吃惊？不用说明。为何欣喜？因为这证明他果然有问题。保卫干部赵戈英忘记了自己的职责：主要在于保卫没问题的人不受侵犯，却相反以为，自己的真正职责是在从没问题的人中深挖出有问题的人来。

赵戈英也进了“清漪园”。他发现到那里洗澡的人居然并不比他们估计的少。当然，他挑了个远离被监视者的榻位，进入白气蒸腾的池塘间后，他也尽量不让对方发现自己。

那洗澡成癖的杜祖荣是何表现呢？赤条条地下到了水温最高的池塘中，仰倚着，只露出头部，闭眼泡了起来。泡呀，泡呀，忽然，有一个长着络腮胡子、肤色赤红的胖子，也跳进了那池塘中。杜祖荣把眼睁开了。只见他二人招呼着。

似乎十分熟悉，边说边聊，越聊越欢。

赵戈英真想过去听听他们聊些什么？但是，一来容易“暴露目标”，二来池塘间里水声、人声混成一片，就是离近了怕也难以听清，于是只好作罢。

“嗯！你的警惕性很高，嗯！他的问题你还要继续注意，嗯！这起码是，嗯！对思想革命化运动的一种消极抵制，嗯……”赵戈英汇报以后，领导作了这样的指示。

然而，“史无前例”来了。领导成了“走资派”，赵戈英成了“黑爪牙”，造反派当了家。杜祖荣虽然被眼前的世态吓蒙了，倒还暂且无事。

开批斗“走资派”和“黑爪牙”的会。大热天，人挤人，又吼又叫，又嚷又跳。被斗者臭汗淋漓，斗人者流的也绝非香汗。

批斗会散了不久，杜祖荣就提着那个草编筐出了门。啊！还好，“破四旧”只破掉了“清漪园”的匾，挂上了“红卫澡塘”的牌子。当然，入池之前要先背诵语录，祝“万寿无疆”。但毕竟还有热水，有热水就好。他跳进池塘，觉得那水比往常更其温暖，更其值得珍惜。

又一个下午。“造反派”召开大型批斗会，会场上气氛森严，情绪激昂。由于“造反派”内部已开始分裂为两派，结果批斗会发展成了辩论会，一开就开到了晚上。散了会杜祖荣赶紧往澡塘子跑，但是，他跑到门口时，人家已经停业。这一晚他辗转反侧，难以入眠。

第二天，天不亮就有人找他，是一派的“勤务员”，动员他加入他们的那个组织。他说可以考虑。

一个小时后，另一派的“勤务员”来了，告诫他必须站在真正的革命造反派一边，才能不至于成为“实现全球一片红”的阻力。他心里想：怎么办呢？

下午就发生了夺权事件。一派抢走了单位的公章，另一派宣布那公章作废，另刻了一个“真正有效”的公章；而前一派又砸了后一派的“勤务组”办公室，“没收”了那枚“伪章”，于是后一派在当晚又加倍地报复了前一派，把两枚印章都夺了回去。自然经历了一番乒乒乓乓、稀里哗啦，有人“轻伤不下火线”，有人“英勇挂彩”送入医院。还好，尚未有人“光荣牺牲”。

血红的夕阳掩映着杂物狼藉的战后场地，不见黄花分外香，唯有浊气冲霄汉。杜祖荣小心翼翼地踮脚穿过战场，直奔澡塘而去。原来澡塘也刚经历过“风云突变”。门口一片玻璃碴子，门侧一纸“夺权声明”，还有一块纸牌：“暂停营业”。杜祖荣浑身骚动着一阵阵从未体验过的刺痒，只好灰溜溜地回到自己的宿舍。

两大“造反派”终于意识到，印章是虚的，关键在于麾下有多少人马。一派终于说动了杜祖荣，发给了他光荣的红袖章。他戴上了不到半天，另一派便刷出了《杜祖荣何许人也？》的大字报，他看到那每字一尺见方的大标题直发懵，自己也不知道自己“何许人也”了。

大字报颇有威力，因为赵戈英已经“反戈一击”，加入了另一派，以“确凿有据”的事实，说明“走资派”如何包庇了杜祖荣这个“浑身散发着资产阶级臭气、抗拒思想改造、形迹可疑的坏蛋”。

几天之内大字报升了几级。高潮是有一天用特大号字公布：“已查明杜祖荣每天到澡塘去，是为了同现行反革命分子冯二有会面，他们几乎每天都要在一起发泄反革命怨气……”

冯二有便是赵戈英看见过的那位有络腮胡子的胖汉，此人确已被所属单位揪出，而且经过一系列触及皮肉的批斗和提审，最后确实写出了承认与杜祖荣在“澡塘”共同发泄反革命怨气的“坦白材料”。

杜祖荣找到本派“勤务组”，涨红了脸进行解释：“我们就是一般的澡友，从未说过反动话……”但是这一派的“勤务组”经过紧急商议，还是贴出了开除他的公告。

开除就开除吧。可怕是两派之争又从争夺“中间派”发展到了揪人竞赛。谁揪出的“反革命”多，谁就最革命。先是揪对方阵营中的，然后便发展到“大义灭亲”。

杜祖荣再次成为两派争夺的对象。不是争着发给他大红的袖章，而是争着往他脖子上挂黑牌子。终于，他还是被发过红袖章给他的一派率先揪出来了。他受的那些苦楚，凡与别人相同者一概从略不谈了。值得一书的，是往他身上泼痰盂水，然后绝对禁止他洗澡。

他自杀过两回，均未遂。头一回活过来以后，往他身上泼了尿；第二回活过来以后，往他身上涂了屎。

他和我们一样，终于熬过了那噩梦般的岁月。

现在似乎一切都复归了旧观。那位领导同志当然不是什么“走资派”，照旧“嗯”、“嗯”地讲着话，发布着指示。赵戈英经一再找领导同志道歉、认错、检查、谈心、发誓、鸣忠，依旧当上了保卫干部，不过他并不觉得自己在保卫工作方面有什么教训值得记取。“红卫澡塘”的牌子业已摘掉，“清漪园”的旧招牌又挂了出来。而杜祖荣也依旧每天提着他的草编筐去澡塘子，往那水温最高的池塘里一泡就是一个来钟头。

只是那长着络腮胡子的红皮肤胖子冯二有，不知怎么再也看不见了。

二

在同一个单位里，还有一位中等身材的人脑门同志。

他似乎从来不洗澡。人们的澡票用完了，往往都找他去要。他乐于把澡票送给每一个向他要的人。

如果说，杜祖荣的洗澡成癖很早就招来了“资产阶级生活作风”这类的谴责，那么，此人那不屑洗澡的“无产阶级生活作风”，倒也并未受到过赞誉。

开会的时候，谁都不愿意同他挨着坐。人们甚至时常直截了当地向他提出建议：“翟力丁，你快去洗个澡吧！”

还好，由于他没有别的问题，总算在“史无前例”中平平安安地挨到1973年。

到了1974年，轮到他倒霉了。倒霉的原因，是发现了他这个从不洗澡的人有了“异常举动”。最先发现疑点的，还是那位赵戈英。当时“批林批孔”正进入高潮阶段。天公仿佛也在积极参加运动，那一年的“秋老虎”格外厉害，给大轰大嗡的运动一个劲儿地加着温。人们坐在一起开会，几乎全是短装扮。有的男同志上身常常索性光穿个背心。不穿裙子的女同志也往往忍不住使劲往上卷裤腿儿。

而翟力丁却永远穿着长袖衣衫。实在热了，他也略微卷卷衣袖。但是，你永远想不出他穿圆领衫或背心会是个什么样子。他出汗又似乎比别人更多，在他三米以外坐十分钟，他的气味就足以使你的胃口倒上整整三天。

当时是“工宣队”当政，赵戈英已不担任保卫干部。但运动本身既然号召人们检举一切“怪人怪事现象”，赵戈英凭着他多年练就的超级“警惕性”，当然便格外注意翟力丁的行为。

终于，赵戈英发现，在天气最热的那几天，每到晚饭以后，翟力丁便躲进他那间宿舍，好久都不出来。这倒还不稀奇，稀奇的是他总是严严实实地拉上窗帘。而隔窗谛听，可以听出屋内有哗哗的水声。

从不洗澡的人，如何反常地洗起澡来了？洗澡拉上窗帘，一般来说当然无可非议。但是，他住的那层楼全是男同志，几乎没有女同志从走廊路过，又何必遮得严严实实？

不久，单位里修成了淋浴室。一天傍晚，赵戈英有意邀请翟力丁同去淋浴，翟力丁只说有事要办，无论如何也不去。赵戈英几乎将他袖子扯破，他硬是挣脱回了自己宿舍。古怪的是，当晚赵戈英到他宿舍外观察，竟然窗帘严遮，水声哗哗。翟力丁若不是在洗澡，究竟是在鼓捣什么？莫不在销毁什么东西？莫不是正发出某种奇特的声波，供某地方的某种特殊的电子仪器接收？

他将发现的情况汇报给了“工宣队”。“工宣队”责成“革委会”下设的“保卫组”和“群专组”研究处理。当然，一研究，就断定此乃“阶级斗争新动向”。于是乎设计好了“作战方案”。

先有“侦察人员”在傍晚时去侦察。侦察人员兴奋地回来报告：“翟力丁又拉上窗帘了！”

继之，出动了“先头部队”，蹑手蹑脚地走到翟力丁宿舍门口，然后突然猛敲门板：“翟力丁！快开门！有事儿！”

里面一阵慌乱的声音，似乎是盆子打翻了，水从门缝溢了出来。

砰！砰！砰！

“快开门！快开门！”

“好，等一等，等一等……”

啊哈，翟力丁的嗓音走了板！

按照预定方案，“先头部队”突然破门而入，“后继部队”立即紧跟而上。他们对室内无灯的情况早有应急措施，四只手电筒的光束猛然向翟力丁射去……

翟力丁一声惨叫，只见他还来不及穿上衣服，慌乱中把一块浴巾死死地包住上身，两眼圆睁，满脸惊恐，张开嘴呼哧呼哧地喘着气……

赵戈英冲上前，伸手把他身上的浴巾扯了下来。

哑场。

突然，赵戈英他们那五六个人不约而同地笑出声来。

笑声中，翟力丁颓丧地跌坐在床铺上。他痛苦地用双手捂住了脸。

原来，他左肩膀有一大片浓密的黑毛，直连到左腋窝和左上臂。从生理角度上说，那叫作返祖现象。这名称里虽然也有一个字和“反”字同音，却实在不好和“反革命”画等号。

翟力丁当即得到了解脱。赵戈英他们拉亮了电灯，劝他快些穿好衣服。对他“落实政策”说：“你没事儿。我们全明白了。你应当理解我们的行动，阶级斗争必须天天讲、时时讲、事事讲。提高警惕性是永远需要的。”

从第二天起，翟力丁便得了个“翟毛”的外号。这外号很快传遍了全单位，乃至传到了单位之外。

熟悉并同情翟力丁的人都说，自那天以后，他的性格仿佛发生了一种显著的变化……

据新华社消息，中央首长在视察北京市新建的居民住宅楼时，对普遍没有淋浴设备表示遗憾。指出：今后应在建造时加上淋浴设备，便利居民洗澡。

这消息当然十分令人振奋。必需而短缺的东西，我们应当及早补齐。然而，那并非必需乃至多余甚而有害的东西，何时得以彻底消除呢？

1980年6月写于垂杨柳

写在不谢的花瓣上

亲爱的，你为何如此忧郁？

啊，不要这样，不要这样……

看，天边飘来的云，那么洁白，那么温柔，那便是我面对着你时的心境。听，树上传来的鸟鸣，那样纯真，那样烂漫。那便是我心中对你的赞美。

倘若世界上所有的泉眼都已枯竭，那么，请依偎在我的怀里，我心中的爱泉，将使你的唇喉永远滋润。倘若地平线上只剩下一缕霞光，那么，请你紧贴着我的胸膛，我心中的力量，将保护你安度艰难的黑夜。

亲爱的，舒展开你的眉头，听我说……

使你忧郁的，是那曾经藏在书架上，夹在《罗曼·罗兰文抄》中的那封信吗？

那时候，我的长诗《黎明照亮窗户》已经轰动，每天收到的读者来信有几十封之多。开始，你每日做工回来，洗涮过后，绯红着脸儿，兴致勃勃地拆阅那些来信。你为那些诚挚耿直的话语所打动，你的眼里，常闪烁着兴奋与感激的目光；你被某几封措辞尖刻，含有敌意的来信弄得惴惴不安，在已经安睡之后，你会突然凑到我的枕上，喃喃地问我："荷夫，他们会公开批判吗？会把你打成右派吗？"我抚摸着你松软的头发，安慰着你，劝解着你。你相信了我的话，你指着那搁放着来信的抽屉说："他们就是几个。支持你的，有那么多……他们要害你，那么多人，能不管吗？"你安心了，你在我的怀中睡去，轻轻地打着鼾……

渐渐地，你不再每信必看。我把认为最有趣的信读给你听，你就满足了。你常常是一边洗衣服一边听我读信。在我们那间值得纪念的不足十平米的小小居室中，在我们那张铺着用旧布补缀过的凉席的床边，在我们那盏唯一的十五瓦的电灯泡下，你甩甩耷拉到额前的头发，双手用力地在搓衣板上搓揉着，仰着头，望着我，听我读……

那一天你还没有回家。我拆阅着当天下午抵达的信件。那是一封从湖南寄来的信。好大的一个信封。拆开后掉出来的是一张少女的大头照。那少女确实长得美丽。她不仅轮廓娇俏，而且两只眼睛里饱蓄着灵气。她的来信并不长，写得热情奔放、干脆利落。她说她爱我的长诗《黎明照亮窗户》，尤爱我新发表的组诗《喂，请开窗》。她由我的诗而爱及我的人，她拜倒在我的脚下，她要嫁给我，而不管我是否已有爱人。她说只要我一声呼唤，她就将不惜一切代价，赶到我的身边，吻遍我的每一根手指……

我的心乱了。不是因为我接受了她的爱慕，而是我不曾预料到会出现这样的事情。我已经三十六岁，而且身材矮胖；我不仅已经结婚九年，而且女儿已经上到了小学三年级；我的手指短粗，右手的食指和无名指还被廉价香烟熏得焦黄……我不懂那位湖南安琪儿为什么不能仅仅喜欢我的诗，而非要来吻我这肯定会使她扫兴的手指？

我把那封信装好，扔到了抽屉里。读完了当天所有的信，我把需要回复的留在了桌上，把其余的也都扔到了抽屉里。我铺开稿纸，想写回信，但不知为何无从下笔。我承认，那张少女的照片总在我眼前晃动。我坐在那张可纪念的破旧的两屉桌前，望着窗玻璃上雨水溅出的渍印，犹豫了一阵，我就拉开抽屉，取出了那封信，我从书架上抽出了那本《罗曼·罗兰文抄》，把信夹在了里面，把书搁回了书架，使它夹在另外两本罗曼·罗兰著作之间。

你回家来了。你是工人，最最平凡的三级工。你们那家工厂坐落在一条最不知名的胡同里，属于集体所有制性质。你那些从家庭妇女转为工人的同伴们，至今弄不清彩色电影是如何拍成，她们坚信那颜色都是用水彩笔染上去的，她们争论着，哪部片子的色儿染得更好一些？她们既害怕已经到来的“寡妇年”，不是开玩笑而是严肃地禁止自己女儿出嫁。她们也为即将到来的猴年而揪心，有一位还曾单单从这一点出发，叫你劝我在猴年里务必停笔。啊，亲爱的，你就从那工厂回来了，头发上还挂着一些飞絮。

你照例询问来信的情况。我向你汇报着。你觉察出了我的不自然，你用疑惑的眼光打量我。但是你很快就发现留给我的花卷还在碗里放着，原来我因为忙于写诗又忘了午饭。你释然了，同时开始唠叨……

那是枫叶飘落的秋天。我兴冲冲地从外面回来。我刚参加完一个关于诗歌如何更好地反映人民心声的座谈会。我在会上发了言，回来的路上，我已经打好了大半首诗的腹稿，我打开门就想把涌动在胸中的句子倾泻给你，然而，拉开门以后，我愣住了。

你站在什物零乱的屋中。显然，你是想趁我不在，一个人来一次大扫除，让我回来后享受现成的“窗明几净”之乐。然而你的工作热情半截子上便被冷冻了。你呆呆地站在书架旁边，你身前的椅子上摊着那本《罗曼·罗兰文抄》，你手中捏着那张大照片和那封信……

啊，亲爱的，倘若密密的雨丝抽打在芭蕉叶上，芭蕉叶必然发出瑟瑟的声响，倘若圆圆的卵石落到湖中，湖水必然漾起层层的涟漪，你就应当听信我的解释……

我本是不愿伤害你，而我却深深地伤害了你。

夜晚，星光泻到我们的床上。你把女儿菊菊紧紧搂着，离开我一尺多，你两眼闪闪放光，像是在勘测我的心灵，你静静地怨我说：“干吗瞒着我？干吗要瞒着我呢？”

你痛苦。随着我新作的发表，你不仅要继续为我担“打成右派”之忧，还要独自承担着另一种忧虑……

啊，亲爱的，你更不必为那秋末的晚餐而忧郁。正如构成香山红叶的主要成分是黄栌而非枫树一般，构成那次晚餐的主要气氛，是纯洁的师生之谊而非暧昧情绪……

那一天秋意极浓。蜂蜜色的阳光，把窗外豆藤上的干叶照得筋络分明。我正坐在窗前，写着那首后来引起争论的《赠我的长发弟弟》，这时响起了叩门声。

我预料到，这将是又一位文学青年。

果然，是一位地地道道的文学青年。

她是一个短小精瘦的姑娘。她长得实在不漂亮。她脸儿黄黄的，额头上甚至有着两条不抬眉也可辨认的皱纹。她穿着工作服，径直从她做工的工厂里来我家。她从肩上取下一个油渍斑斑的帆布书包，从书包里取出一个油纸包，又打开油纸包，从里面取出一扎雪白的诗稿，双手捧到了我的面前。

尽管在一百次以上的接待中，我已经练就了一颗坚硬和不易点燃的心。尽管我像对待许多初次来访的文学青年一样，对她宣布了这样一种逻辑："因为我其实并无指导别人的资格，又因为我这创作假的每一小时都很宝贵，所以我无法与您长谈；并且我即使读过了您的大作，也未必能发表出什么有价值的意见；为两下里都不徒费时间、精力，请您还是打破对我的迷信，别寻师傅的好！"然而无论是我的冷淡还是我的坚辞，都不能丝毫减弱她拜我为师的决心。她安安静静地坐到我对面的凳子上，有条不紊地对我讲起了她对我自《黎明照亮窗户》以来所发表的每一首诗的评价。她讲的不是那些我已经听腻的阿谀，也不提那些我不屑一答的浅薄问题。她的某些见解，甚至使我更加懂得了我那些从心中自然流泻而出的诗句。

我不由翻阅起她的那扎诗稿来。一股奔腾的才气从纸面上、从字里行间冲出。我怎能不息掉烦躁与轻视的情绪，同她促膝而谈呢？一只蜜蜂，不知是何时飞进屋里的，嘤嘤地兜着圈子飞着，不时飞到她那薄薄的、发黄的辫子上，翅儿加速抖动，定在那里，仿佛在啜吸她的诗才。

啊，她读过普希金，读过莱蒙托夫，读过惠特曼，读过泰戈尔，甚至读过波特莱尔……她说她喜欢闻一多、戴望舒、艾青、郭小川……

我们就那么忘乎所以地谈着、谈着。

忽然，我瞥见了桌上的闹钟，不由得"啊呀"一声，我想起了你临上班时的嘱咐，我早该淘米、煮粥、买咸菜……

我于是向她宣布了我急需完成的任务。我抱怨说：没有办法，我经常得为洗衣服、买煤饼、倒脏土……一类的事奔忙。多亏还有个奶奶，住在不远的胡同里，总算能给我们照看菊菊，否则，我的诗情将被生活琐事消磨得一滴不剩。

她太懂得诗，因而就太不懂事。她坚决地说："我来帮你。以后我每星期来你家两次，帮你洗衣服、买菜、干杂事。只求你跟我像今天这么样，谈一会儿诗。"

她不走。她帮我淘米煮粥。我去买来了榨菜和猪肉，她就帮我切、炒。亲爱的，当你回来的时候，你惊讶地发现，吃饭的小炕桌业已摆好，饭菜齐备，而且我和她已经坐好，只等你洗了手，坐过来，便可开饭。你望望我，望望她，一朵淡淡的灰云飘到你的脸上，你不声不响地坐到了炕桌的另一边。

她管你叫“师母”。我敢说她真正是无邪的。亲爱的，至今我仍坚持这样的看法。她太无邪，因此就显得太邪乎。她见我愣愣的，不怎么吃菜，她便往我碗里夹榨菜肉丝。你看见了，你垂下眼皮，你闷闷地吃着。亲爱的，你为了支持我写成《黎明照亮窗户》，付出了怎样的艰辛；然而当黎明确实照亮我们的窗户时，你却遇到了这种你所不曾料想的事情：并没有人把我打成右派，却有虔诚的姑娘往我饭碗里夹菜……

亲爱的，我还记得，你更不会忘记，那个秋夜，窗外下着淅沥的细雨，老鼠在我们的床脚下跑来跑去，一只老蟋蟀从我们的碗柜下头不时发出嘎哑的鸣声。我们都没有入睡，我们长久地沉默着。后来，你叹了一声，恹恹地说：“看来，也许你跟那样的崇拜者一块过，更有意思……”我觉得你伤害了我的自尊心，我烦躁地翻了个身，把背对着你，气冲冲地说：“对对对对！你、你、你……你懂什么啊！”我听见背后传来了嘤嘤的哭声，可是我始终没有再转过身去。啊，亲爱的，请原谅我，就像叶片应当原谅露珠的滚动，就像池水应当原谅浮萍的飘移……

第二天，我写了一封长信，我诚恳地请求那位女诗人不要再来，并且一并寄还了她那些美丽的诗作。我真怕她仅仅懂诗而丝毫不懂人间之事，我怕她叩门，甚至怕她回信。啊，她真是一位通达事理的诗人。她再没来叩门，也没有来信。当然，这也很难说，因为没过多久，我就在新住宅区分到了一个两居室的单元，我们立刻搬了过去，并且不轻易告知别人住址。

亲爱的，我看出来，当我们迁到新居，当我们用我有限的稿费，买来令我们无限满足的最普通的书柜、“一头沉”书桌和最便宜的沙发以后，没过多久，你就更加忧郁。你同车间的大婶、大嫂们，或诚挚或讽喻地给你讲述着《铡美案》、《活捉王魁》一类的戏文，她们所强调的并不是那故事的结局，而是陈世美和王魁离异秦香莲、敫桂英的必然性。你回来向我学舌，宽厚地微笑着，摇头，表示你认为那都是小家见识，然而从你闪烁的眼波中，从你编织毛线衣的停顿、发愣中，我知道，我清楚地知道，你心头弥漫着什么样的酸雾。亲爱的，我懂得你，你爱的不是一只蜗牛，尤其不是蜗牛那华丽的外壳……

难道，我真成了一只负载越来越重的蜗牛了么?

猴年到了。太阳黑子活动频繁。美国圣海伦斯火山大爆发。一些地方奇旱，而另一些地方暴雨成灾。我的事业却蒸蒸日上。我获得了没有期限的创作假。我的第一本个人诗集已经出版。第一版印了八万册，书名就叫《黎明照亮窗户》。报刊上一片赞扬声。当然，有人反对，不过他们并不写文章发表，因此一般纯朴的读者并不知道我还面临着实际威胁。我被邀请出席着一个又一个的座谈会、茶话会、见面会、大型和小型的宴会。我得一遍又一遍地对本国的和外国的采访者讲述:“我是怎样写出《黎明照亮窗户》的。”到头来弄得我再也读不下这首诗的任何一行。报上提及我名字的报道越来越多，而我发表的诗作越来越少。读者开始摇头，批评家开始叹气，而新闻界也终于感到我是一只已经榨干的柠檬，于是他们扑向了谭真珠——那是一颗因发表《从今不再瞒》而升起的新星。可怜的真珠，她现在每天都得重复讲述“我是怎样写《从今不再瞒》的”，直到别人和她自己都听得发腻了，然后再被另一颗新星所取代。

就这样，光阴匆促地从我身边掠过。春天怎么如此短暂?丁香花是什么时候开的?当我注意到时，伞状花絮已落一半。榆叶梅随开随谢，粉红的花瓣和柳絮搅在一起，在沙风中游荡。雨云是那样地罕见，因之每当有一片白云变浓发灰，燕子便欢愉地低飞，用翅膀去扫摩水面。夏天在旱象中到来。不过我们时常在居室的水泥地面上洒水，因此并不感到十分炎热。而阳台上的“死不了”也不惧怕干旱，虽然我们时时忘记浇水，它却慷慨地轮流开放着腥红、嫩黄、墨蓝、粉褐的花朵……

亲爱的，你目睹着我匆匆地写，匆匆地出席一个什么活动，匆匆地从外面回来，接着又是匆匆地写……你没有正式发表过任何意见，但是从你眼波的流动中，从你嘴角的颤动中，我看出来你在为我叹息。你一定在纳闷，放着平稳保险的技术员工作不做，非要奔命地写、写、写，究竟是为什么?诗，念起来是好听的，回味起来是动人的，被人称颂时也是幸福快乐的，然而一旦被人当作热门货抢购，当作名牌产品推销，当作虚有其名的东西被人訾议，岂不是太无聊、太无趣、太可悲了吗？

你一定是渴望着共同复归于以往的那种纯朴自然的生活。在春末的那个静夜，在落地灯勾出的光圈中，你娓娓地引我回忆我们那间十平米的小屋，那屋的地面是砖铺的，靠门的地方，有两块砖碎成了两半，有一块还陷下去半寸，往往使客人进屋来个趔趄，而我们竟久久地顾不得找来整砖重铺……那窗外的豆藤，该枯死了吧？那天花板上的水渍，不是很像一幅非洲地图吗？那邻家的大花猫，该还是常爱跳到小屋的窗台上，在玻璃上蹭它的胡须？……我们曾是不打扰人，也不被人打扰的。而如今……

啊，亲爱的，在炎夏来临之际，鄢迪闯入了我的生活。打扰了我，更打扰了你。

我和她完全是偶然相遇的。那一天你上中班，晚餐是我一个人吃的。晚餐后我下楼散步，渐渐走出了楼区，来到了那条浑浊的小河边。附近工厂排出的废水使小河失去了一半的诗意，但毕竟还有另一半：岸坡上茂盛的杂草，在杂草上飞飞停停的蜻蜓，不时跳进水中的青蛙，从杂草中挺出的一两株无名的野花，成团的雾一般的蠓蠓，以及对岸被紫色暮霭衬托得格外爽目的树木与村舍的剪影……

正当我眼睛只感受线条和色彩，耳朵只感受声响和颤动，鼻腔只感受气息和湿度，皮肤只感受凉风的吹拂，而息掉了一切思绪的时候，忽然，一种自然以外的声音传入了我的耳中，那是一个略显沙哑的、轻柔的女声在吟诵：

你轻柔地来而复去，
从一条路，到另一条路。
你出现，而后又不见，
从一座桥到另一座桥。
——脚步短促，
欢乐的光耀已经黯淡——
青年也许是我，

正望着河水逝去；

在如镜的水面，

你的行踪转瞬流淌、消失……

我不禁转动着脖颈，寻找那吟诵者，于是我看到了一位妇人。她身材颀长；严格来说，要比我高出两指之多。她那烫过的头发黑得发亮，可以看出，那是染成的。她的面容使人联想到一朵风吹既谢的白荷花，显得高贵而忧伤。她穿着一件家常的短袖衬衣和一条短裙，都是经过多次洗晾后才会有的那么一种浅黑色。当我把目光投向她时，她对我报以一个淡淡的微笑。奇怪，她仿佛早已同我熟识，她直截了当地对我说：

“在这里散步，总不由得会想起这类的诗来。”

我便问她：

“这是谁的诗？朗费罗？叶赛宁？”

她走近我身旁，手里捻着一根兔尾草，淡淡地说：

“维森特·阿莱桑德雷。西班牙诗人。他拿走了1977年的诺贝尔文学奖奖金。”

啊，亲爱的，请你理解我，我确确实实是一下子就被她的学识，她的风度，以及笼罩着她的那种神秘感慑服了。我只觉得那是一个优美的梦，而她是梦的核心。这梦使我焦躁不安的心灵得到平抚与慰藉，犹如溪水淌过干涸的沟渠。

我们相识了。我们在河边散步、交谈。我们一起走回楼区。她先邀请我到她那里坐坐，我也邀请她到我那里坐坐。我们都没有接受邀请。我们分手了。

当天晚上，你回到家里。你看见我正在撕毁刚写成的诗稿，你责备而爱怜地望望我，默默地到厨房洗好你为我买来的蜜桃，默默地送到我的书桌上。你叹了口气，为我，也为你自己。诗人原来竟如此难当，他已发表的诗作越轰动，他便越难写出新作，他便越痛苦，越不能懈怠，因而便离正常人的松弛而自然的生活越远。唉唉，为什么古今中外，至今还有那么多痴心人来追求这种职业，这种生活？

第二天傍晚，我又去了那河边，又见到了她。天边闪着电光，带腥气的黑云朝近处涌来。我们快步走回了楼区，她邀请了我，我没有拒绝，我去了她家。刚进到她家那个单元，急雨便扑了下来，窗帘飞动着，窗外凉爽滋润的气息驱散了室内的余热，使人心里非常舒服。

她家的书架上摆满了书，其中有很大一部分是文艺书。长条案子上摆着色碟和笔洗，大口罐中插满已画和未画的宣纸卷。墙上是带印象派意味的风景油画。打开了录音机，屋角的音箱中传来了浑厚丰满的声音，绝不是“迪斯科”或“阿波罗”，典雅和谐，那是配器上吸收了电吉他的古典乐曲。在茶几上我发现了一张剧照，嵌在精致的古旧镜框中，那是《汾河湾》或《武家坡》中的一个场景，我辨认出来，那分演柳迎春与王宝钏的，恰是多年前的鄢迪。

然而她从来没当过文学家、画家、音乐家、京剧演员。她丈夫也不是。他们两个都是某一个机械工业部的技术干部。丈夫还兼着局一级的行政职务。丈夫出国考察去了。她在养病。他们在十年浩劫中遭遇很惨。但是犹如雷击后的枯树可以复出新枝一般，他们两三年里就恢复成了这个模样。窗边的吊兰已然垂下了半米多长，茉莉花绽开了十几个雪白的花瓣，散发出恬静的幽香。不要再写关于他们这种人悲欢离合的小说、诗歌和剧本吧，我在心里说，他们得到的补偿已经够可以了！我想到了我们住过的那个小院，那些三代同堂的小平房里的人们，那些小吃店里炸油饼的，成衣铺里舞熨斗的，铅丝厂里编纸篓的，翻砂车间抡大锤的……他们在十年浩劫中没有被揪斗过，没有上过干校，没有停发过工资……但是他们过去住小屋子，如今仍住小屋子；他们过去没吃过四鲜烤麸和午餐肉罐头，如今仍无能力买来品尝；他们过去与巴尔扎克、贝多芬无缘，如今依旧不知道托尔斯泰、小泽征尔；他们珍惜副食购买本上每人一两麻酱的供应，他们排大队等候购买便宜的西红柿……我的诗，应当更多地贡献给他们，为了使他们也能过上鄢迪这般的生活，我们当尽自己的一把力……

坐在鄢迪家的沙发上，我把心中想到的这些和盘托出了。她抽着香烟，那烟是把一支半截的接到了一支完整的上头，因而显得格外长，她嘬吸时也便显得别具风度。她点着头，赞同我的观点，补充说：“是呀是呀。翻开最近的文学期刊，连那些插图都大同小异，全是一些像我们这样的知识分子的头像，背景上不是飞动着一串天鹅，就是一些橄榄枝、郁金香之类的图案……你写吧，走出你那被黎明照亮的窗户，走到最下层的人民中间去，到他们的那些小房间里，到他们的蜂窝煤炉子和炸黄酱碗之间，去寻找诗意美……”

我写了。这便是不久后发表出来的《院门虚掩》、《我是一块蜂窝煤》、《炸啊，炸油饼》……那十来首新作。这些新作给我带来了新的赞扬、新的批评、新的争论。我丧失了一些原来的读者，我也增添了一些新的读者，有人斥我“转向”，有人判我堕落，也有人夸我进步。然而我仍旧是我。

你改成了上晚班。凌晨你肩着霞光回来，我正酣睡。而当你拉上窗帘睡觉时，我却下了楼，到鄢迪家去了。你翻过我珍藏多年的《罗曼·罗兰文抄》，你当然知道罗曼·罗兰和玛尔维达·梅琛葆之间的忘年之谊。我也是这样来看待自己同鄢迪之间的关系的。当然我不配自比为罗兰，而鄢迪也不宜类比为梅琛葆。梅琛葆是歌德的后裔，她曾是罗兰当时尚不能望其项背的前辈文学家赫尔岑以及作曲家瓦格纳的挚友；鄢迪却绝非鲁迅的后人，也不曾认识茅公或冼星海等文艺前辈。尽管我理智上明白这个，可是当我走进鄢迪那完全用冷色处理的典雅的客厅时，我在感情上却不能不把她视作“我的梅琛葆”。

她已读过我的新作，并且画好了一大幅写意的“枣葵图”来体现我的诗境。那画好的画还陈在案上，两侧用玉镇镇住。端详着那画，我感动了。而她犹如一竿风中的潇湘竹，在我身旁微微摇曳着。我们对视。移开目光。双双在沙发上坐下。

我们谈了几句。停顿。沉默。她依旧是把半截香烟接到整支上，那么徐徐地抽着。不知为什么我们忽然谈到了《老残游记》，并且争论起来。后来她宽容地笑了：“就算你对。丢开这个吧——请念一首你的新作。”

于是，我就给她背了头晚刚写成的《写在古老的胡同口》。念完，她霍地站了起来，走到窗前。她扔掉烟蒂，抱拢双臂，久久地望着远处。这时我清楚地听见了鸽哨的声音。这声音使我心中漾出了更丰厚的诗意。然而我忽然意识到时间已经不早，你这时该已起床。我应当为你熬一点粥，粥里加一点红枣。亲爱的，你近来比以往更瘦弱，你们厂里的活路实在太累了，尽管实现现代化的标语早已贴到了你们车间的墙上，而你们那道工序离现代化的标准依旧很远。为了成全我能有个安静的写作环境，你随我搬到了这里，你上下班却要多费两个小时。我们又一点也不会“走后门”，因此虽然时常商讨说应当把你的工作换到附近，但行动起来却又不知该向何处迈步。附近工厂的干部都不读诗，与其送他们一册《黎明照亮窗户》，不如送他们一册《大众食谱》……想到这些，我便向鄢迪告辞。

“为什么？不要走，你多坐一会儿……”她从窗边移到我的身前。天哪，她眼里满蓄着泪水。《写在古老的胡同口》对她竟有如此的震撼力，这真出乎我的意料。接着，我还来不及说话，便发生了那至今令我回忆起来还难以向你解释的事情——鄢迪一下子抓起我的右手，闭着眼睛，挨个地吻着我的手指，这时，两粒大而晶莹的泪珠，从她合拢的睫毛中滚落到了她的面颊，随即又滚落到了我的手指上……

我这才醒悟过来。鄢迪绝不是梅琛葆。罗曼·罗兰那时候二十五岁，而梅琛葆已经七十三岁，他们之间相差四十八岁，已经不可能产生异性之间的爱情。可是鄢迪只不过大我十岁，她对我的爱慕是不可能仅仅停留在听我念诗的。我现在能够理解那位湖南姑娘的来信了。我毕竟是一个男人。原来女人并不是一定要求男人的手指是修长、白皙、柔软、芬芳的。亲爱的，你现在应当明白我后来为什么要求你吻我的手指，因为我觉得那倘若能体现出男性的力与智，便首先是应当贡奉给你的……

我记得自己清醒地抽回了手，并且清醒地同鄢迪告了别。回到家时，你还没有醒来。我坐在床边，凝视着你。你在睡梦中更其纯真，更其莹洁。我握住了你的手，你便醒过来了。于是我向你叙述了所发生过的一切。起初你还睡眼惺忪，愣愣地望着我，仿佛在听我念一首含意朦胧的诗作；后来你抖抖头发，睁大了双眼，带着一种稚气的惊恐，听我倾诉；最后，你垂下了眼睑。我讲完了，你仍旧收敛着睫毛，沉默少许，才抬起眼睛，迷惑而惶乱地问我：“怎么办呢？你打算怎么办呢？”

我握住你的手，你的手冰凉。我把那手贴到我的颊上，我的面颊是温热的。我对你说：“这不过是一个插曲。我请你相信她是一个很好的人。但是我会给她写一封信的，她会明白并且同意我的意思。我对你的爱情是坚定不移的。这既不是因为要尽法律上的义务，也不是因为有道德上的约束，而是因为我们的爱情之树，它的根扎得是那样的深……你以为我会忘记你那八十七步吗？永远、永远、永远也不会忘记的！……”

我把你拥在怀中。你像风中的花朵般抖动着。我吻着你。你的热泪滴落到了我的胸膛之上。

啊，亲爱的！倘若天上只剩下两颗星星，那就是你和我，我们要固执地互相吸引；倘若地上只剩下两棵树，那也是你和我，我们的根须和枝条都要顽强地互相纠结……

记得十二年前的那个傍晚，我决定结束自己的生命。那是一个闷热的傍晚，从囚禁我的那间小屋的窗栅望出去，可看见面目狰狞的雨云，正在张牙舞爪地攒聚、翻腾。一场暴雨将不可避免地来临。

囚禁我的原因非常单纯。在通向囚禁我的小屋的那条通道的墙上，刷着一条白漆的标语。那是一条很值钱的标语，因为每一个字至少得耗去半桶白漆。他们为什么要用白漆刷那条标语？我怎么也弄不明白。至今也还是茫然。也许，那仅仅是因我们那个小小的研究所的仓库里，恰巧有十多桶白油漆，而在那个岁月里，白油漆除了派作这类用场，也实在别无他用。那白油漆书写的标语，字体是很遒劲的。那是我曾经最尊敬的张工程师的书法。当然，他是被迫去书写那条标语的，两年前他曾给我来信，深致愧意，并告知我那条标语已被彻底铲去，那堵墙重新刷过，不再有一点痕迹。然而那条标语实际是漆在我的心上的，除非我这躯体陨灭，它将永存，并且永远显示着张工程师杰出的书法：“叶匪荷夫猖狂反对江青同志罪该万死！”

这两年里来访问我的人，几乎都要提出这个问题：“当年你是怎样反对江青的？”我的回答总是令他们扫兴：“当年我并没有反对过江青。”是的是的，我绝不是什么反对“四人帮”的先行者。十二年前把我揪出来，说我猖狂反对了江青，不过是因为查出来我在一九六〇年发表在报纸副刊的一首寓言诗中，有一句“青青的江水，颠倒着岸边的景物”。我向“专案组”一再解释，当时我甚至不知道江青是谁，我怎么可能写诗“谩骂”她呢？然而，他们有一个极为强硬的逻辑：“你为什么不写成‘清清’而写成‘青青’？！”是的，我至今自己也还纳闷，当时为什么不将"青青"写成"清清"？……他们有了这样一首"反动诗"作为我罪状的"主干"，自然不难凑齐其他的材料，使我的"反江青"行为成了一棵阴森森的大树,连我说过"歌剧《白毛女》是不朽的作品"这样一句话，也被解释为"猖狂攻击江青同志培植的舞剧《白毛女》"……啊，不必赘述这些，这些都还不是令我绝望的因素。我在那个阴湿的傍晚之所以想结束自己的生命，并不是因为冤屈难伸，甚至并不是因为被剃掉了眉毛，遭遇到非人的折磨，而是因为我觉得自己失去了我最最需要的东西，那就是任何一种形式的爱——父母对儿子的爱，兄弟姐妹之间的手足之爱，朋友之间的爱，当然，还有最最浓烈而醇郁的情爱……

当我被囚禁在那间小屋中时，我的父母——一对老实而胆小的老知识分子——已经被用闷罐车运去了湖北干校。我的哥哥和姐姐——都是些解放后毕业的大学生——也统统被下放到农村，接受改造去了。我昔日的朋友，特别是本单位的，也都同我划清了界限；当然，事后他们又都来找我，告知我他们当时所承受的压力，希望我一定谅解。我也诚心诚意地一一谅解了他们。然而当时的我，除了接受提审、批斗、侮辱、折磨，实在是得不到一丝一毫的爱怜。在一个没有爱的世界上，我有什么必要继续生存呢？

亲爱的，有一点我得向你坦白——当我被揪出来之后，我思念得最多的，是我的父母，我的哥哥姐姐……关于你，我只是偶尔在心中痛楚地闪出几个镜头，然后便强制自己关闭了记忆的闸门。因为，我觉得在那样一种情况下，我同你之间的感情纽带,是最容易自动消亡的。父母兄妹,不管他们将怎样对待我，我们之间也改变不了血缘关系。而你，当时还不为单位里的其他人所知，甚至还不为我的父母兄妹所知。我们是在六六年春天那个玫瑰色的星期日里邂逅的，我们在大疯狂般的世态中，从台风的风眼里寻找宁静的间隙，进行着我们的初恋……忽而我没有赴约，你当然很快便会打听出我被揪出的消息，你对我不必承担任何义务，我对你也不该怀有任何企求，我们犹如旋风中的落叶，虽然一时碰撞在一起，但终究会各飞东西。所以，当我在那间小小的囚室中哀叹没有爱来慰藉时，对你是既无盼求也无怨愤的。

那个傍晚我决心死去。当时我们那个单位已经有一支不小的劳改队，劳改队的成员都是经过轮番批斗以后戴上帽子的定案“牛鬼”。至于我，还得经历半个月以上的每日三场的游斗（除了本单位斗，还要借到外单位斗，以巩固人们对“江青同志”的尊崇），才有希望从单人囚室中转到劳改队中去——那竟一度成了我的最高理想。但是后来“专案组”时时喝告我，依我的“恶攻”罪行，我是属于“扭送到公安部门，可以法办的”。这样，我竟连到劳改队中去的希望也破灭了。我决心反抗。我本来并不曾反对江青。但是我不明白，即便我写了一句诗，谈了几句话，反对了江青，为什么我就得受地狱般的煎熬？她是一个人，我也是一个人，为什么她就如此至高无上，而我就虫豸般低贱？而且我已成了俘虏，要杀就快杀，为何对我百般辱弄？与其反复鸣冤：“我没反对过江青！”不如高呼一声：“我就要反对江青！江青该死！”然后立即自杀，倒也痛快。主意已定，我就寻觅自杀的方法。他们防范虽严，但我终于得到了一个机会。在我那天中午去厕所的时候，我瞥见路过的垃圾箱旁，混杂在溢出的垃圾之中，有一片半锈的剃胡子刀片。当我上完厕所被押送回来时，我巧妙地佯装跌倒在垃圾箱旁，趁押送者别过头去掩鼻避秽的一瞬，我把那刀片拾起，藏在了掌心之中。我打算在当晚的全所批斗大会召开之前，当他们来提我上场时，先高呼我想好的口号，然后立即用那刀片割断我的大动脉……

当我下定了这样的决心之后，我竟变得非常冷静，非常清醒，非常镇定。所以我竟可以久久地朝窗棚外望去，望着那条白漆的标语，望着那条窄窄的通道上空显露出的天空，和那些在空中翻腾的乌云……

啊，亲爱的！倘若宇宙间真有仙女，那你就是最神圣最美丽的仙女；倘若人世间真有奇迹，那你身影的出现便是最伟大最神妙的奇迹！

我永远不会忘记那金色的一瞬：你，突然出现在通道的入口，你在那入口处站住了。头上是阴鸷的乌云，腥风吹乱了你的短发，闪电照亮了你面前狭窄而恐怖的道路……你后来告诉我，你是混进我们单位来的，直到你走入那条通向囚禁我的小屋的通道之前，人们并不曾注意过你。当你来到通道口上时，你一下子便明白了——我正关押在尽头的屋中，因为有那条白漆的标语，因为有那样的监狱式的窗棚……

啊，当我发现你的身影时，先是猛地一惊，全身的血液仿佛都凝住了，随后，我的心就被痛楚地挤压着，血液一下子又仿佛沸腾起来。亲爱的，我看见你两眼盯住了那条白漆的标语。是走过那条标语，来到我的身边，还是退回去，在无人知晓的情况下，再默默地混出研究所去？你内心里经历着一场伟大的斗争。啊，亲爱的，你很快地便做出了抉择，这是一种终生的抉择，一种无法更改的抉择，你一步一步地向我走来了……

啊，亲爱的，我数着你的脚步，一步，两步，三步……我真怕你中途停下呀！我又真愿你赶快转身遁去——因为我虽然处于极度的迷乱与兴奋之中，也还未丧失理智，我知道，你这时一定已经引起了外间屋那些值班者的注意，他们可都是些揪人成狂的家伙呀！

二十五步，二十六步，二十七步……那甬道怎么如此漫长！天上扯着闪，响着雷，只是还没有泼下雨来。你的头发和衣角都被吹得掀起来、舞动着，然而你坚毅而勇敢地行进！

那一共是八十七步。只要我身上还流淌着一滴血，只要我还存在着一丝意识，我就忘记不了这个数字：八十七！

你走完八十七步，来到了外间屋的看押者们面前。

“你是干什么的？”

“我来给叶荷夫送东西。”

“你是他什么人？”

“我是他爱人。”

一个炸雷响了过去。最初的一批雨点砸了下来。

沉默。

看押者惊呆了。他们都知道我并未成婚。他们甚至不知道我已有了对象。

“究竟是他什么人？！”

“我是他爱人。”

你的声音竟然那样平静，那样自然。

“胡说！他没有爱人！”

“他有。我是他爱人。”

暴雨泼了下来。我双手紧紧地握住窗栅。我震颤着，仿佛一股电流通过了我的全身。啊，我有爱人，我有人爱！我有人爱，我有爱人！

“你什么时候跟他结婚的？”

“我们还没来得及登记。我是他爱人。”

“他是现行反革命！”

“我给他送东西来了。不是许送东西的吗？”

雨下着。扯闪。闷闷的雷声。

沉默。

“你叫什么名字？”

“李淑玉。”

“什么出身？”

“工人。”

“你哪个单位的？”

“红卫地毯厂。”

“你住哪？”

“东方红四条十号。”

“你为什么要跟现行反革命结婚？”

“我是他爱人。”

“你到这来，我们要向你们厂里的革委会反映。”

“是的。电话是四十七局8993。”

“你要检举揭发他的反革命罪行。”

“如果有，我一定揭发。”

“你要老老实实！”

“我给他送东西来了。”

“什么东西？”

“一斤蛋糕，一斤白糖。”

“你知道你这么干，会有什么后果吗？”

“知道。”

“你为什么跟反革命分子划不清界限？”

“我是他爱人。”

“你为什么还不走？”

“我要跟他说一句话。”

“不行！”

“我只说一句话。”

“你要说什么话？不许订攻守同盟！不许进行反革命串联！”

“我只说一句话。”

沉默。

忽然，中间的门打开了，一位看押者粗暴地对我嚷道：“叶荷夫！你的臭娘儿们要跟你说句话！你他妈的老实点儿！”

我踉踉跄跄地迈出了门槛。你离我三米远，隔着一张桌子。你睁圆了眼睛，那么沉静，那么爱怜地望着我。我忘记了你的身影、你的面庞，只记得你那一双莹洁清澈的眼睛。啊，亲爱的，你这双眼睛永远照耀着我，永远滋养着我，永远庇护着我。我听见一个温柔而厚实的声音：“荷夫，你要活着，你别死！”啊，亲爱的，你就说了这么一句话，只有九个字。你是怎么被他们推搡出去的，我又是怎么被他们推搡回去的，我统统都记不得了，我只记得我扑到了我那肮脏的床铺上，放声痛哭了起来。我哭得胸膛一阵阵发紧发痛。我哭，是因为快乐。我快乐是因为我有人爱。我有人爱，所以我不必去死。我不必去死，所以我就变得真正清醒起来，我就觉得我那自杀的想法并不是勇敢而是胡闹——我要活着，我不死！我要活着，给江青他们的好世界上添一点缺陷；我不死，我要等着看江青他们的恶报！……

我活过来了。

我活得很好。

现在有许多人爱我。“我爱你的诗”，“我们爱你这样的诗人”，“请接受一个文学青年真挚的敬爱”，“我热爱你，就像热爱家乡的椰子一样”，“你教我懂了爱，我爱生活，爱祖国，爱乡亲，也爱你”，“我们的口号不仅应当是真、善、美，还要加上爱！我爱你这爱的播种者”……还可以从来信中摘录出更夸张、更过火、乃至令人起鸡皮疙瘩的语言来。我得提防着被“爱”的狂涛淹死。

然而，我的爱情，是完全奉献给你的。

这很容易被解释为感恩报德。你一定也这样想过。我知道，你不需要我的报恩。我知道，你需要的是我真挚、持久、涤尽了功利性因素、深入骨髓而又莫可名状的那种爱情。我知道，我能做到的，心甘情愿，至死不渝。

据说人类越接近高度文明，便越允许旧爱的消亡与新爱的勃发，允许自由离异与自由结合，那时的道德观念和婚姻制度都是今天庸人所难以理解的。我祈祷这样的理想终能实现。然而生活在现实的时空中，我仍笃信这样的观念：爱情应当是坚贞不贰的。梁山伯与祝英台，罗密欧与朱丽叶，即使到了极度文明的社会，他们的爱情也将具有某种典范性质。真正的爱情，必是永恒的。

亲爱的，这便是我写给你的诗。它是写在永不凋谢的爱情之花的花瓣上的。

啊，亲爱的，你不要再那么忧郁，你看着我的眼睛，我也看着你的眼睛，我们便看到了一个共同的宇宙，那里运行着万世不灭的星辰，在熠熠闪光，在凝聚着创造力，在孕育着新的生命……

1980 年 7 月 10 日

写于北京垂杨柳

电梯中

电梯门合上了。

开电梯的胖姑娘揿了一下有“10”字的方钮，方钮亮了。能感觉到电梯在向上移动。胖姑娘懒洋洋地坐在操纵盘下的电镀椅上，看报纸上的影剧广告。

好，只当胖姑娘不存在。

她望着他。一刹那间，她觉得世界上只存在着她和他。

他微笑着。他的头发花白了，但仍旧那么丰茂。他额头、眼角、耳边的纹路，细碎而明显，但他的面庞总体来说还是那么神采奕奕。他腮帮和下巴的胡子尽管刮得非常干净，但留下了一片均匀的淡墨染出般的印迹。他的喉结仍是那么尖锐结实。

她把眼光移开。她受不了他那双眼睛里射出的光，那并不是谴责、嫌弃、轻视、怀疑的光，恰恰相反，那眼光里充满了宽容、关怀、尊重、信任。唯其如此，她受不了。

电梯在向上移动。

她和他是在人行道上邂逅的。

她一眼就认出了他。最近报纸上还登载了一篇记者的专访，附有他的照片。近两年来，他的照片经常出现在报刊上。有一回电视里还出现了他的大特写，并且有他一段录音讲话。她痛楚地意识到，这正是他。

他也一眼就认出了她。虽然她老了许多，而且消失了昔日的活泼，但是她的轮廓，她走路的姿势，还是使他一下子就认出了她。他遇上她，内心里涌动着真诚的快乐。

他就住在前面新建的高楼里。他邀请她上去坐坐。她答应了。

他们都感到有许多话要谈，但是他们一时又并没有说什么。进了电梯，他们只是相互微笑地对视着。

她望着电梯一角的电话。电话机是鲜红色的。

那号码盘在旋转吗？她眼里浮出了一朵鲜红的西番莲。是的，当他们都在大学里读书时，他们的宿舍楼前面，的确种得有许多的西番莲。是盛夏，柳树上的蝉儿一声声地长鸣着。静静的中午，她溜出了宿舍，穿过暗魅魅的走廊，拐弯，下楼，出楼……呀，满眼白晃晃的阳光。

世界成了一张漏光的胶卷。刺眼的白。

要等到她在湖边的那个隐秘的角落里寻到他时，眼里才能重新充满律动着的线条和色彩。

一球蒲公英。他放到她的嘴边，她尖起唇儿吹了，噗、噗、噗，绒毛儿逆光飞散，闪着银斑。有一根淘气的颈毛飞回来迷了她的眼。她偎在他的怀中，该他尖起唇儿吹了，噗、噗、噗，她轻轻地笑了，睁开流泪的眼睛……

世界成了一张雄健美丽的脸。脸上写着一个字：爱。

……电梯停住了。是五层。进来了两个小姑娘，中学生。

电话机为什么要搞成鲜红色的？

电梯继续上升。

“这些年你是怎么过来的？”

她知道他得问这个。

她却并不需要问他。他自己写过文章，发表在一份发行量极大的杂志上。还有记者的专访，对某些细节渲染得淋漓尽致。还有一篇小说，是个二十几岁的新起作家写的，那主人公分明是以他为模特儿的。她读得很仔细。

他是受难者，是蒙冤的天才，是韧性的勇士，是幸运的强者，是无数青年崇拜的诗人。

而她呢？

“非常简单。我从大学提前退学以后，一直在一个机关的总务科当职员。”

“你为什么提前退学呢？”

“理由是家庭生活困难。”

“这是全部原因吗？”

“当然不是。自从你被戴上帽子，勒令退学送去劳动教养以后，我就觉得上大学没有什么意思，特别是学我们那个专业……”

沉默。

电梯又停了。两个女学生走了出去。好。

电梯门斯斯文文地合拢来。

电梯继续上升。

那个二十几岁的新起作家写的那篇小说，使她深深地激动，也使她深深地失望。

激动，是因为那个男主人公。的确像他。他当年的那些诗句，今天回忆起来，依旧火辣辣的，可以使卑鄙者发抖，使懦弱者振作。

失望，是因为那个女主人公。不曾存在过那样一个人。她在高压下背弃了他？她在自责中沉沦？倘若真的如此，世界和生活就都还算单纯。

依旧是盛夏，柳树上的蝉儿依旧一声声长鸣着。依旧是静静的中午，她溜出了宿舍，穿过暗魅魅的走廊，拐弯，下楼，出楼……呀，满墙斑斑驳驳的红纸绿纸。

世界成了一张涂写得乱七八糟的大字报。看不懂。

她追到校门口，那辆运送他们的大卡车已经开动了。扬起一些尘土。

她看到了他的后脑勺。那使她生出无限爱怜的后脑勺。这后脑勺没有向前拉直，也没有向后旋转。

她知道他不会怨恨她。没有人知道他和她的特殊关系。没有人要求她特别为他表态。自从事态明朗以后，他没有找她，她也没有找他。

蒲公英的绒毛儿逆光飞着，旋转着，升沉着，远了，远了……

她告别了那个后脑勺，告别了她隐秘的初恋，告别了对世界的天真的看法，告别了温柔和羞怯。

她努力忘掉他。她也的确曾经几乎忘掉了他。

什么在响？哦，是电梯顶棚上的风扇。

什么在响？哦，是银行里的算盘。

她的丈夫，一个浑身都显示着与世无争的会计，当年正是在银行里，搓着手，谦恭地微笑着，由介绍人介绍给她的。当时环绕着他们的气氛，就是一些不紧不慢的算盘声。

她丈夫中等身材，站在高个子面前不会使高个子尴尬，站在小个子面前也不至于使小个子惭愧。她丈夫体躯清瘦而不干瘪，五官端正而不俊秀。那是个谨小慎微的好人。

“小点声，你小点声……”丈夫时常望着与邻家之间的隔墙，提醒着她，“小声点好。”

一九五八年，银行里和学校里都补划了右派。丈夫买回来一罐臭豆腐，小心翼翼地拈出一块搁到瓷盘里，压低嗓门对她总结说：“少提意见，少发言，别得罪领导，别管闲事，别胡思乱想……”他就用那臭豆腐下酒，嘬着滋味，害怕，然而满足。

一九六〇年，人们都听说了关于彭德怀的事。丈夫带回一包蜜枣来，珍惜地一颗一颗地摆到瓷盘里，对她的小声询问和议论只是不住地摇头，最后抬起眼睛，可怜巴巴地哀求她说：“咱们没听过传达，是不？咱们不该知道的事情不该议论，是不？”他递给她一颗蜜枣，提醒她吐核时要小心——那枣核两端非常之尖，弄不好会刺破嗓子眼的。

……他们平平安安地活过来了。她为他生了两个女儿。在十年大动乱当中，他们没有被抄家也没有去抄别人的家，没有被揪斗也没有揪斗过别人，没有下干校也没有被扣发过工资，既不是“保皇派”也不是“造反派”，甚至也不是“逍遥派”，因为他们没有一天敢于不去上班，他们服从一切人的领导：文革委员会、工作组、红卫兵司令部、军宣队、工宣队、革委会、“新党委”……他们随着大多数人挥动红宝书，呼口号，家里该挂什么像时挂什么像，该摘什么像时摘什么像……

只有一点没有变，就是他们居住的那间小屋。只有十四平米。从女儿出生到送女儿去农村插队，从女儿从农村回来到分别当了售货员和售票员，一直是那么狭小，那么低矮，那么潮湿，那么陈旧……

然而这电梯是新崭崭的。

他如今天天享用着这新崭崭的电梯。

他曾经连十四平米也没有。他曾在冰天雪地里受过苦。他曾只穿条裤衩，在地层深入抡镐刨煤。他曾满身虮虱，并被人看作形同虮虱之物。他曾有过小小的起复，接着又陷入更大的沉落。他行过万里路，他凑过厚厚的一大卷生活之书。他曾大声哭过，他也曾大声笑过。他在最沉沦的时候，也曾获得过同情与信任；他在最痛苦的时候，也曾保持着坚韧与希望。人们始终记得他。他也始终没有失去自我。

当他重新回到诗坛上来时，老读者毫不犹豫地向他欢呼，新读者即刻便记住了他的名字。正如罗曼·罗兰所说："累累的创伤，便是生命给予我们的最好的东西，因为在每个创伤上面，都标志着前进的一步。"他战斗过，他历经过苦难，他的生命便获得了崭新的价值。

然而她呢？

蜷缩着，像一只钉螺。她保全了自己，然而，没有伤痕的生命是一个软体。

现在，她站在他的面前。

她避开了他的眼光。

她的眼光落到他的脚上。

哦，他穿着一双皮鞋。

她的丈夫也有一双皮鞋。那双皮鞋小心翼翼地穿了十二年。

满屋子是搬移过的箱子、纸盒。

她问："你这是干什么？"

丈夫永远是和蔼的："找那剩下的半管鞋油啊。"

"我记得剩下的不多了，已经不是半管。"

"不是半管，也是鞋油啊。"

“难道你要翻遍全屋，非找着它不可吗？”

“尽量找吧！”

“再买一管不行吗？”

“不用，反正我闲着也是闲着，慢慢找吧。”

他没有雄心，没有壮志，没有理想，没有抱负，没有气魄，没有情趣，没有想象力，也没有求知欲，甚而至于连脾气也没有。他上班机械地完成工作，下班就闲着，为了消磨这闲着的时候，他便细细地烹一条鱼，慢慢地擦一口锅……乃至于极为耐心地寻觅一管失落已久的旧鞋油。

然而她曾经……怎么说好呢？也算是爱吧——爱他的安全。确确实实，他是安全的。

鞋。皮鞋。皮鞋在路上行走。很宽的路。许多的鞋。移动的鞋。迈进的鞋。蒙着尘土的鞋。破裂的鞋。

“你怎么了？”

“没有怎么。”

“坐不惯电梯吗？”

“对，坐不惯。”

“你这些年没怎么受苦吧？”

“没。”

“那好。”

“不好。”

“为什么？”

“灰色的。不，简直就没有色彩。”

“怎么？”

“人总得追求真理，追求光明，追求幸福……”

“你不幸福吗？”

“不。”

“为什么？”

“应该是这样。你们这座楼，在今天的中国，应该算是座幸福楼了吧。住着你这样的诗人。住着苦尽甘来的老干部。住着睡过牛棚可是忠心耿耿的科学家……应该先让你们住这样的楼，我们是不配的……”

“为什么？”

“不是我们天性平庸。我们是给吓傻了的……”

“吓傻了？”

“可不。我看见了你的后脑勺，可是我没有追着喊你……”

“喊我？”

“喊你。告诉你，我等着你。”

“那你得付出多高的代价！”

“可我现在付出的比那还高！”

“……”

“我这并不是悔恨。首先应当悔恨的，是把我和我丈夫这样的人吓成庸人的人……”

“十楼到了。”

电梯门客客气气地开启着，终于开至最大。

他走了出去，等了等，转过身，惊异地望着她。

“我不去你家了。”她说。又对那胖姑娘：“请把我送下楼。”

胖姑娘愣着。

他径直望着她的眼睛。

蒲公英。噗、噗、噗，蒲公英的绒毛逆光飞动着，闪着银斑。绒毛旋转着，升沉着，远了，远了……

“我不去你家了。因为，该说的我都说了。”

“可我还有该说的没说哩。”

“我会从你的诗里读到。再见。”对那胖姑娘又一次重复，“请把我送下楼。”

胖姑娘揿方钮。电梯门缓缓地关上了。

电梯迅速地下降。

她闭上眼睛，倚在电梯壁上。

开花的原野。一球蒲公英。又一球蒲公英。一球又一球的蒲公英。风吹过来了，腾起，腾起，腾起。蒲公英的绒毛向四面八方飞动着，飘升着，旋转着……

1980 年 7 月 18 日写于垂杨柳

门外一株合欢树

从窗缝泻入司机老赵和公务员胡婶的逗笑声。这说明爸爸在家。

爸爸一定是清晨才回来的。可以想见他的倦容。此刻，他或许已经进入浴后小憩了吧?

爸爸刚开完一个重要的会议。会议的消息业已在刚才电台的新闻广播中报道。我是为了对表才打开床头柜上的收录两用机的。没有听完报道我便改放录音，我翻了个身，使自己枕得更舒服些，一边听着德彪西的象征派音乐，一边继续看手中的小说。

我听见屋门响一下。谁这么讨厌?我不想起床，不想洗漱，不想吃早点，当然更不想听妈妈或者别的什么人的唠叨。

我听见一声呼唤。这声音令我诧异。我本能地把手中的小说塞到了枕头底下，转身坐了起来。

进来的是爸爸。他穿着银灰色的对襟毛线衣，拖着草编拖鞋，大约刚刚刮过脸，他身上发散着一股清爽的剃须膏的味道。

他坐到我床边的电镀折椅上，把录音机的放音量旋小些，问我："这是什么音乐?"

"法国印象派音乐大师德彪西的'海的素描'。"我告诉他。一边镇静地穿着衣服。

他便又把音量调大些，谛听了一阵，微笑着说："这就是姚文元咒骂过的德彪西吗?啊，'海的素描'……"

在我站起来穿裤子的当口，爸爸从枕下翻出了那本我从他书柜里偷出来的

《金瓶梅》。

我注意观察着他的表情，“先发制人”地说：“我二十三岁了，爸。该让我懂得世界上的一切了。”

爸爸摩挲着书皮，犹豫地说：“可是这本书，你们青年人……”

“我们青年人并不都是一种状态，一个水平，”我截断他的话，冲动地说，“您以为我是为了琢磨那些‘此处删去一百二十九字’的地方，才来读这本书的吗？”

我以粗鲁的动作穿上毛线衣，准备同爸爸辩论到底。但是他拍着书皮，回忆了一下，蔼然地说：“我偷看《金瓶梅》的时候，比你还小一岁。”

他没有再说什么，只是把《金瓶梅》又塞回到了我的枕下。我忍不住微笑了。心里顿觉松弛了许多。

“你每个星期日，都是这时候才起床吗？”爸爸站起来，替我打开窗户。一股润泽的早春气息扑进了屋来。

我乐于在这一点上做自我批评：“如果没有人来叫，那就比这还要晚。”

爸爸严厉地望了我一眼，我赶紧跑到盥洗室洗漱去了。

洗漱既毕，回到屋里，只见爸爸依然站在窗前。他双手背后，望着窗外什么地方——也许是院东那几竿绿竹——并不转过身来，问我道：“今天你是怎么安排的？要温习大学里的功课，还是要去会你的朋友？”

我回答说：“都可以安排。也可以都不安排。”

爸爸转过了身来，平静地嘱咐我说：“那好。上午你陪我出去转转，下午再温习功课。”

我颇为吃惊，一霎时无以应对。

爸爸让老赵把小轿车停在了一条小街街口的空地上。老赵什么都没有问，这当然是他的一种工作习惯。我也什么都没有问，因为我已经不是小孩子了，何必沉不住气。

“陪我散散步吧。”爸爸只说了这么一句，便领着我款步朝小街里面走去。

这是一条很僻静落寞的小街。弯了几弯，出得小街，眼前顿时开阔起来。原来呈现出一片湖水。我很惊异于湖冰融化得这么早。湖边的铁栏不大完整，一般粗的白杨树环湖而立，几只麻雀啁啾着追逐于尚未发芽的树杈间，晴朗的灰蓝色天空，倒映于还浮着残冰的湖水中。远处的铁栏边有几个人在垂钓，近处的湖岸上有几个儿童在放最简易的“屁股帘”风筝。一阵抖空竹嗡嗡声传来，夹杂着几声爆竹响。

这里的空气是清新的，气氛是恬静的，但是我不理解爸爸为什么这个时候要带我到这里来散步，因为倘若他图的仅仅是清新恬静，他尽可以让老赵把我们送到玉皇山一类的地方去。

我望着爸爸仪表堂堂的侧影，默默思索着。我前一阵看了不少新出现的文艺作品。有许多作品试图刻画和我爸爸级别相同或稍高稍低的干部形象。而我看了总忍不住哑然失笑。这些角色或者被表现为离开小轿车就活不下去，或者被表现为硬要同普通群众一起挤公共汽车。因此我总有一种看“卡通片”的感觉。事实上像爸爸这样的干部是一种非常复杂的角色。昨夜他还在某个神圣的地方开会，那可能是近二十四小时内世界上最重要的会议之一；今天上午他却来到这最平庸的地方散步，并且带着同他隔膜甚深的儿子。

我在爸爸左侧稍后的部位上与他持保着同速，同时轻轻用口哨吹着《让雨把我淋湿》，心中发誓绝不头一个开口。

到底还是爸爸首先同我讲了话。他的话很怪，我听见他问我：“这一向你晚上睡得好吗？做梦不做梦呀？”

我怀疑这问话里潜藏着某种深意，考虑了一下，才慎重地回答说：“我一般都是‘黑甜一觉’，偶尔也做梦，可是一睁眼，就把梦全忘光了。”

爸爸走近湖边铁栏，朝对岸眺望着。对岸的天际轮廓线是一座新建的高楼和一片灰瓦旧房勾出的“凸”字形，并不怎么爽目。

爸爸并不看着我，盘问说：“你妈妈告诉我，你谈上恋爱了。那女孩子果真比丹丽强么？”

丹丽是爸爸妈妈老战友耿伯伯的女儿，我们俩同岁。小学一年级的时候，爸爸妈妈同耿伯伯耿伯母带着我俩游故宫，进了太和殿，我和丹丽高兴地在光滑洁净的青砖地上各翻了一个筋斗，两家的家长都笑弯了腰，耿伯伯望着金漆宝座说：“退回四十多年，你们这样大闹金銮殿，是要杀头的哇……”说完又笑得喘不过气来，于是我同丹丽嚷着：“谁敢杀我们的头！”又各自翻了一个筋斗……

我们俩小学一直在一个班。没等上到小学毕业就赶上了“大革命”。耿伯伯在“大革命”还没进行到一半的时候就“畏罪自杀”了，耿伯母打入了不许回家的“劳改队”，有一段时间丹丽就住在我家，我妈妈总算每天能从“牛棚”回来，眼里挂着血丝，照料我们一下……

但是这一切都像一场已经过去的噩梦。如今的丹丽，女式军装敞开的衣领里露出鹅黄色带黑花纹的毛线衣，她已经是一名作风泼辣的见习军医，衣兜里总揣着听诊器，到了我家，妈妈总是百依百顺地任她听了前胸听后背，迷信于她那些一套一套的医学术语。妈妈也曾建议她给我听听心肺，她便命令我撩起衣服，我给了她一句难堪的话，她便举着拳头咯咯咯地笑着绕桌子追我……

爸爸妈妈，加上耿伯母，自然都希望我们能恋爱、结婚。我不知道丹丽对我的“抗议”和嘲笑里是不是也包含着这样的意思。

可是我必须这样回答爸爸：“她不一定比得上丹丽。我愿意和丹丽做一辈子朋友，却不愿意和丹丽结婚。我不爱丹丽，我爱她。”

爸爸双臂张开，扶住湖栏，依旧朝对岸眺望着，继续问我：“这个‘她’什么地方打动了你呢？你该不是一时的冲动吧？”

我眼前浮现出了“她”的面影，她的家庭和本人身份都比丹丽低微，她同我的感情是在农村插队时潜伏、在上大学后萌发的。尽管校领导用了许多愚笨的办法来禁止同学们谈恋爱，像我和她这样的恋人却班班皆有。其实恋爱是不应也不能禁止的，应当禁止的是荒废学业，而明智的恋人是不会因恋情而放弃事业上的奋进的。我不知道爸爸是否懂这个。他应当比我们大学里的那些冬烘先生们高明一点。

对于爸爸的提问，我本想做出否定性的回答，我的性格却促使我偏做出了肯定性的回答：“我也说不清‘她’哪点儿打动了我。我爱她，纯粹是出于一种冲动。”

爸爸把脸转向了我，微眯着眼，深入到斑白鬓角的鱼尾纹抖动着。我万没想到，他对我的话是这样的反应：“你真爱她就好。人年轻的时候，这种冲动很难避免。”

我们继续散步。湖边的树木都还没有抽芽。赤裸裸的枝丫使各种不同的树木看起来那么相似，有如雷同化的电影般令人生厌。我不明白，爸爸为什么对眼前那些没有叶片的树木充满了辨认的兴趣。“这是一棵槐树，唔，国槐；这是一棵歪脖柳，它怕有一百岁了；那边那棵是什么树？你认认，认得出吗？”

爸爸所指的，是一株立于沿湖小院院门的树。这株树有水桶般粗，不甚高大，树冠上的分杈长而平直。

“是臭椿吧。”我漫不经心地说。

“不。”爸爸用手掌抚着下巴，认真地辨认着，终于肯定地说，“对了——这是一棵合欢树，又叫马缨花树。到了夏天，它的叶子昼张夜合，能开出马缨般的花儿，又红又香……”

我懒洋洋地在他身后站着，等着他往前继续散步。可是爸爸看完树又看那陈旧而整洁的小小院门，看完院门又看那青瓦灰墙的住房后身，最后目光集注到墙上桌面般大的玻璃窗上，那是老式的嵌死了不能开启的玻璃窗，因为临街，所以有个木头盖板，现在是白天，那木头盖板用一根木棍斜撑着，以使阳光泻入窗内。玻璃擦得很亮，因而可以清晰地看出屋里窗台上摆放的一盆蟹爪莲，肥厚的洋红花朵成圈下垂着，传达出一种小康的家庭气氛。

“来，我们进去——你不口渴吗？我们去要杯水喝。”

我很惊异爸爸会有这样的想法，这样的提议——并且会有这样的行动！他已经迈步走向了小院。

我跟着他。

小院静悄悄。这里的居民大约并不在星期日这天休息。也不见儿童们在院中嬉戏。

爸爸敲着南屋的门。那便是有后窗对着湖边通道的屋子。

门开了，主人把我们让了进去。这位主人是个满脸皱纹但衣着很整洁的老太婆。这种老太婆几乎每一个胡同小院里都有，我懒得仔细打量这种既俗气又难看的角色。爸爸倒似乎在很仔细地打量她。

“您二位打电话？”老太婆淡然地问。

爸爸和我这才注意到进门的屋角有一张小杌子，上头放着一台电话机，电话机上方挂着个小黑板，小黑板上写着些号码和难以认清的草字。啊，这家管着传呼电话，对，院门上原钉得有“公用电话”的黄牌牌，我们刚才没有注意。

“对。我打个电话。”我忽然心血来潮，走到电话跟前，想了想，便给不是丹丽的那个“她”挂了个电话。她那边的也是传呼电话，就在她家隔壁，我听得见接电话的人在尖声叫她。

在我拨电话的当口，爸爸已经同老太婆坐到折叠圆桌两边谈起话来。“她”来接电话了，我顾不得听爸爸和老太婆是怎么攀谈的，只顾同她对话。我们头天才见过面，所以除了废话实在没有什么好谈，但我们却又舍不得很快撂下话筒。

世界上没有打不完的电话。我终于搁回了话筒，掏出四分钱来，投入了电话机旁的小木箱中。

待我回转身时，我不免稍稍有些吃惊，我发现爸爸和那老太婆的神色都有点异样。他们双方似乎都在竭尽全力地观察对方。老太婆固然是出于好奇和警惕，从爸爸的穿着和风度上，她大约已经得出了正确的判断：这是一位“微服出行”的高级干部。她有点手忙脚乱地给爸爸斟着热茶。爸爸可能是长期没有这样地深入到一个最平凡的市民家庭了，他对老太婆和整间屋子的考究兴趣未免显得有点过分。

我在一旁静听他们的谈话。开头，我认为那都是些例行的套话。无非是爸爸问她在这儿住了多少年？家里几口人？房子够不够住？生活上怎么样？……老太婆的回答勾勒出了一个北京最平凡的市民家庭的毫无浪漫气息的变迁：当她还是一个“丫头片子”的时候，她家就住在这儿了。她父亲是个厨子，母亲是个摆小摊的小贩。当生活把她推到家庭的中心位置时，这里外两间小屋曾经住过八口人：瘫痪在床的父亲，精神失常的母亲，她和掏粪为业的丈夫，她们的两个儿子，她的尚未成年的弟弟和妹妹。那时候里外屋的多一半都被铺板填塞着，几层关系的八口人就那么混沌地在铺板上吃饭、睡觉、吵架、嬉笑……新中国的成立确确实实给这个市民家庭带来了恩惠：她的老父老母寿终正寝，后事办得不错；弟妹长大成人各有工作，迁出另过了；虽然他们又陆续添了一儿一女，但合家六口人关系不那么复杂，住得松快些，手头也富裕些了。

北京的市民家庭有一种古怪的习惯，他们不将家庭照片存放在照相簿中，而是用很大的镜框，将大大小小的照片密密麻麻地陈列于墙上，作为一种同年画配套的装饰。老太婆说话当中，便指点着镜框中的照片，请爸爸和我去观看。镜框中最大的照片是一张“全家福”：女主人和一位高颧骨、眯缝眼的老头端坐当中，后面拱卫着年龄不等的三男一女。老太婆指着照片上的大儿子骄傲地说：“我们老大解放前满世界捡煤渣，连条不露腚的裤子都没穿过；解放后托共产党的福，上了学，一直上到大学毕业，毕业以后分到东北的矿上当技术员，头年给提了工程师。如今媳妇也有了，孩子也有了，住着楼房，独门独户的单元，比我们这儿强多了。”接着又介绍老二：“上的师范，毕业以后分到门头沟教书，有了对象，不常来家。”又指指最小的闺女说：“头年中学毕的业，待分配呢。在家腻烦了小半年，要不是走我老伴他们清洁队的后门，如今还当不上基建队的临时工呢，虽说是个闺女，在家粗活没少干，这整天地和泥她还顶得住。”我见她唯独不介绍那看去同我年龄相仿的老三，不禁指着相片问道：“他呢？”

老太婆脸色一暗，嘴角边的皱纹抖了几抖，叹了口气说：“实不瞒你们，他在天堂河农场。进去快四年了。”我当然知道天堂河农场是一种什么样的地方，“进去”又是一种什么样的字眼。可是爸爸遇上这种情况却比我迟钝多了。他没明白老太婆的意思，追问着：“他在那儿干得怎么样？安心吗？”

老太婆瘪瘪嘴说：“不安心又怎么着？判的五年，还有一年的熬头呢。”

爸爸这才明白了这位老三的命运。他询问老三“进去”的缘由。老太婆坐回到椅子上，絮絮地说：“我也不知道该怨谁。他没赶上他大哥那样的好日子：系着红领巾，戴着青年团的牌牌，正经八百地念书知理……他懂事没多久就遇上了‘史无前例’，学校里不上课，时兴把痰盂扣到老师们头上，学生斗先生，左邻右舍有被扫地出门的，有被捆到树上挨揍的，这门外湖边时不时有投水自尽的……我们老三也就把人命看轻贱了，动不动就伸长脖子，瞪着眼骂人，一句话不合适，就敢舞刀使棒。我和他老子说他他不听，大哥二哥劝他他不改，妹妹见他犯狂就知道呜呜地哭……果不其然，有天他出去晃荡再没回来，公安局通知我们，把他给铐走了——他跟几个哥儿们在公园里胡闹，也不为个什么新仇旧恨，不过是人家挤了他们一下，他们就动刀子捅人，把人家捅了个重伤……唉，这些事就甭提啦。我也不明白，解放后日子本来过得好好的，干吗非搞个‘史无前例’。我盼我的儿女都能像老大老二一样，成个栋梁，谁曾想老三折进了天堂河，老疙瘩毕了业又没处安置……”

爸爸认真地听着老太婆的倾诉，眉心挤出了个“川”字。他眼里似乎流动着一种思考的波光。我可是没觉得有啥稀奇。这类的家庭我早有接触，我知道许多比这老太婆讲述的更具戏剧性的家庭轶闻。

爸爸站了起来，仔细地环顾着屋中的家具陈设，亲切地问：“你们生活上没有什么困难吧？”

“我们没什么可抱怨的。虽说如今涨价的东西真不少，我们也还算过得乐乐呵呵。您请进里屋看看……”我和爸爸随着老太婆进了里屋，里屋比外屋小，但家具陈设要好得多。老太婆自豪地指着小衣柜上的九英寸电视机，告诉我们：“这不，大号的新电视我们买不起，人家买了大号的新电视，这小的就转让给我们了，还少收了二十块钱。如今我们也能看个电视了，我最爱看评戏和相声……”我注意到那电视机上苫着自家用钩针精心钩出的镂花织物，显然，这是她家最昂贵的物品之一，代表着她家物质生活和精神生活所达到的一个高峰。

爸爸开始告辞了。首先为老太婆的热茶致谢。老太婆注视着爸爸，眼里不知为什么忽然增添了一种狡黠的闪光，我听见她问爸爸：“您常到我们这湖边遛弯儿吧？”

爸爸回避着老太婆那过于好奇的眼光，含糊地说：“过去常来，如今工作太忙，顾不上了……好，打扰您了，回见！”

趁把我们送出小院的当口，老太婆以“机会难得，不可失之交臂”的气概，提高音量对爸爸说：“同志，您准是在大机关办公的主儿，您给我们成全一下——这湖边的铁栏杆坏了好多，豁着大口子，夏天一下暴雨，能把人滑到湖里淹死，我们提了好几年意见也没见来人修理。解放的头几年，把这儿的烂水泡子淘净，装铁栏杆连栽白杨树，归里包堆三月就完事了，那时候多利落！如今铁栏杆坏了好几年也修不起来，您说像话吗？您给使使劲，催他们快来修理！”

爸爸点着头：“好的好的。我记住这件事。”

爸爸离开了小院后走得很快。我望着他魁梧的背影，默默地跟随着他。

我们几乎把整个湖绕了一周。在一株伸向湖面的大柳树旁，居然还残留着一张破损度不甚大的长椅。爸爸坐了上去，并打个手势让我坐到了他的身边。

爸爸不用任何导语，单刀直入地对我说：“昨天晚上，我梦见过她。”

“她”当然是指那老太婆。我本来呈现萎靡状态的精神为之一振。伸直了腰，我目瞪口呆地望着爸爸。

爸爸掏出了镀镍的烟盒，拿出香烟，点燃吸着，目光越过灰蒙蒙的没有波纹的湖水，射向对岸那门口有株合欢树的小院，更准确地说，是射向那小院屋墙上的方形玻璃窗。

“三四十年前，我有过那样的冲动：爱她，娶她。”

我仿佛不认识爸爸了，或者说，我仿佛才真正认识了爸爸。原来他这样一个人，也曾有过罗曼蒂克的情史，而且在经历了几十年轰轰烈烈、五光十色、悲壮离奇、严肃高级的政治生活之后，还能在一次睡眠中，出现有关这个湖边小院的梦境，并且幻演出当年的女郎倩影……

“那时候，我在城里搞地下工作，我的公开身份是印刷所的校对，我几乎每天都要打这儿——那时候是臭水泡子，恶气熏天——路过。我每天要从那合欢树下走过，每天要从那窗户前走过——那时候那扇窗户是纸糊的格子，只有当中间一小格镶着书本大的玻璃。有一天我偶然地一瞥，正瞧见那玻璃里边有个瘦瘦的姑娘，睁着两只好大好亮的眼睛，往外看着。我和她一对眼，也就赶紧把目光移开了。可是那双又大又亮的眼睛，不知怎么地总偶尔要闪闪地出现在我的心上。记得是个闷热的夏天，马缨花开得正盛，‘知了’拼命地叫唤着，我都走到这水泡子边上了，才发现身后有条讨厌的‘尾巴’。怎么甩掉呢？趁拐弯的机会，我一气小跑起来，可是眼前是条直道，附近也没有岔出去的小巷，倘若他们也拐过弯来，我就难以甩掉他们了——这时我眼前猛地出现了那棵合欢树，我想也没想，本能般地一步跨进了院去。仿佛在等待我似的，她飞快地出了屋，一把把我接了进去。我只觉得满屋子都是人，一股子烂棉絮发霉的气味。她也没跟我说话，只是把我拽进里屋，把耷拉到铺板下的破单子一掀，指指那下头，让我钻进去。我就钻进去了。她移来两个破陶罐挡住我，又把破单子耷拉得更低。我朦胧地听见她家里人在问她什么话，她厉声地命令说：'都听我的！'……不一会儿，那两个特务果然找到院里来了，先是在院里吆喝，然后到别的人家搜寻，最后闯进了她家。我听见她镇静地应付着。而特务暴躁地宣称：'眼见着他拐到你们这边来了，准窝藏在你们这左近，都得让我们搜搜！'这时候有老人呻吟，有小孩啼哭，我听见她尖着嗓门对那两个特务说：'搜吧搜吧，不怕招上麻风病你们就搜吧——爹，咱们家来客人啦，您还不快出来迎迎……我听见特务们在问：'她家是有麻风病吗？'大约是站在院里观望的邻居在回答：'可不。我们早让她把她爹送济贫院去，省得招上我们，她非当二十五孝……''她们家连好猫好狗都不进，还能藏得住大活人？'那两个特务果然不再搜寻，骂骂咧咧地走了。我从铺底下出来以后，才认识了她家其余的人：瘫痪的父亲，失神的母亲，弟弟和妹妹……她指着我躲藏的那个铺上的父亲说：'他不是麻风，您别怕。'我握住她的手，真心实意地感谢她，并且问：'你为什么要救我？'她脸红了，低下头说：'我每天见您打这外头过，我看得出您是个好人。'我跟她告别以后，就向地下党汇报了出现的情况，从此以后我改变了职业，搬了住处，不再每天从那儿过了，可是当情况不那么紧急时，我也曾回到那儿看望过她一家。我觉得，我为之奋斗的事业，就是为了使她和她一家那样的群众，能过上幸福的生活。从她家里出来，我心里头萌动过这样的念头，我应当爱她，甚至娶她……"

爸爸手上的香烟白白地燃烧了好长一截，燃过的烟灰并不立即掉下，仍旧连在未燃的部分上。袅袅的白烟掠过了爸爸的脸庞。爸爸的表情是复杂而难以形容的。

我似乎有许多话要问要说，可又问不出说不出。

"再后来，冲动过去，我渐渐地把她和她那一家人都淡忘了。今天我才重新找到了她。她还住着那两间房子。当然，房管局给修理过，小有改进。可这不符合当年我的理想，我是要让她和她那样的城市贫民，不到成为老头老太婆就住上新楼的……更没想到她那老三进了劳改农场。我们夺了反动派的权，搞了三十多年，可她家还只能看别人转让来的小尺寸旧电视，她的老疙瘩闺女还得继续待业……我们对不起她和像她家一样的普通老百姓。我们如果再不总结教训，那我们还算什么共产党人？”爸爸说到这里，声调里显露出一种真诚的沉痛感。

我的心难得地被打动了。我仿佛是补充似的说：“可她和像她一样的普通老百姓，并没有怨恨你们。她们还盼着你们给修湖边的铁栏杆，像解放那时候一样，三个月里做许许多多的事情！”

爸爸站了起来，他弹掉烟灰，猛吸了一口，大步朝通向小轿车停放处的小街走去。我跟随着他。我几年来头一次觉得自己的心和他的心紧贴在一起。

汽车在繁华的街道上行驶着。我和爸爸没有交谈，各自想着心事。我们大概想得不会相差太远。

我想，待那株合欢树叶盛花茂之时，我还要去那个小院……

1980 年 3 月 4 日写于垂杨柳

附录

刘心武文学活动大事记

1942年

6月4日生于四川省成都市育婴堂街。

后在重庆度过童年。

父母兄姊均热爱文学艺术，深受家庭熏陶。

1950年

随父母迁居北京，从此定居北京。

在隆福寺小学上小学，在北京二十一中上初中。

1958年

在北京六十五中上高中。

给若干报刊投稿，屡被退稿。

8月，在《读书》杂志发表《谈〈第四十一〉》一文，是投稿第一次成功。

1959年

在《北京晚报》“五色土”副刊陆续发表一些儿童诗、小小说。

为中央人民广播电台少儿部《小喇叭》（对学龄前儿童广播）编写若干

节目；其中快板剧《咕咚》经编辑加工、录制后大受欢迎；“文革”中录音带被销毁；1991 年重新录制播出。

1961年

毕业于北京师范专科学校，分配到北京十三中任教。

至“文革”前，在《北京晚报》《中国青年报》《人民日报》《光明日报》《大公报》《北京日报》《体育报》《儿童时代》《大众电影》等报刊上发表了约 70 篇小小说、散文、杂文、评论等文章。

1966年—1976年

“文革”中，因 1964 年曾发表过一篇关于京剧的文章，被以“反江青”罪名冲击。

1974 年后再试写作，曾写一关于“教育革命”的长篇小说，由出版社联系获准脱产修改，但终未达到当时出版要求。

1976年

写出一个大院里孩子们同坏蛋斗争的中篇小说《睁大你的眼睛》并得以出版（北京人民出版社）。

按照当时政治要求写出一些短篇小说、散文，有的到次年才收入多人合集中出版。

调到北京人民出版社（后恢复“文革”前社名：北京出版社）文艺编辑室当编辑。

1977年

11 月，在《人民文学》杂志发表短篇小说《班主任》，产生重大影响——被认为是“伤痕文学”的开山作，也是“新时期文学”的发端；从此成名。

从《班主任》后，写作冲破懵懂，沿着认定的方向跋涉，穿越风云，锲而不舍。

1978年

参加《十月》杂志（开始以丛书名义出版）创刊工作，在创刊号上发表短篇小说《爱情的位置》，经转载和广播，影响巨大。

在《中国青年》杂志上发表短篇小说《醒来吧，弟弟》，反应亦极强烈。

《班主任》《爱情的位置》《醒来吧，弟弟》均被改编为广播剧，由中央人民广播电台多次广播，《醒来吧，弟弟》被搬上话剧舞台；此年发表的短篇小说《穿米黄色大衣的青年》亦由电台播出。

1979年

在首届全国优秀短篇小说评奖中《班主任》获第一名。颁奖会上，从茅盾先生手中接过奖状。

参加中国作家协会第三次全国代表大会，被选为中国作家协会理事。

成为中华全国青年联合会常务委员，至1993年卸任。

9月，参加中国作家代表团访问罗马尼亚，此系“文革”后第一个作家出访团。

在《人民文学》杂志发表短篇小说《我爱每一片绿叶》，写作技巧有长足进步。

1980年

调至北京市文联当专业作家。

《我爱每一片绿叶》获1979年全国优秀短篇小说奖。

《看不见的朋友》获1954—1979年第二届全国少年儿童文学创作奖。

在《十月》杂志发表中篇小说《如意》，其弘扬人道主义的追求引起争议。

出版《刘心武短篇小说选》（北京出版社）。

1981年

在《十月》杂志发表中篇小说《立体交叉桥》，引起更大争议，一些评论家认为“调子低沉”是步入了写作上的歧途，另有评论家则认为此作标志着刘心武的小说创作在反映现实、探索人性及艺术功力上均达到了新的水平。

5月，应日本文艺春秋社邀请访问日本。

1982年

应导演黄建中之请，改编《如意》；北京电影制片厂拍成彩色艺术片《如意》。

1983年

11月，参加中国电影代表团赴法国，在南特“三大洲电影节”上，《如意》在开幕式上放映，获好评；后陆续在法国、西德电视台播出。

1984年

冬，应邀访问西德，参加“中德大学生会见活动”，并在波恩大学、波鸿大学与威尔兹堡大学介绍中国当代文学。

年底，参加中国作家协会第四次全国代表大会，再次当选为理事。

在《当代》文学双月刊第5、6期连载长篇小说《钟鼓楼》。

1985年

出版长篇小说《钟鼓楼》（人民文学出版社），并获第二届茅盾文学奖。

因《钟鼓楼》获北京市政府嘉奖。

7月，在《人民文学》杂志发表纪实小说《5·19长镜头》，反响强烈。

11月，又在《人民文学》杂志发表纪实小说《公共汽车咏叹调》，引起轰动。

1986年

年初，应当代文艺出版社邀请访问香港。

6月，调中国作家协会《人民文学》杂志社，任常务副主编。

在《收获》杂志设《私人照相簿》专栏，进行图文交融的文本尝试。

散文集《垂柳集》出版，冰心为之作序。

1987年

1月，被任命为《人民文学》杂志主编。

2月，《人民文学》杂志1、2期合刊发表马建写的小说《亮出你的舌苔或空空荡荡》违反民族政策，承担责任，停职检查。

9月，复职。

冬，应邀赴美国访问。参观《美洲华侨日报》；在哥伦比亚大学，三一学院，哈佛大学，麻省理工学院，康奈尔大学，芝加哥大学，旧金山大学，史坦福大学，加州大学伯克利分校、洛杉矶分校、圣迭戈分校等处演讲，介绍中国当代文学，并参观耶鲁大学；参加爱荷华大学“作家写作中心”的纪念活动；游览华盛顿等地。

1988年

3月，应香港《大公报》邀请，赴香港参加五十周年报庆活动；在《大公报》安排的大型报告会上作关于改革开放与文学创作的报告。

5月，应法国文化部邀请，参加中国作家代表团访问法国，除在巴黎活动外，还访问了西部港口城市圣·拉扎尔。

《私人照相簿》在香港出版（南粤出版社）。

《我可不怕十三岁》获1980—1985年全国优秀儿童文学奖。

以上数年中，若干小说、散文还分别获得过《当代》《十月》《小说月报》《小说选刊》《中篇小说选刊》《儿童文学》《北方文学》等杂志，《人民日报》《文汇报》等报纸副刊的奖；拍成电视剧播出的有《没工夫叹息》《熄灭》（电视剧名《火苗》）《今夏流行明黄色》《到远处去发信》《非重点》《公共汽车咏叹调》和八集连续剧《钟鼓楼》；若干作品被英国、美国、西德、苏联、日本、法国、意大利、瑞士、瑞典等国翻译为英、德、俄、日、法、意、瑞典等文字出版；自1987年起被世界上有威望的英国欧罗巴出版社《世界名人录》收入辞条。

1989年

春，应香港中文大学翻译中心邀请，与妻子吕晓歌赴香港访问。

1990年

3月，以任届期满，免去《人民文学》杂志主编职务。

香港中文大学翻译中心编译的英文小说集《黑墙与其他故事》出版。

秋，以“鱼山”笔名在《钟山》杂志发表中篇小说《曹叔》。

1991年

出版小说集《一窗灯火》。

除小说外，开始发表大量散文、随笔。

1992年

长篇小说《风过耳》在内地（中国青年出版社）、香港（勤+缘出版社）分别出版，反响颇为强烈。

长篇小说《四牌楼》完稿，交上海文艺出版社出版。

《献给命运的紫罗兰——刘心武谈生存智慧》由上海人民出版社出版，受到读者欢迎。

在《收获》杂志发表中篇小说《小墩子》，后由中国电视剧制作中心改编拍摄为电视连续剧。

至该年，在海内外出版的个人专著按不同版本计已达43种。

在《红楼梦学刊》1992年第二辑上发表论文《秦可卿出身未必寒微》，在“红学”界和读者中均引起注意；另有若干《红楼梦》人物论和《红楼边角》专栏文章发表。

冬，应瑞典学院邀请（斯堪的纳维亚航空公司赞助）赴北欧访问；在挪威奥斯陆大学、瑞典斯德哥尔摩大学和隆德大学、丹麦哥本哈根大学和奥胡斯大学的东亚系汉学专业以《九十年代初的中国小说》为题作学术报告；12月7日，参加诺贝尔文学奖有关活动，听 1992 年得主德里克·沃尔科特发表受奖演说。

1993年

华艺出版社出版《刘心武文集》(1—8 卷)。

出版长篇小说《四牌楼》。

1994年

1 月，应台湾《中国时报》邀请赴台参加“两岸三地文学研讨会”。

《四牌楼》获上海优秀长篇小说大奖，到沪领奖。

1995年

出版随笔集《人生非梦总难醒》(上海人民出版社)。

出版小说集《仙人承露盘》(华艺出版社)。

1996年

出版长篇小说《栖凤楼》(人民文学出版社)。至此，由《钟鼓楼》《四牌楼》《栖凤楼》构成的“三楼”长篇小说系列竣工。

应《南洋商报》邀请赴马来西亚访问并顺访新加坡。

1997年

应日本国际交流基金会邀请，与妻子吕晓歌访问日本。长篇小说《钟鼓楼》、儿童文学作品《我是你的朋友》、短篇小说《王府井万花筒》等此前已相继译为日文在日本出版。

1998年

建筑评论集《我眼中的建筑与环境》由中国建筑工业出版社出版，在建筑界产生影响。

应美国科罗拉多大学邀请，赴美参加金庸作品国际研讨会，在会上提交关于《鹿鼎记》的论文《失父：一种生存困境》。

1999年

出版纪实性长篇小说《树与林同在》(山东画报出版社)。

出版《红楼三钗之谜》(华艺出版社)。

赴新加坡出席国际环境文学研讨会。

2000年

应邀访问法国,并应英中协会和伦敦大学邀请,从巴黎赴伦敦讲《红楼梦》。

至此年底在海内外出版的个人专著(不含文集)按不同版本计达101种。

2001年

出版包含建筑评论的随笔集《从忧郁中升华》(文汇出版社)。

在北京电视台录制播出《刘心武谈建筑》系列节目。

2002年

出版小说集《京漂女》(中国文联出版社),自绘插图。

应澳大利亚雪梨华文写作协会邀请赴澳大利亚访问。

2003年

以马来西亚《星洲日报》世界华人文学“花踪奖”评委身份赴吉隆坡参加相关活动。

台湾联经出版社出版小说集《人面鱼》。此前台湾已出版过刘心武多种作品,如皇冠出版社出版了《钟鼓楼》,幼狮文化事业公司出版了《四牌楼》《为他人默默许愿》(散文集)。

2004年

赴法参加巴黎书展活动。书展上展出了译为法文的著作有小说《树与林同在》《护城河边的灰姑娘》《尘与汗》《人面鱼》《如意》与歌剧剧本《老舍之死》。

建筑评论集《材质之美》由中国建材工业出版社出版。

小说集《站冰》出版（人民文学出版社），自绘封面插图。

2005年

出版集历年研红成果的《红楼望月》（书海出版社）。

应CCTV-10（中央电视台科学教育频道）《百家讲坛》邀请，录制播出《刘心武揭秘〈红楼梦〉》系列节目23集，反响强烈，引起争议。

《刘心武揭秘〈红楼梦〉》第一、二部相继出版（东方出版社），畅销。

2006年

应美国华美协会邀请，赴纽约在哥伦比亚大学讲《红楼梦》。

应邀参加香港书展。

出版《刘心武揭秘古本〈红楼梦〉》（人民出版社）。

2007年

继续应邀到CCTV-10《百家讲坛》录制节目，并出版《刘心武揭秘〈红楼梦〉》第三部、第四部（东方出版社）。

访问俄罗斯。

2008年

出版随笔集《健康携梦人》（中国海关出版社）。

自1986年出版《垂柳集》，至此所出版的散文随笔集已逾三十种。

2009年

在《上海文学》杂志开《十二幅画》专栏，每期发表一篇写人物命运的大散文，并配发自己的画作。

4 月，妻子吕晓歌病逝，著长文《那边多美呀！》悼念。

2010年

再应 CCTV-10《百家讲坛》邀请，录制播出《〈红楼梦〉的真故事》系列节目。至此在《百家讲坛》录制播出关于《红楼梦》的个人系列讲座累计达 61 集。

出版《〈红楼梦〉的真故事》(凤凰联动·江苏人民出版社)，在争议声中畅销。

4 月，应台湾新地文学社邀请赴台参加“21 世纪世界华文文学高峰会议”。

出版《命中相遇——刘心武话里有画》(上海文艺出版社)。

加快《刘心武续〈红楼梦〉》的写作。

至本年底，在海内外出版的个人专著，《文集》不算在内，重印亦不算，按不同版本计达 182 种（按不同书名计则为 141 种）。

年底，筹备编辑《刘心武文存》。

2011年

由江苏人民出版社出版《刘心武续〈红楼梦〉》。

至 2011 年底在海内外出版的个人专著以不同版本计达 193 种（《刘心武文集》不计算在内）。

2012年

江苏人民出版社出版散文集《人生有信》。

漓江出版社出版《刘心武评点〈金瓶梅〉》。

法国伽里玛出版社出版《尘与汗》《护城河边的灰姑娘》法译版的袖珍本。

江苏人民出版社出版《刘心武文存》40 卷，收录 1958 年至 2010 年所能搜集到的全部公开发表过的作品。

2013年

漓江出版社出版散文集《空间感》。

2014年

漓江出版社出版长篇小说《飘窗》。

台湾学生书局出版宣纸线装本《刘心武评点全本金瓶梅词话》。

人民文学出版社出版“刘心武长篇小说系列”包括《钟鼓楼》《四牌楼》《栖凤楼》《风过耳》《刘心武续〈红楼梦〉》（修订版）五部作品。

2015年

漓江出版社出版《跨世纪的文化瞭望——刘心武张颐武对谈录》增订版。

至此年4月，不算《刘心武文集》《刘心武文存》，以单本著作计，已达227种，再剔除同一书名的不同版本，则有160种。

漓江出版社出版自2013年以来未入集的作品汇编《润》。

2016年

出版《刘心武文粹》26卷。

图书在版编目（CIP）数据

班主任 / 刘心武著．— 南京 ：译林出版社，2016.3
（刘心武文粹）
ISBN 978-7-5447-6187-1

Ⅰ．①班… Ⅱ．①刘… Ⅲ．①短篇小说－小说集－中国－当代 Ⅳ．① I247.7

中国版本图书馆 CIP 数据核字（2016）第 015749 号

书　　名　班主任
作　　者　刘心武
责任编辑　陆元昶
特约编辑　苑浩泰
出版发行　凤凰出版传媒股份有限公司
　　　　　译林出版社
出版社地址　南京市湖南路 1 号 A 楼，邮编：210009
电子邮箱　yilin@yilin.com
出版社网址　http://www.yilin.com
印　　刷　三河市延风印装有限公司
开　　本　710×1000 毫米　1/16
印　　张　20.75
字　　数　196 千字
版　　次　2016 年 3 月第 1 版　2020 年 5 月第 2 次印刷
书　　号　ISBN 978-7-5447-6187-1
定　　价　29.80 元

译林版图书若有印装错误可向承印厂调换